I WOULD PREFER NOT TO

HERMAN MELVILLE

I

ES GIBT EIN INNEN UND EIN AUSSEN

1

Ich heiße Ferdinand. Fern für Freunde. Ich bin arbeitslos, schon seit meiner Geburt. Das ist mein Freund Amir, der da, im Pelzkragenmantel.

»Hey, Amir, sag den Leuten Hallo!«

»Hallo!«

Und der Langhaarige da ist mein Freund Ludovik. Er sieht ein bisschen irre aus. Ist er auch.

»Lulatsch, sag Hallo!«

»Hallo!«

Ludovik und Amir sind auch arbeitslos. Amir ist außerdem illegal.

»Amir, erzähl doch mal was von dir!«

»Was soll ich schon groß erzählen?«

»Na, wo du herkommst und so ...«

»Ich komme aus dem Iran, aber wenn mich einer fragt, sage ich: Perser, ich sei Perser. Lieber Teppich als Terrorist. Für die Dummen. Kein Mensch weiß, dass ich in Deutschland bin, außer denen, für die ich schwarzarbeite. Und meinen Freunden. Fern ist mein Freund. Fern ist mir alles. Jetzt arbeite ich nicht mehr so oft. Es geht auch ohne. Ich male in Fußgängerzonen Bilder auf den Asphalt. Dann bleiben die Leute stehen und bewundern mich. Wenn ich erwischt werde, werde ich deponiert ...«

»Deportiert ... Das reicht, die Leute haben keine Zeit. Ludovik, erzähl du was!«

»Ich habe nichts zu erzählen. Ich heiße auch nicht Ludovik. War nur eine Schnapsidee meines Vaters. Er gab mir den Namen, und dann ist er abgehauen. Ich will keine Kinder haben, sonst würde ich auch bloß abhauen. So was ist vererblich. Ich will keinem Ding mehr einen Namen geben. In der Besserungsanstalt habe ich eine Schlosserlehre gemacht, ich bin kein Hilfsarbeiter. Schlosser bin ich auch nicht. Im Moment bin ich überhaupt nichts, schon 'ne ganze Weile nicht. Es ist schon komisch, wie wenig dazugehört, ein Nichts zu sein ...«

»Ludovik ist ein Philosoph ... Apropos Schnaps. Igor, komm nach vorne, na komm schon, was versteckst du dich? Stell dich den Leuten vor!«

»Hallo, bin der Igor. Komme aus Nowosibirsk. Bin ein echter Russe, kein Jude, nicht deutsch ...«

»Sag doch gleich, dass du ein Säufer bist.«

»Halt's Maul!«

Igor wurde gestern entlassen. Also, das letzte Mal, als wir seine Entlassung feierten, haben wir uns derart die Hucke vollgesoffen, dass wir den Wohnzimmerteppich zum Sperrmüll bringen mussten, da war er ja auch her. Das sind, wie gesagt, meine Freunde. Wir wohnen gemeinsam in einer Hütte am Stadtrand. Eine richtige Burg ist das, nicht direkt eine Ruine, nur heillos heruntergekommen, gerade richtig für uns, für die innere Emigration. Manchmal wohnen wir auch woanders, in baufälligen Häusern, Schrebergärten, im Freien, Igor ab und zu im Knast. Wir sind keine Bettler, wenn schon, dann stehlen wir. Es geht uns gut, wir haben keine Angst vor der Zukunft, wir wissen, dass wir keine haben, nie eine hatten.

Eigentlich will ich nicht die Geschichte von meinen Freunden und mir erzählen, das wäre Zeitverschwendung, ich will vielmehr vom verrückten Albert sprechen und davon, wie er bei uns einzog und anfing, unser Leben umzukrempeln. Ich begreife nicht, warum wir uns das gefallen ließen. Er hatte das gewisse Etwas, etwas Begeisterndes, Mitreißendes, das uns sofort schachmatt setzte. Das nennt man wohl Charisma. Hitler und Gandhi und Kennedy hatten so was.

Albert erschien eines Frühlingstages, tauchte aus dem Nichts auf und quartierte sich bei uns ein. Das war in Ordnung, wir hatten oft Gäste, Tippelbrüder auf der Durchreise, unser Haus hatte einen gewissen Ruf in den einschlägigen Kreisen. Die stiefelten dann geradewegs hinein, schliefen auf dem Dachboden ihren Rausch aus oder tranken sich einen neuen an und waren am Morgen des nächsten oder übernächsten Tages wieder fort. Diese Leute können das Weiterziehen nicht lassen. Wir warfen nie jemanden raus, unter dem Dach durfte jeder tun und lassen, was er wollte. Penner sind ohnehin schüchterne, bescheidene Leute, darum sind sie auch, was sie sind.

Auch Albert blieb einige Tage, und anfangs dachten wir uns nichts dabei, doch dann hörte er nicht auf zu bleiben. Albert, so nannte er sich, Albert Nachtigall. Das klang merkwürdig, aber für seinen Namen konnte ja keiner was. Wir wussten nicht, was er bei uns suchte, wir schöpften keinen Verdacht, warum auch, wir sind offene, tolerante Leute, wir kennen kein Misstrauen. Nie fragten wir einen, woher er kam, vor wem er auf der Flucht war und wann er wieder abzuhauen gedachte, polizeistaatliche Methoden waren nie unser Ding.

2

Unsere Burg befindet sich am nördlichen Stadtrand, hinter den letzten Läden, einem Baumarkt und Meiers Videothek. Dort, wo die Ausfahrtsstraße hinter einer Bahnunterführung in einer langgezogenen Rechtskurve das Tal verlässt, zweigt nach links ein kleines, unscheinbares Seitental ab, eine Sackgasse. Unten noch breit und asphaltiert, wird sie immer schmaler und löchriger und versandet oben in Schotter und Gestrüpp und Schutthalden. Das ist unser Ende, der Hinterausgang der Welt, da wohnen wir. Wegen des Abhangs auf der Südseite und der dumm verlaufenden Krümmung des Tals bleibt unser Haus bis auf einige Stunden am frühen Morgen, wenn ohnehin kein Aas wach ist, den ganzen

Tag im Schatten, unerreicht von auch nur einem einzigen Sonnenstrahl. Der perfekte Ort zum Pilzesammeln, sonst unbrauchbar. Außer uns gibt es hier nur Scharen von Fledermäusen, die nachts das Haus und uns umflattern. Kleine Körper, nichts als Haut und Knochen, und doch nicht totzukriegen.

Von alledem haben die Einwohner der Stadt keine Ahnung, ich glaube, sie wissen gar nicht um dieses Seitental. Fahrschüler kehren unten um, und auch die Polizei patrouilliert nur bis zur Gabelung, nur ein Geisteskranker käme auf die Idee, hier oben einzubrechen. Selbst die Exhibitionisten machen einen großen Bogen um uns, ich weiß, wovon ich rede. Es gibt hier keinen Friseur, keinen Edeka-Laden, keine Straßenbelagserneuerung, rein gar nichts. Nie sieht man hier einen Anwohner unter freiem Himmel, etwa bei Gartenarbeiten. Wer hier lebt, ist arbeitslos und verkriecht sich in seiner Scham in seinen vier Wänden, er weiß, dass er »lebenslänglich« hat, dass er in diesem Leben aus diesem Tal nicht mehr herauskommen wird. Vermutlich hat man das Tal längst von den Landkarten getilgt, wegschraffiert wie militärisches Sperrgebiet oder verstrahltes Territorium. Nach dem letzten Krieg hatte man die Vertriebenen hier untergebracht, seitdem heißt das Viertel Shanghai. Vermutlich wegen der chaotischen, ausländisch anmutenden Zustände, die hier damals herrschten. Jetzt ist alles tot.

Uns juckt das nicht. Tagsüber stromern wir durch die Gegend oder fläzen uns auf unserer Lieblingsbank am sonnenbeschienenen Marktplatz der Stadt und benoten die vorbeidefilierenden Frauen auf einer Skala von eins bis sechs. Das ist wie am Hausfrauenlaufsteg sitzen. Dort, unter den Frauen in der Sonne, geht es uns gut, die Sehnsucht nach Licht und Wärme und Frauenduft ist allen gemeinsam, selbst uns arbeitslosem Gesindel. Die meisten Passanten machen einen Bogen um uns oder senken den Blick, wenn sie vorbeigehen, um uns ja nicht zu provozieren. Als wäre es möglich, *uns* zu provozieren. Wenn, dann machen wir das schon selbst. Aber wir tun es nicht, alles, was wir verlangen, ist das bisschen Respekt, das jedem gebührt. Allein schon für die zehntausend Jahre Kultur, die wir vier gemeinsam auf dem Buckel haben, nicht jeder kann mit so was prahlen.

Manchmal rattern wir auf unseren Rädern zur Universität, um die Studentinnen zu begaffen, die wichtigtuerisch mit Ordnern unter dem Arm zu ihren Vorlesungen eilen. Als wäre die Universität nicht bloß ein gigantischer Heiratsmarkt für die Kinder der Säulen der Gesellschaft und sonstiger Schwindler. Damit man immer schön unter sich bleibt. Wir räkeln uns auf den Grünflächen zwischen den Gebäuden mit den anderen, immer locker und entspannt, halten Ausschau nach einem schüchternen Lächeln, einer weit aufgeknöpften Bluse. Ich lutsche an einer Bierflasche und mache auf jung, im Prinzip bin ich es auch, nur sieht man es mir nicht mehr an. Ich halte mich immer an Ludovik, der ist wirklich jung, in seiner Nähe wimmelt es nur so von Mädchen, er zieht sie an wie Scheiße die Schmeißfliegen. Einmal in einem Lokal trat eine wildfremde Frau, die gerade im Aufbruch begriffen war, an unseren Tisch und fragte Ludovik ganz ruhig und unverblümt, ob er nicht mitgehen, mit ihr schlafen wolle. Uns blieb die Spucke weg. Ludovik senkte verlegen den Blick. Ob sie denn nicht sehe, dass er mit Freunden da sei, stammelte er. Wir haben nie herauskriegen können, wie er das macht. Es kann nicht *nur* daran liegen, dass er wie ein Pflegefall wirkt.

Mit Frauen ist das so eine Sache. Das Gute daran, wenn du ein armer Schlucker bist, ist, dass du genau weißt, dass die Frauen, die sich mit dir einlassen, es um deinetwillen tun. Nicht um deines Geldes oder Titels willen, wie das bei all den hässlichen, alten Millionären und impotenten Intellektuellen der Fall ist. Nein, sie wollen dich, deine Haut, deinen Geruch, deine Stimme, den Glanz in deinen Augen, deine Manneskraft.

Das Schlechte daran ist, es gibt keine Frauen, die sich mit dir einlassen.

Wenn uns vor lauter Stillstand der Kragen platzt, krallen wir uns einen herrenlosen Wagen und suchen das Weite. Wir nehmen nur ältere Modelle der unteren Mittelklasse, die lassen sich noch aufmachen und ziehen keine Aufmerksamkeit auf sich. Über das Ziel entscheidet der Benzinstand, Tanken ist bei Hartz IV nicht mehr drin. Und dann nichts wie weg, in den anbrechenden Tag hinein. Wenn es geht, fahren wir in den ehemaligen Osten, wo noch nicht alles abgeschleckt und ausgelutscht ist, die Straßen noch holprig sind und die Fabriken schon stillgelegt. Dort, wo der Pöbel abhaut und die Wildnis wieder zu wuchern beginnt, dort zieht es uns hin, dort gibt es Luft zum Atmen und rechtsfreie Räume. Aber irgendwann kehren wir immer ins Tal zurück, im Grunde unseres Herzens sind wir bodenständig.

Die Winter sind bitter bei uns im Tal, in der ewigen Dunkelheit, hinter vereisten Fensterscheiben. Dann wird es richtig dämmerig, wir dämmern nur so vor uns hin. Draußen kreisen die Krähen und krähen, wir liegen da und zählen mit. Der Wind bläst durch das Tal und rüttelt an den Fenstern. Mal ist es ein langgezogenes Pfeifen, mal sind es explodierende Böen, die sich immer mehr verstärken und plötzlich in sich zusammenfallen, aber manchmal werden sie nur heftiger und heftiger und flauen gar nicht mehr ab. Dann halten wir ganz still, kauern in unseren vier Wänden und warten. Warten, als gäbe es etwas zu erwarten, warten, dass es Frühling wird, dass es Sommer wird und Winter, dass auf die Wärme Kälte folgt und auf den Tag die Nacht und umgekehrt, »Warten« ist ein anderes Wort für Leben. Ein Lebensprinzip. Wozu das Eis am Hauseingang hacken, Eis schmilzt auch von selbst und fließt schön friedlich ab, ohne dass man einen Finger krumm gemacht hätte.

Was bleibt uns auch anderes übrig, als zu warten? Hat man keine Arbeit, hat man nichts. Hat man Arbeit, und sei es die erbärmlichste, lächerlichste Arbeit, wie zum Beispiel Autos zusammenschrauben oder Souvenirs verkaufen oder in einem Büro hocken, hat man etwas, das einen hält. Wir sind haltlos. Ungehalten. Es ist bitter, nicht auserwählt zu sein. Zu nichts. Zu sehen, dass es ohne einen auch gut läuft, vermutlich besser als mit einem. Also liegen wir still und picheln vor uns hin und warten, dass etwas passiert. Und siehe da, es passiert etwas. Inmitten der größten Stille erhebt sich ein fernes Gemurmel, schwillt an, und bevor man bis fünf gezählt hat, wackelt das ganze Haus, scheint alles zu zerspringen. Von meiner Matratze aus sehe ich unter dem oberen Rand des Fensters gerade noch den roten Streifen des vorbeirasenden Zuges auf dem Bahndamm gegenüber. Ein Zittern, ein kurzer Nachhall, dann gespenstische Stille. Nur die Luft brennt noch eine Weile.

Die ersten hundert Mal oder so war das noch ganz spannend, ein Hauch von Erdbeben, danach nur noch öde. Es ist unfassbar, wie schnell man abstumpft, alles zur Routine wird. Aber bei klarem Himmel spiegelt sich in den Fenstern der Züge für Sekunden die Sonne und blendet uns mit seltsamen Vorstellungen von Zusteigen und Wegfahren, hinaus in die große, weite Welt, ins tätige Leben, in die Zeitrechnung. Doch dann ist alles genauso schnell wieder weg, der Zug, die Sonne, die Blendung; was bleibt, sind die Abfälle am Hang gegenüber, in grauer Urzeit aus den Zugfenstern geworfene Bierdosen und Zigarettenschachteln und Papiertaschentücher, ein ganzer Abhang voll Müllblumen im sprießenden Unkraut. Und oben, zwischen den Schienen, wo wir manchmal nach Münzen suchen, verkrusteter Kot, eine nicht enden wollende Goldader hinuntergespülten Kots, durchsetzt von Damenbinden und Klopapier, als wollten uns die Fahrgäste unmissverständlich zum Ausdruck bringen, was sie von uns halten.

Als wüssten wir es nicht auch so.

Am schlimmsten wird es jedoch samstags, wenn die Fußballfans mit den Regionalzügen zu den Auswärtsspielen fahren. Dann regnet es Bierflaschen in unseren Vorgarten und auf unser Dach, dann klirren die Splitter, die Scherben, die Ziegelsteine. Es scheint eine Art Spiel zu sein, als hätten es die Fans auf uns abgesehen, als hielten sie unser Anwesen für eine Müllkippe. Dann rühren wir uns nicht, bleiben in Deckung und wechseln stumme Blicke, harren aus mit Angst im Herzen und einem Lächeln auf den Lippen, wissen wir doch insgeheim, dass wir eines Tages, eines schönen Tages, wenn keiner damit rechnet, den Zug zum Entgleisen bringen werden und die ganze Welt, die uns nicht haben wollte, mit ihm.

3

Der letzte Winter, bevor Albert in unserer Küche aufkreuzte und abzuspülen begann und mit einer rostigen Spitzhacke Ludoviks Hanfbeet zerstörte und alles seinen schrecklichen Lauf nahm, war ein Winter wie alle Winter. Ich wohnte schon seit vielen Monaten in dem Haus, ich hatte längst aufgehört, sie zu zählen. Wir zahlten keine Miete, einen Eigentümer schien es nicht zu geben, auch die Behörden behelligten uns nicht, wenn sie überhaupt von uns wussten. Sie waren vermutlich froh, mit Hyänen wie uns nichts zu tun zu haben.

Die ganze Welt schien uns abgeschrieben zu haben.

Wir hätten es an ihrer Stelle auch getan.

Vielleicht ist unser Haus auch nur zu kaputt, um noch als Haus geführt zu werden. Unten gibt es einen großen, nackten Raum, den wir Wohnküche nennen. Die wenigen Gegenstände stehen umher wie Dinge, die man nach einer Wohnungsauflösung vergessen hat abzuholen. Ein Holz- und Kohleofen, auf dem wir auch kochen, eine Spüle samt defektem Boiler und ein ramponiertes Klavier, das wir nur deshalb noch nicht verheizt haben, weil uns die Äxte fehlen, um es zu zerlegen. Das Klavier ist verstimmt, wie wir alle hier im Tal. Einen Kühlschrank gibt es nicht, das ganze Haus dient uns als Kühlschrank. Essensreserven haben wir ohnehin nicht, wir essen alles immer sofort auf.

Im ersten Stock blicken drei Zimmer nach vorne, zur Straße hin, und drei nach hinten, zum Hang hin. Die drei nach hinten sind abgesperrt, in den drei vorderen hausen wir. Unter dem Dach gibt es noch das Giebelzimmer für die Penner. Dort setzen wir nie einen Fuß hinein. Ab und zu, wenn der Gestank nicht mehr zu ertragen ist, knobeln wir, und dann geht einer von uns hinauf, kehrt den Kot oder die Kotze auf und macht für ein paar Tage die Fenster auf.

Die Treppen nach oben sind derart abgeschliffen, dass sie sich eher als Rutsche eignen. Früher pflegten wir dort mit unseren Sperrmüllschlitten hinunterzusausen, vielleicht waren wir es auch, die sie kaputt gemacht haben, die Treppen, und irgendwann waren dann auch die Schlitten hin. Unten in der Diele, gleich gegenüber der Eingangstür, steht eine Kloschüssel, die einzige im ganzen Haus, ohne jede Abschirmung. Als hätte der Architekt die Toiletten vergessen und dann schnell noch eine hingestellt, bevor er die Baustelle fluchtartig verließ. Einmal nagelte ich einen Duschvorhang in die Decke um die Schüssel herum, der Intimsphäre wegen, aber noch in derselben Nacht verfing sich Igor im Vollrausch darin und riss ihn samt der Halterung und einem Teil des Deckenverputzes herunter. Mit Igor ist es nicht immer leicht.

Vor dem Haus und unterhalb erstreckt sich ein Streifen Grün. Er ist nicht gerade ein Park nach englischem Muster, aber wir lieben ihn. Er ist von Unkraut überwuchert, und aus dem Unkraut ragen vier zerrupfte Birken. Ludovik hat unter den Birken ein kleines Hanfbeet angelegt und zur Tarnung mit zwei Reihen Plastikblumen aus dem Gartencenter umfriedet. Seine Blumen stehen selbst bei heftigstem Nordwind gespenstisch starr und hüten das Kleinod in ihrer Mitte. Zum Glück ist niemand da, der das auffällig finden könnte.

Im Sommer ist das Leben erträglich, wir sind versorgt. Nachts streifen wir durch die Gemüsegärten der Stadt oder plündern die Erdbeerplantagen und Spargelfelder außerhalb, die Spargelsaison ist überhaupt die beste im Jahr. Wir wissen, wo die guten Kirschbäume und Zwetschgenbäume und Apfelbäume stehen, Kürbisse gibt es gratis vom Straßenrand. Wir klauen nicht in großem Stil, wir klauen nur zum täglichen Bedarf, das ist der Unterschied zwischen einem Freibeuter und einem Ausbeuter, sagt Ludovik.

Im Winter, wenn Hundekälte herrscht, rotten wir uns am Holz- und Kohleofen in unserer Küche zusammen. Dort sitzen oder liegen wir dann unter der wandgroßen Tapete mit dem Bild eines Palmenstrandes und grellen Sonnenuntergangs und träumen vor uns hin und hören das Meer rauschen. Das tut gut, Meeresrauschen besänftigt, und die Palmenblätter verdecken den Schimmel an der Wand. Eine drückende Stille lastet dann auf allem, und das Krächzen der Krähen macht die Stille nur noch tauber. Hin und wieder schlendern eingemummte Spaziergänger vorbei, sie gehen freiwillig in die Kälte hinaus, weil es bei ihnen zu Hause kuschelig warm ist, sie suchen die Abwechslung.

Wir verkriechen uns in unseren vier Wänden, verhängen und vernageln Fenster und Tür mit Decken und Pappkartons. Dann kann es vorkommen, dass wir den Raum tagelang nicht verlassen, still ausharren und, wenn der Ofen ausgeht, nur noch von unserer Körperwärme zehren. Für den Klimawandel sind wir jedenfalls nicht verantwortlich, unser Kohlendioxidausstoß tendiert gegen null.

4

Wir wohnen alle auf einem Haufen, nur Ludovik hat ein Zimmer für sich allein. Er ist geradezu grotesk gebildet. An seine Tür hat er einen Zettel mit einem Spruch geheftet, der da lautet: *Immer suchen wir das Unbedingte und finden doch nur Dinge. Novalis.* Wir reißen den Wisch weg, weil wir den Spruch nicht verstehen, Ludovik klebt ihn wieder hin, immer wieder. Sein ewiger Pessimismus raubt uns den letzten Nerv. Jedes Mal, wenn einer von uns einen Höhenflug hat und anfängt, Zukunftspläne zu schmieden, lacht Ludovik ihn aus und erklärt ihm, dass er den Rest seines Lebens genau da, in jenem Rattenloch, in jenem miefigen Kaff absitzen und eines Tages krepieren werde, ohne je auch nur das Niveau eines schlecht bezahlten anatolischen Hilfsarbeiters erklommen zu haben. Wir würden ein Leben lang nur den Amboss für den Hammer anderer abgeben, wir seien nichts als ein Haufen hoffnungsloser Versager, und das wüssten wir so gut wie er. Das habe aber nichts zu besagen, es gebe nämlich ein Innen und ein Außen. Äußerlich gehe uns manches ab, ein Wagen und saubere Bettwäsche und ein Heizstrahler, sicher, aber im Inneren, dort, wo bei anderen zappendustere Nacht herrsche, Angst und Kälte und Korruption, leuchte bei uns ein sonniger, ewiggrüner Hain. Und darum sollten wir dankbar sein und nicht lamentieren.

Ludovik war der Erste im Haus, er hatte es gleichsam entdeckt. Er war aus einer Besserungsanstalt ausgerissen und wollte sich bis zu seinem achtzehnten Geburtstag im Haus versteckt halten. Dann war Amir dazugestoßen, durch einen merkwürdigen Irrtum. Den ersten Winter verbrachten sie zu zweit im Haus. Amir hat uns erzählt, dass Ludovik eines Abends bei strengem Frost und eisigen Windböen hinausgegangen sei. Nur mit einem dünnen Pullover bekleidet und ohne ein Wort des Abschieds. Er habe auf ihn gewartet, aber dann sei ihm immer mulmiger geworden, und er sei ihm gefolgt, eine instinktive Ahnung habe ihm gesagt, wo Ludovik sein könnte. Von der Hochebene sei er in Richtung der Landstraße gelaufen und dann ins nächste Tal hinabgestiegen, wo es ein Antikriegsdenkmal gibt, ein Skulpturenfeld mit Dutzenden großer Granit- und Basaltplastiken, die allesamt entstellte, verstümmelte, qualvoll sterbende Soldaten und Pferde darstellten. Dort habe er Ludovik gefunden, mitten unter dem Elend, rücklings im Schnee liegend und langsam erfrierend, aber bei klarem Bewusstsein, und hätte ihn gerettet.

Das sei das erste Mal gewesen, und er werde Ludoviks Blick, den verklärten Schimmer, die stumme Dankbarkeit in seinen Augen nie vergessen. Aus Solidarität habe er sich zu den toten und sterbenden Steinen gelegt, habe Ludovik gesagt. Um auszuprobieren, wie es ist, tot zu sein, ein Stein zu sein.

»Ich stelle ihn also auf die Füße«, erzählte Amir, »er sinkt wieder hin. Ich sehe mich panisch um, wir sind allein auf weiter Flur. Ich ziehe ihm die Schuhe aus und beginne, ihm die Füße, die Beine warm zu reiben, reibe, bis ich vor Erschöpfung nicht mehr kann. Ich zwinge ihn in meinen Mantel, wickle meinen Schal um seinen Kopf und lege seinen Arm um meine Schulter, so brechen wir auf, durch die helle, windgefegte Nacht, zurück nach Hause. Er spricht die ganze Zeit wie im Fieberdelirium, dass es aus sei, dass er den Glauben verloren habe, dass alles nur ein Placebo sei.

›Sie lügen, dass sich die Balken biegen … vom ewigen Leben und vom gerechten Krieg, von Freiheit und Demokratie und Menschenrechten, während sie die Welt einäschern, ihr Blut absaugen … Alles nur Nebelkerzen, um ungestört ausbeuten und unterwerfen zu können … So ist es doch, oder, so ist es doch?‹

›Sicher, du hast recht … Komm, wir müssen hier lang … Halt dich an mir fest!‹

›Sie sagen, die Würde des Menschen ist unantastbar, und meinen, die Würde des Geldes ist unantastbar.

Die Würde des Geldes ist unantastbar.

Die Würde des Geldes ist unantastbar.

Die Würde des Geldes ist unantastbar.

Die Würde des Geldes ist unantastbar.

Die Würde des Geldes ist unantastbar.

Die Würde des Geldes ist unantastbar.

Die Würde des Geldes ist unantastbar.

Die Würde des Geldes ist unantastbar.

Die Würde des Geldes ist unantastbar.

Du sollst keine fremden Götter neben ihm haben.

Das sind ihre Zehn Gebote ... Und immer sind es Männer, alte ... kinderlose ... invertierte Männer, die außerhalb der Natur stehen ... die die Natur nicht verstehen, verstehst du ...?‹

›Ja, sicher‹, lüge ich.

›Sie wollen ihr Unglück durch Macht und Geld und Ruhm aufwiegen, sich an der Natur rächen. Es ist eine Verschwörung, ich bin ihr auf der Spur ...‹

›Los, weiter! Wir haben es nicht mehr weit ...‹

Mein Gesicht schmerzt, meine Hände sind taub vor Kälte, seine Worte klingen wie hinter einer Wand gesprochen. Wir erreichen die Landstraße, alles ist wie ausgestorben. Ich will stehen bleiben, auf ein vorbeifahrendes Auto warten, aber Ludovik will sich sofort hinsetzen. Ich lasse ihn nicht los, ziehe ihn mit mir, querfeldein, über die Anhöhe, dem Gefühl nach. Er solle weitererzählen, schreie ich, und er beginnt, von seiner Schulzeit zu sprechen, wie er Klassen übersprungen, schon mit zwölf philosophische und wissenschaftliche Werke verschlungen habe, die große Karriere, die ganze Welt habe ihm offengestanden. Aber eines Nachts im Dezember, kurz nach seinem siebzehnten Geburtstag, sei er ins Rechenzentrum des Internats geschlichen und habe einen Computer nach dem anderen in den Innenhof hinausgetragen. Dort habe er sie dann im frisch gefallenen Schnee mit Benzin übergossen und angezündet, den Flammen übergeben, damit sie vernichtet würden, die Worte, die Ideen, die Informationen, all die sinnlosen Lügen, das ganze, schreckliche Unglück. Ich klopfe ihm auf die Schulter.

›Geile Idee, wär gern dabei gewesen!‹

Mein Ruf hallt über die Ebene, so schleppen wir uns Schritt für Schritt dem Ziel entgegen, und ich spüre, dass er immer leichter wird, sein Schritt immer fester, das Reden tut ihm gut, Ablenkung ist alles. Als er die ersten Schreie gehört habe, sei er davongerannt. Das Feuer habe herrlich gelodert, ein echtes Johannisfeuer, und das Knallen der explodierenden Computer sei noch von weitem zu hören gewesen. Wenn Wissen Macht sei, wolle er kein Wissen, ›Macht‹ sei nur ein anderes Wort für das Böse. Zwei Stunden später habe man ihn geschnappt. Er sei wieder ausgerissen. Als sie ihn dann aufgestöbert hätten, sei er versehentlich handgreiflich geworden. Daraufhin hätten sie ihn mit Medikamenten ruhiggestellt und in einer Besserungsanstalt untergebracht. Das Heim habe zwar anders geheißen, aber das sei es in Wahrheit gewesen, eine Besserungsanstalt. Dort habe er Schlosser lernen sollen. Ein junger Psychiater habe bei ihm ein Burnout-Syndrom diagnostiziert. Das sei exakt die Diagnose gewesen, zu der er ihn habe führen wollen, um ihm eine Freude zu machen, der sei ihm gefolgt wie ein Esel der Karotte vor seiner Nase.

›Das Einzige, was wirklich ausgebrannt war, war nämlich sein Hirn!‹

›Ich kann mir vorstellen, was das für ein Arsch war!‹

Wir lachen, soweit es unsere erstarrenden Münder erlauben, lachen um die Wette, auch das macht warm. Unter uns sehe ich schon das schwarze Loch, das nur der Schatten unseres Hauses sein kann, wir taumeln, laufen schon beinahe darauf zu, bergab geht es im Leben immer leicht. Bei der ersten sich bietenden Gelegenheit sei er dann ausgebüxt, diesmal richtig, sie würden ihn heute noch suchen. Nur einen Kasten voller Schlüssel und Dietriche habe er mitgenommen, zur Erinnerung an seine Zeit in der Schlosserwerkstatt. Wir fallen durch die Tür, ich schiebe sie hinter uns zu. Drinnen ist es nicht wärmer, aber vor dem Wind sind wir geschützt.

›Ich schenke dir meine Schlüssel, möchtest du sie haben?‹, fragt er plötzlich.

›Schlüssel … was denn für Schlüssel?‹, keuche ich.

›Hast du mir denn nicht zugehört? Warte, ich zeige dir den Kasten.‹«

An dieser Stelle brach Amir seine Erzählung ab, sprang seinerseits auf und zauberte den Kasten hervor, den ihm

Ludovik geschenkt hatte. Ich war damals neu im Haus und verstand die Begeisterung nicht, mit der er mir das Ding zeigte. Heute verstehe ich sie. Die Wahrheit ist, dass Amir ein Kleptomane ist und ein Kasten, der so viele Türen öffnet, ihm wie der Schlüsselbund zum Paradies vorgekommen sein muss. Damals erzählte er mir auch zum ersten Mal von seiner panischen Angst, als Illegaler erwischt und abgeschoben zu werden, denn zu Hause würden ihm wegen seiner ständigen Diebstähle die Hände aboperiert, erst die eine, dann die andere, weil er das Klauen ja doch nicht lassen könne. Deswegen dürfe er niemals von der Polizei erwischt werden.

»Niemals, verstehst du?«, flüsterte er, Panik im Gesicht.

»Natürlich verstehe ich, ich bin doch nicht blöd!«

Daraufhin zeigte er mir sein Heiligtum, seine geklauten Malutensilien. Er bildet sich nämlich ein, ein Künstler zu sein, und hat im Lauf der Zeit eine regelrechte Sammlung von Pinseln, Kreiden, Kohlestiften, Aquarellfarben und Ölfarben in kleinen Tuben ergattert, es ist mir ein Rätsel, wie er das alles hat horten können. Er bewahrt seine Sammlung in einem Koffer auf, sorgfältig in Seidenpapier gerollt, und wenn er sie auspackt, um sie anzugaffen und zu befingern, gehen ihm fast die Augen über. Wenn er genügend beisammen hat, will er sein Lebenswerk beginnen. Er werde uns noch beweisen, was er für ein Autist sei. Er meint Artist, aber er sagt *Autist*. Das ist auch so was, das uns rasend macht, seine Versprecher. Dauernd sagt er Sachen wie *traumatisierter Tee* oder *bedingungslose Kopulation*. Wir schalten dann auf Durchzug, aber wenn er so weitermacht, werden wir ihn noch mal bei den Behörden anzeigen, wegen mangelnder Integrationswilligkeit, den verdammten Migranten.

5

Weihnachten verstreicht wie immer tödlich langsam, triste, ereignislose Tage. Die Geschäfte sind zu, Amir beklagt sich, dass man nicht *einklaufen* könne. Er betont das Wort, um uns zum Lachen zu bringen, aber wir lachen nicht, erst recht nicht. Zwei Tage vor dem Fest wird er dann doch fündig. Er kommt mit einem fertig dekorierten Weihnachtsbaum die Straße hochgerannt, schon von weitem hören wir das Scheppern und Bersten der Glaskugeln. Aus einem Vorgarten, erzählt er außer Atem. Wir stellen den Baum auf einer Holzkiste im Wohnzimmer auf. Am Heiligen Abend packe ich meine alte Tonbandkassette mit Italowestern-Melodien aus, wir spielen uns das »Lied vom Tod« vor und lassen es uns bei Branntwein und Lebkuchen gutgehen. Es ist karg, aber besinnlich, Weihnachten an der Heimatfront.

Und dann ist Silvesterabend, wir begeben uns zu dritt in die Stadt. Igor bleibt zu Hause, er ist nicht mehr imstande zu gehen, an Feiertagen, wenn das Saufen offiziell wird, gibt es kein Halten mehr für ihn, da wird er vollends zum Hartsäufer. Wir sollen ihm eine Flasche *Wokda* mitbringen, lallt er, nein, zwei. Das Silvesterfeuerwerk bietet etwas Abwechslung, unterwegs nehmen wir einigen Kindern ihre Böller ab und drohen ihnen Prügel an, wenn sie nicht gleich abzögen, verdammte Wohlstandsbengel.

Um Mitternacht bricht am Marktplatz ein Höllenlärm los, wir wollen nicht zurückstehen und nehmen mit unseren Raketen die Schaufenster der Commerzbank unter Beschuss, ein Hauch von 11. September liegt in der Luft. Während noch die Domglocken bimmeln, versuche ich, ein paar angetrunkene Mädchen zu herzen und ihre Hintern zu streicheln, aber das bietet keine wirkliche Befriedigung, schöner ist es, den zischenden und explodierenden Raketen und Vulkanen und Feuerrädern zuzusehen. Ich überlege, was das ganze Spektakel eigentlich soll, ob wir das nur tun, weil irgendwelche Chinesen es vor uns getan haben, oder ob das vielleicht ein verzweifelter Versuch ist, uns im großen, gleichgültigen Kosmos bemerkbar zu machen. Ich frage Amir, aber er erwidert nur, dass ihm das scheißegal sei, er sei kein spekulativer Geist, ich solle mir lieber beim Abfeuern unserer Raketen etwas wünschen, das würde nämlich in Erfüllung gehen, aber mir fällt nichts ein, ich bin auch so zufrieden. Ich habe zu essen, ein Dach über dem Kopf, bin frei wie ein Vogel und viel an der frischen Luft, ich habe Freunde und muss keinen Börsensturz befürchten, mir fehlt es an nichts. Und dann ist auch schon alles verglommen und das Wünschen hinfällig geworden.

Plötzlich kommt Unruhe auf, ein Feuerwerksfreund hat sich die Hände versengt, die Polente taucht auf, und wir machen uns vom Acker. Mit Polypen streiten wir nie, erstens sitzen sie in derselben Scheiße wie wir, und zweitens sind sie Stellvertreter der Macht, und die ist immer im Recht. Wir überlegen, in welcher Kneipe wir kein Hausverbot haben, aber es fällt uns keine ein, außerdem haben wir keinen Cent dabei oder sonst wo. Unter einer Arkade spricht uns ein blöder Automat an, der uns fotografieren möchte. *Berühren Sie den Bildschirm*. Wenn, dann werde ich einen Pflasterstein hineinschleudern. Vor dem Dom parken die Wohlstandsschlitten, die Bürger danken für das fette Jahr und beten für mehr.

Ich fühle mich erschöpft.

Wir schleppen uns den Berg hinauf, zwischen dem hohen Bahndamm zur Rechten und der gesichtslosen Häuserzeile zur Linken. Zeitungsfetzen wirbeln über der Fahrbahn, ab und zu knirschen Scherben unter unseren Sohlen, gut möglich, dass manches davon von uns stammt. Wir sind alle schlecht drauf und machen uns gegenseitig an, das hat nichts zu bedeuten, bei uns herrscht eben eine echte Streitkultur, keine beschissene parlamentarische Demokratie. Ab und zu erfasst uns ein Bewegungsmelder, eine Außenleuchte springt an und zeigt uns eine hässliche Eingangstür, einen schäbigen Vorgarten. Diese Sicherheitsvorrichtungen werden das Letzte sein, was von der Menschheit übrig bleibt, hat Ludovik einmal gesagt. Wenn einst alles in Schutt und Asche liegt und mannshohe Käfermutanten und ehemalige Innenminister durch verstrahlte Atombombentrichter krabbeln, werden die Bewegungsmelder immer noch fröhlich ihren Dienst tun.

Die Tür zum Schlafzimmer im ersten Stock klemmt. Ich zwänge mich durch den Spalt. Im Zimmer riecht es nach Alkohol, noch schlimmer als sonst. Igor liegt auf meinem Bett, das Gesicht nach unten, seine Beine hängen auf den Boden herab und versperren die Tür. Ich versuche, seinen Körper nach unten zu zerren, auf seine eigene Matratze, aber er rührt sich nicht. Mir fällt ein, dass sich hundertzwanzig Kilo eher rollen als ziehen lassen, das wussten schon die Ägypter beim Pyramidenbau. Ich klettere auf das Bett, bohre meine Hände unter Igors Körper und rolle ihn mit einem einzigen Ruck vom Bett. Sein Kopf macht *rums!*, er stöhnt tief, aber er erwacht nicht. So, wie es im Zimmer riecht, wird er zwei, drei Tage nicht erwachen.

Ich werfe ein Plaid über ihn und krieche unter meine Decke. Ich habe keine Lust, am nächsten Tag neben einer Mumie aufzuwachen. Er liegt auf dem Rücken, die Arme seitlich am Körper, fehlt nur noch der Sargdeckel. Ich stelle mir vor, wie er auf irgendeinem Dorffriedhof in der Taiga in seinem Sarg liegt und alles ringsum, Luft und Erde und Vegetation, wochenlang nach Alkohol riecht. Seine Hände sind wahrhaftige Pranken; selbst wenn sie nicht geballt sind, sehen sie wie Fäuste aus. Sein Gesicht dagegen ist fast schön, ein bisschen aufgedunsen, aber sehr friedlich, wie das Gesicht eines kleinen Kindes, dem ich einmal beim Schlafen zugesehen habe. Stundenlang saß ich damals an seinem Bett und fand, dass es auf Erden keinen schöneren Anblick als den eines schlafenden Kindes gab. Höchstens den eines schlafenden Tieres. Man kann nicht Kinder lieben und Tiere nicht, zwischen beiden besteht nicht der geringste Unterschied, außer dass aus Kindern Menschen werden, Tiere hingegen ewig Kinder bleiben. Es war übrigens das Gesicht meiner Tochter, als ich noch eine hatte.

Dann beuge ich mich doch zu ihm hinunter und ziehe sein T-Shirt hoch, als guter Sibirier läuft er ja auch im tiefsten Winter in kurzärmligen T-Shirts herum. Da ist sie, seine unheimliche Narbe, quer über dem Bauch, von einer Seite zur anderen. Ein Splitter habe ihn in Tschetschenien gestreift und fast zweigeteilt, er sei damals neunzehn gewesen. Damals sei er Alkoholiker geworden, um seinen Schmerz zu betäuben, behauptet er, aber ich wette, dass er es schon vorher war. Damals sei er auch gertenschlank gewesen, nicht so wie jetzt, ein fabelhafter Tänzer, der Schwarm aller Mädchen in der Stadt, sagt er, und wenn ich das höre, muss ich an den Abend denken, an dem wir ihn zum ersten Mal trafen.

6

Es war in einer dieser Großraumdiscos im Mexiko-Stil mit vier, fünf Tanzflächen auf zwei Etagen. Wir hatten den Eintritt gerade noch aufgebracht, wir wussten ja, dass wir mit mehr in der Tasche herauskommen würden, als wir hineingingen. Wir marschierten durch die labyrinthartigen Gewölbe. Und dort, in der hintersten und größten Halle, erblickten wir zum ersten Mal Igor. Er stand allein auf der Tanzfläche, im vibrierenden Reflektorschein, und machte zum pochenden Takt der Musik diese verrückten Bewegungen. Einen Schritt links, einen Schritt rechts, dazu eine unnachahmliche kreisende Handbewegung, mit der er die Leute auf die Tanzfläche winkte. Er trug ein schwarzes Hemd, eine schwarze Bügelfaltenhose und eine Sonnenbrille und vollführte immerzu diese Bewegungen, unermüdlich wie der Duracell-Hase.

Wir brachen in Gelächter aus. Dann versiegte unser Gelächter, und wir sahen ihm gebannt zu. Die Art, wie er sich bewegte, hatte etwas. Etwas Pathetisches, Ostblockhaftes. Er tanzte viel zu gut für diesen Schuppen. Und er wirkte furchtbar einsam. Wir blieben eine ganze Weile stehen, aber wir trauten uns nicht, ihn anzusprechen, genauso wenig wie die Leute sich trauten, die Tanzfläche zu betreten. Er war irgendwie fehl am Platz. Später, auf dem Heimweg, wir hatten eine Scheißlaune, weil wir mit leeren Händen herausgekommen waren, überholte uns ein Fahrrad. Es fuhr in Schlangenlinien, ohne Licht. Der Weg war eine Abkürzung in die Stadt, ebenfalls unbeleuchtet. Das Fahrrad verschwand im Dunkeln vor uns, und im nächsten Moment hörten wir ein Scheppern, als wäre eine Achterbahn eingestürzt. Da lag er auf dem Schotter, der Vortänzer von vorhin, und stöhnte und wand sich, er hatte eine Schranke gerammt. Der Aufprall hätte jeden anderen zerrissen, aber dieser hier rappelte sich auf, ich dachte schon, jetzt verfällt er wieder in seinen Tanzschritt. Aber er stellte sich nur vor: Igor aus Nowosibirsk.

Wir stützten ihn links und rechts, und Amir bürstete ihm die Jacke ab, ein bisschen ausgiebiger als nötig. Wir begleiteten ihn stadteinwärts, und da der Weg in der Nähe unseres Hauses vorbeiführte, gaben wir ihm im Garten etwas zu trinken, damit er wieder zu Kräften kam. Es war eine herrliche Sommernacht, aber Igor interessierte sich nur für unsere Birken. Er konnte sich an ihnen nicht sattsehen. Da bemerkte er, dass sein Geldbeutel weg war, und brach sofort auf, zurück zum Unfallort.

Nie hätten wir gedacht, dass wir ihn noch einmal wiedersehen würden, doch zwei Wochen später stand er plötzlich mit zwei Koffern vor unserer Tür. Man habe ihn entlassen, er hätte ein Mädchen zu offensiv angetanzt. Wir ließen ihn herein, und was erblickte er als Erstes auf dem Boden unserer Küche? Seinen Geldbeutel. Amir entschwand sofort durch die Hintertür. Aber Igor stellte keine Fragen. Er betrank sich mit unserem Wodka, und wir versprachen ihm, dass wir ihn nie in den Krieg schicken würden, dass wir selber Deserteure seien und unseren Separatfrieden geschlossen hätten.

»Wir werden nie auf einen Feind schießen, um am Ende noch einen Freund zu treffen, damit die, die uns und unsere Feinde aufeinandergehetzt haben, sich über unseren Leichen die Hände reichen und den Profit unter sich aufteilen, wie sie das immer tun. Es naht die Zeit der Abrechnung, und dann werden keine Gefangenen gemacht, zu schlecht ist die Sozialprognose dieser Schweine.«

Das sagte Ludovik, er redet immer so ein Zeug. Und Igor blieb. Ich glaube, das Einzige, was ihn bei uns hielt, waren die Birken in unserem Vorgarten. Oft liegt er im bauchnabelhohen Unkraut zwischen den Stämmen mit einer Flasche Moskovskaya, blickt in die flimmernden Kronen und lauscht dem Gesäusel der Blätter. Er liebe diese Birken, sie erinnerten ihn an seine sibirische Heimat, an den Garten der Familiendatscha, die er nun nie wiedersehen werde.

Ich ziehe Igors T-Shirt wieder über seine Narbe, die Decke über sein T-Shirt. Dann drehe ich mich zur Wand und schlafe ein.

Ein paar Tage später schickt uns Igor einen Brief aus dem Knast. Er habe es endlich geschafft, sich einlochen zu lassen. Er sei wohlauf; wenn alles gutgehe, könne er im Knast überwintern. Dort sei es wenigstens warm, es gebe drei Mahlzeiten am Tag und keinen Wodka. Vor allem keinen Wodka, denn dagegen sei er wehrlos. Ich bleibe mit Amir und Ludovik allein im Haus, und obwohl wir jetzt mehr Platz für uns haben, geht uns Igor ab, wir erzählen uns so manche Anekdote über ihn. Was er auch angestellt hat, wir werden nicht den ersten Stein werfen. Und wenn, dann kriegt ihn der Richter in die Fresse. Was sollte einer mit einer solchen Narbe am Bauch auch anderes tun, als wild um sich zu schlagen? Wenn wir ehrlich waren, blieb ihm nicht viel anderes übrig.

7

Als Abwechslung bleibt uns im Winter nur das Hallenbad. Wir gehen an den Wochenenden, um uns zu reinigen. Die Hindus machen das im Ganges, wir im öffentlichen Hallenbad. Dort gibt es heißes Wasser und Duschen und jede Menge Mädchen, die dir dabei zuschauen. Nackt nehme ich es mit jedem Vorstandsvorsitzenden auf. Als Arbeitslose kriegen wir ermäßigten Eintritt, vermutlich als Ersatz für die Arbeit, die man uns vorenthält, aus schlechtem Gewissen. Trotzdem stehlen wir uns lieber durch den Seiteneingang für die Sportschwimmer ins Bad.

Und dann hinein ins nasse Vergnügen!

In Wirklichkeit gehen wir ausschließlich der Mädchen wegen ins Hallenbad, warum macht *Mann* schon irgendwas? Um irgendwelchen Bräuten zu imponieren oder um sie anzuglupschen. Besonders wenn die dabei mehr oder weniger nackt sind. Natürlich redet man sich ein, man müsse Sport treiben, etwas für die Gesundheit tun, außerdem mache Schwimmen Spaß, aber das glaubt man selbst nicht. Man geht ins Schwimmbad, um zu gaffen und begafft zu werden. Ich jedenfalls. Selbst wenn man weiß, dass nichts Berauschendes zu erwarten ist, bleibt doch immer eine Resthoffnung. Die Mädchen, *die* gehen, um sich fit zu halten und weil sie gern schwimmen. Die interessieren sich einen feuchten Dreck für nackte Männerärsche. Die haben nackte Babyärsche im Kopf.

Wir liegen auf den beheizten Steinbänken, die rings um das Becken angebracht sind, und erholen uns von dem ganzen Stress. Es ist eine Wohltat, die Wärme auf deiner Haut zu spüren und dabei durch die gläserne Außenwand in die verschneite Landschaft hinauszuschauen. Aber meistens schauen wir nicht hinaus, sondern durch die Tür der Damendusche. Die Türen sind alle aus Glas, durchsichtig, soll heißen: modern, weltoffen, demokratisch. Na ja, richtig durchsichtig sind sie nicht, so wenig wie eine Demokratie, nur so ein feines Trübglas, eine Art Weichzeichner, genau richtig, um die Fantasie anzuregen. Ein Lob dem Schmutzfink, der das entworfen hat. Wir haben uns direkt gegenüber der Damendusche platziert, das tun wir immer, aber dort tut sich schon seit Lichtjahren nichts. Nirgends tut sich was. Das Becken ist voller feister Landfrauen, und wenn sie in Reih und Glied auf dich zuschwimmen, bleibt dir nichts, als drei Meter unter ihnen hindurchzutauchen oder vom Beckenrand aus zuzuschauen. Also schauen wir zu. Wozu auch rumpaddeln, wenn keine richtige Frau da ist, um dich dabei zu bestaunen. Amir, Zeitung in der Hand, hält sich ein Nasenloch zu und schnäuzt sich das andere frei.

»Hör dir das an! Die wollen jetzt Langzeitarbeitslosen Fußfesseln anlegen ... Doch, doch, hier steht's! ›Die elektronische Fußfessel bietet damit auch Langzeitarbeitslosen und therapierten Suchtkranken eine Chance, zu einem geregelten Tagesablauf zurückzukehren und in ein Arbeitsverhältnis vermittelt zu werden.‹«

»Ich bin nicht suchtkrank.«

»Ich kann mir schon vorstellen, wie das dann aussehen wird. Die werden dich wegen jedem Scheißdreck anpiepsen. Du hast dich heute noch nicht gekämmt, *piep*. Du warst heute noch nicht auf Jobsuche, *piep*. Du sollst die Frau da nicht belästigen, konzentriere dich auf die Jobsuche, *piep*. Zeit zum Schlafengehen, damit du morgen frisch anpacken kannst, *piep*. Und als Nachdruck gibt es kleine Stromschläge. Ist das noch ein Leben?«

Amir schmeißt die Zeitung hin, legt sich auf den Rücken.

»Es wird Zeit, dass wir uns verpissen. Ich meine es ernst. Es wird immer schlimmer, alles wird immer schlimmer. Wo soll das enden? Eines dieser Schweine will sogar die Folter wieder einführen. Die Folter, kein Witz!«

Wir starren zur Decke. Unsere Köpfe berühren sich fast.

»Und wo willst du hin?«, frage ich.

»Nach Amerika.«

»Bist du von allen guten Geistern verlassen?! Was willst du im Ausbeuterparadies? Scheibenwischer putzen oder Spucknäpfe polieren? Für die bist du doch nur ein verdammter Asiat, die Vorstufe zu einem Chinesen.«

Er schüttelt den Kopf.

»Ich mache Stuntman in Hollywood. Wenn es sein muss, fange ich als Statistik an und arbeite mich hoch ...«

»Statist ... es heißt Statist.«

Ich lasse ihn weiterspinnen, schaue lieber den Frauen beim Planschen zu. Ludovik behauptet, ich sei ein Erotomane, aber es kann sich nicht jeder ständig mit Gnostik und Quantenphysik beschäftigen wie er. Ich beobachte seit einiger Zeit ein Mädchen beim Schwimmen. Jedes Mal, wenn sie mich passiert, blickt sie ganz unkeusch in meine Richtung. Sie tut, als unterhielte sie sich mit ihrer Freundin, aber ich sehe genau, dass sie zu mir herüberschielt, und das schon seit mindestens zehn, fünfzehn Bahnen. Jetzt hat auch die andere herübergeschaut, ich wette, die reden über mich. Ich nehme Anlauf und hechte ins Becken, wobei ich einen Schwimmer fast ertränke. Der Bademeister pfeift mich an, es ist verboten, vom Beckenrand hineinzuspringen. Ich mache eine Geste der Entschuldigung und erleichtere mich dabei ins Wasser, dagegen hat er nichts. Die Mädchen haben gewendet und schwimmen davon. Ich paddele hinter ihnen her, ich will gleichzeitig mit ihnen anschlagen, merke aber, dass sie schneller sind. Plötzlich scheren sie nach links aus, in Richtung der Leiter. Ich fluche vor mich hin, versuche, sie von links zu überholen und von der Leiter abzuschneiden, aber ich komme zu spät, schon steigen sie aus dem Becken.

Ich krabbele aus dem Wasser wie ein begossener Pudel. Ich tröste mich damit, dass ich ihre Blicke missverstanden habe, vielleicht war sie nur kurzsichtig und hat mich mit ihrem Freund verwechselt, und jetzt spurtet sie auch schon in die Dusche. So ist es immer: Wenn man die Bräute braucht, sind sie nie da. Ich will nicht an sie denken, ohnehin kommt sie mir auf einmal reichlich grob gestrickt vor. Ich lasse mich auf die Bank fallen, ich will nur noch meine Ruhe haben. Amir stützt sich auf seinen Ellbogen.

»Patagonien!«

»Was?«

»Endlose Weiten und kein Schwanz da.«

»Ach, lass mich in Frieden! Glaubst du, die brauchen noch einen Arbeitslosen mehr in Patagonien? So einen wie dich?«

Er schüttelt den Kopf.

»Du hast wirklich keine Ahnung! Das ist Dritte Welt, Mann. Dort hat man noch Respekt vor deiner weißen Haut. Niemand käme auf die Idee, dass auch ein Weißer arbeitslos sein könnte und nicht nur deshalb untätig herumhängt, weil er so reich ist. Du kannst es da ziemlich schnell zum Professor oder Gouverneur bringen. Du weißt schon, zu einem dieser Typen mit Schärpe ...«

»Ich vielleicht, du niemals.«

»Du kannst mich mal!«

Nach kurzem Schweigen fängt er wieder an. Er kann es nicht lassen.

»Die haben da immer noch feudale Strukturen, verstehst du? Als Gouverneur hast du das Recht der ersten Nacht. Kannst du dir das vorstellen, Mann? Wenn die jungen Leute heiraten wollen, bringen sie dir ihre Bräute, dass du sie einweihst. Sie bitten dich darum! Und dann erblickst du sie, eine fantastischer als die andere. Sechzehn-, siebzehnjährige Prinzessinnen, nach Rosenduft riechend, mit taufrischer Haut, und du schnallst ihre Keuschheitsgürtel ab, du darfst das, verstehst du, weil du der Souverän bist, und schon durch deine Berührung fallen sie halbwegs in Ohnmacht, und du penetrierst sie, vorsichtig, vorsichtig, als hieltest du Meißener Porzellan in den Händen, du willst ja nicht, dass sie Schaden nehmen, ihre Illusionen verlieren, im Gegenteil, du willst sie nur einweisen, richtig ausrichten fürs Leben, bevor irgendeine hässliche Lesbe sie ausnimmt, aber dann rammst du sie wie ein Irrer. Und später, später lässt du sie noch ein bisschen Flöte spielen und stößt wieder zu, bis sie wund sind, reitest sie zu, dass ihnen Hören und Sehen vergeht, drehst sie hin und her, sie sollen die Liebe von allen Seiten kennenlernen, und sie sind glücklich wie Neugeborene und leisten dir die ganze Nacht Frondienste. Und am Morgen lässt du ihre Verlobten kommen und führst sie zu ihnen und legst ihre Hände ineinander und klopfst ihnen auf die Schulter und sagst: ›Du hast eine kluge Wahl getroffen, Mann. Sie wird dir eine treue Frau sein, dafür bürge ich. Ich übergebe sie deiner Obhut, achte sie und ehre sie.‹ Und wenn du später wieder Lust auf sie kriegst und es hart auf hart kommt, kannst du ihre Macker immer noch als Soldaten in den Krieg schicken …«

Er verstummt und beginnt, den Rotz aus seiner Nase selbstvergessen auf die Fensterscheibe zu schnippen. Ich wende mich ab, um ihn nicht zu sehen. In der Damendusche macht sich jemand an der Dusche gleich hinter der Tür zu schaffen, dort, wo sich sonst nie eine hintraut. Ich bin plötzlich ganz Auge, ich spüre, das muss sie sein, das muss mir gelten, vielleicht habe ich mich doch nicht in ihr getäuscht. Amir schwafelt weiter, von Patagonien und irgendeiner Südseeinsel, er merkt gar nicht, was ihm hier, gleich vor seiner Nase, entgeht, aber ich werde mich hüten, ihn an der Wonne teilhaben zu lassen. Jetzt fängt sie an zu duschen, dreht sich lange und unzüchtig hin und her und stellt ihr süßes Pelzwerk genüsslich zur Schau. So geht das eine ganze Weile, sie macht unverdrossen weiter, dass mir die Augen übergehen und der Druck der Bank unter mir kaum auszuhalten ist. Wenn ich das verdammte Milchglas wegdenke, bin ich komareif. Ich müsste jetzt aufspringen und hinter ihr herhechten, am Ausgang eine zufällige Kollision mit ihr einfädeln, aber irgendwie fehlt mir die Kraft. Ich bleibe liegen, ich werde alt.

Und dann ist sie weg, wie alles irgendwann einmal weg ist, und ich senke meinen Kopf auf meine Arme. Zum Glück erkenne ich nach einer Weile den weißen Kittel der

Putzfrau in der Männerdusche und mache mich sofort auf die Socken. Die sind mir ohnehin am liebsten, die laufen wenigstens nicht weg, wenn ich mich nackt vor ihnen aufrichte.

8

Eines Morgens im tiefsten Januar weckt mich Amir. Ich hasse das. Er weiß das und macht es trotzdem. Er rüttelt mich.

»Hey … wach auf! Ludovik ist weg …«

Ich bohre meinen Kopf unter das Kissen.

»Ludovik ist weg, hörst du? In den Wald … Ich habe ihn durch das Fenster gesehen.«

Ich setze mich auf, steige auf Igors Bauch, er stöhnt auf. Ich blicke mich verwirrt um.

»Du bist schon angezogen«, zischt Amir nervös. Er steht in der Tür, in seinem Secondhand-Pelzkragenmantel, in dem er sich so toll vorkommt, sein braunes Gesicht kreidebleich.

»Beeil dich, Mann!«

Ich laufe ihm hinterher, Mantel in der Hand, stolpere, rutsche die Treppen hinunter. Warum immer im Morgengrauen, warum kann Ludovik es nicht einmal am Nachmittag, am Abend machen, warum muss es immer am frühen Morgen sein. Das Klo gurgelt noch, Ludovik kann noch nicht weit gekommen sein. Durch die offene Eingangstür zieht es kalt herein. Es hat in der Nacht geschneit und schneit noch immer, Schnee bedeckt alles, Schnee knirscht unter Amirs Schritten, und der Wind singt dazu. Er läuft den Hang hinauf, ein panisches Kaninchen.

»Siehst du ihn?«

»Noch nicht.«

Oben auf der Hochebene sehen wir ihn. Dort oben sieht man alles, den Himmel, die weite Flur, die Krümmung der Erde, das einsame Strichmännchen, das schnurgerade auf den Wald zugeht. Er blickt sich kein einziges Mal um, folgt unbeirrt dem Pfad, den er allein sehen kann. Wind fegt über die Ebene, ein sibirischer, arktischer Wind, ein richtiger Heuler, einer wie wir. Noch ein paar Schritte, und er hat den Waldrand erreicht. Er zögert nicht, bleibt nicht stehen, macht nicht kehrt, er taucht ein. Wir laufen los, den scharfen Wind, die rasenden Eispartikel im Gesicht, die Ohren erfroren. Als wir den Wald betreten, bleiben wir einen Moment keuchend stehen und horchen.

Taube Stille.

Und Fußspuren, tiefer und tiefer hinein. Nach einigen Schritten bleibt Amir stehen, ich laufe auf ihn auf. Zwanzig Meter vor uns steht Ludovik, völlig reglos, nur sein Haar flattert mit den Böen. Er trägt seine schlichte, zwanghaft gerade geschnittene, cyanblaue Jacke, die er einmal bei einem Gelegenheitsjob als Postbote hat mitgehen lassen. Über der Brust ist ein kleines Posthorn eingenäht, wie ein Geheimdienst-Abzeichen. An seiner Seite hängt die dicke Zustelltasche, er sieht wie ein Waldbriefträger aus. Er dreht sich langsam, sein Blick gleitet von Baum zu Baum.

»Na, alles klar?«, ruft ihm Amir zu.

Ludovik betrachtet uns aus dem Augenwinkel, in seinem Gesicht diese Untergangsmiene, die uns immer Schauer über den Rücken jagt. Irgendwo flutscht ein Batzen Schnee von einem Ast, ein aufgeschreckter Vogel flattert davon. Als gäbe es eine Flucht.

»Was macht ihr hier?«

»Wir? Ach, was machen wir schon, Fern?«

»Wir … wir wollten Brennholz sammeln. Wir wussten gar nicht, dass …«

»Und du?«, unterbricht mich Amir. »Für Pilze ist es noch zu früh …«

Ludovik fixiert ihn schweigend. Amirs Lächeln gefriert.

»Kalt hier …«, murmelt er. »Sollen wir nicht heimgehen?«

»Finde ich auch. Kommst du mit, Lulatsch?«

»Geht vor ... Ich komme gleich nach.«

»Wir warten ... Wir haben keine Eile.«

»Ich sagte, ich komme nach!«

»Ja, ja, wir gehen ja schon ... Was hast du in deiner Tasche?«

»Ich will nur ein bisschen Frieden, ist das zu viel verlangt?«

»Das wollen wir doch alle! Das ist kein Grund, sich aufzuregen ...«

»Wer regt sich hier auf? Wer schreit hier rum?«

»Wir wollten bloß wissen, was du in der Tasche hast. Du tust gerade so, als wären es Goldbarren.«

»Na, was soll es schon sein, ein Seil, ist es vielleicht verboten, ein Seil bei sich zu tragen ...?«

Er reißt seine Tasche auf und schleudert ein Seil in den Schnee.

»Da ... Da habt ihr euer Scheißseil ... Hängt euch daran auf ...«

Er stockt. Wir senken die Blicke. Der Wind heult, die Äste knistern, das Seil liegt im Schnee zwischen uns, ganz still und doch gefährlicher als alles andere. Ich hebe es auf, begutachte es.

»Gutes Seil, ganz neu, was? Das hat uns im Haushalt wirklich gefehlt. Du wirst es nicht glauben, aber ich wollte dieser Tage selbst ein Seil kaufen.«

Amir nickt, auch er begutachtet das Seil, er findet, es sei ein klasse Seil.

»Also ... also ... wir gehen schon mal zurück ... Lass dir Zeit. Wir machen schon mal was zu essen ... wenn wir was finden.«

Wir winken ihm linkisch zu, machen kehrt und gehen, Seil in der Hand, die Fußspuren entlang zurück.

»Er wird jetzt zu den Gleisen hinuntergehen«, flüstert Amir.

Ich schüttele den Kopf. Jetzt würde alles gut werden, Ludovik hätte erreicht, was er wollte. Und tatsächlich, auf der

Ebene holt uns Ludovik ein, trabt friedlich neben uns her. Erst schweigt er, dann bricht es aus ihm heraus, erst zögerlich, dann immer heftiger. Ich atme durch, das wird ihn frei machen, man muss sich nur alles von der Seele reden.

»Also, es war so … Gestern … ich streune am Bahnhof herum, da sehe ich plötzlich diese belegten Brötchen in einem Kioskfenster. Ich bin hungrig wie ein Wolf, und die Dinger sehen so köstlich aus, platzen förmlich vor Salat, Käse und Salami. Ich kratze mein letztes Geld zusammen und kaufe eines, setze mich auf eine Bank und beiße hinein, klappe es verblüfft auf. Es ist nichts drin, ein paar Spuren von Butter und das, was am Rand herausschaute, sonst nichts. Ich starre darauf und kann es nicht fassen. Alles Lug und Trug. Ich laufe zurück, halte es der Verkäuferin ins Gesicht. Sie zuckt mit den Schultern, sie könne nichts dafür, sie kriege die Brötchen fertig geliefert. Ich schleudere es wütend in den Mülleimer vor ihrem Kiosk, es ist nur ein Reflex, ich will es sofort wieder herausfischen und aufessen, da packt mich plötzlich ein alter Mann am Arm, einer dieser alten Grantler, die den ganzen Tag vor Langeweile vergehen, ich solle mich schämen, Essen wegzuwerfen, während Millionen hungern. Ich reiße mich los. ›Friss es doch auf!‹, schreie ich ihn an. Er fährt mich an, was ich mir denn erlauben würde, ein verwöhnter Lümmel sei ich. ›Halt die Schnauze, sonst reiße ich dein Gebiss raus!‹, schreie ich und schwinge mich auf mein Fahrrad, denn ich merke, dass die Leute stehen bleiben. Mir, gerade mir muss er erzählen, dass gehungert wird, dass *ich* vielleicht hungere, auf die Idee kommt er gar nicht. Ich rase davon, nur weg. Die Fußgängerzone ist leer, ich sause durch, da tritt wieder so ein alter Sack aus einem Laden und faucht mich an, ich solle doch absteigen, absteigen solle ich und das Fahrrad schieben, kreischt er aus purer Bosheit und schlägt mit seinem Stock nach mir, und ich muss mich beherrschen, dass ich nicht umkehre und ihn über den Haufen fahre … Nichts als Bosheit und Heuchelei, wohin man sieht … So hat es keinen Sinn …«

Er schüttelt den Kopf. Wir schweigen, soll nur alles raus aus ihm.

»Es will mir einfach nicht gelingen, versteht ihr? Jeder hat etwas, woran er zu glauben glaubt, ein Placebo, etwas, das er sich einbildet, das ihm die nötigen Illusionen beschert, um aktiv und produktiv zu werden, um andere aus dem Weg zu räumen, ohne deshalb ein schlechtes Gewissen zu bekommen. Nur ich schaffe es nicht, mich blenden zu lassen. Ich durchschaue alles, jeden Glauben, jede Erklärung, jede Rechtfertigung, jedes Ding. Für mich ist der erste Januar ein Tag wie jeder andere, Gott ein Wort mit vier Buchstaben, ein Geldschein bedrucktes Papier, die Ehre verletzte Eitelkeit, das Gewissen Wichtigtuerei, die Liebe das Lechzen nach einer warmen Muschi …«

Er ist ganz schön fertig. Wir sind ganz Solidarität, reden auf ihn ein, beschwichtigen ihn nach Kräften. Menschen seien nun mal Eiterbeulen, das wisse doch jeder, man könne nicht von einem kleinen Sandwich auf das große Ganze schließen, man könne sich doch nicht wegen eines schlecht belegten Brötchens erhängen.

»Erhängen? Wie meinst du das?«, fragt Ludovik erstaunt.

»Im übertragenen Sinn natürlich.«

Und da kommt mir diese Idee.

Ich zerre die beiden mit mir, wir laufen die Straße hinunter, bis zur Metzgerei an der Kreuzung unten. Sie macht gerade auf, wir treten ein, ein Sandwich bitte, ein richtig fettes, mein Freund ist furchtbar hungrig, sage ich. Ich schiebe Ludovik vor, er solle ihr sagen, was er drauf haben will, na los! Ludovik zählt alles auf, und ich verlange jedes Mal die doppelte Portion, noch eine Scheibe, legen Sie noch eine drauf, Fräulein. Die Metzgerin will zwei Brote daraus machen, ich stoppe sie, nein, es soll ein Sandwich werden, ein Jumbo, sie solle nur weitermachen, auch wenn der Deckel nicht mehr draufpasst. Ob die wohl Gurken haben, sinniert Ludovik. Gurken, wiederhole ich, mein Freund möchte noch Gurken darauf. Gurken gebe es nur im Glas, erwidert sie. Umso besser, wir kaufen das ganze Glas, sage ich, sie solle das Brot kräftig mit Gurken belegen, mein Freund habe die ganze Nacht am Hochofen gearbeitet.

Ludovik wankt förmlich unter dem Gewicht des Sandwiches, während wir nach Hause schlendern. Wir schauen ihm von beiden Seiten zu. Ob wir nicht mal beißen wollten? Wir schütteln den Kopf, nein, nein, das Sandwich sei für ihn. Amir holt zwei Dosen Bier aus seinen Taschen, eingesteckt in einem stillen Moment. Er wirft mir eine zu, wir öffnen sie, *zisch*, *zisch*. Ein Schneepflug kriecht an uns vorbei und beschmutzt den schönen weißen Schnee. Aus den Schornsteinen steigt Rauch, hinter den Mauern stehen gerade nackte Frauen vor großen Schränken und Spiegeln und kleiden sich an, ich wünschte, ich wäre dabei. Wir werfen Steine, zielen auf die Briefkästen an den Gartentoren und zählen die Treffer, dann kicken wir die leeren Bierdosen gleich hinterher. Ludovik ist zurückgeblieben, auf der Straße, meine ich, das Sandwich zieht seine ganze Aufmerksamkeit auf sich. Er ist ein schöner Anblick, geradezu beglückend, ich spüre, dass Amir dasselbe empfindet. Wenn ich mir vorstelle, dass er ohne uns jetzt irgendwo im Wald baumeln würde. Wir stehen schon in der Eingangstür, sie ist noch immer offen, bei uns besteht keine Gefahr, dass das Haus auskühlt. Ludovik kauert an unserem Gartenzaun, vor einem Haufen brauner Federn.

»Noch ganz frisch«, sagt er. »Das war mal ein Vogel.«

»Und wenn schon.«

»Gibt euch so was nicht zu denken?«

»Was denn?«

»Dass das alles ist, was von einem Vogel übrig bleibt.«

»Was soll denn sonst davon übrig bleiben?«

»Denkt doch mal nach. Wenn das von einem Vogel übrig bleibt, was glaubt ihr, was von einem Menschen übrig bleibt, der nicht einmal Federn hat?«

Ich schüttele den Kopf. Warum haben wir ihn bloß aus

dem Wald geholt? Das hat man davon, wenn man sich in den Lauf der Dinge einmischt. Ludovik ist in sein Zimmer verschwunden, ich schleppe mich mit Amir nach oben, wir werfen uns erschöpft auf unsere Matratzen. Meine Füße sind fast abgefroren in den löchrigen Halbschuhen, ich kann sie kaum ausziehen.

»Wie lange soll das mit ihm so weitergehen?«, murmle ich.

»Was fragst du mich?«

»Wir können ihn nicht ewig aus der Scheiße ziehen.«

»Wir müssen. Er ist uns anvertraut. Vielleicht verheilt er ja irgendwann.«

Alles ist still, der Schnee erstickt jeden Laut, selbst die Krähen sind verstummt. Ich ziehe mir die Decke über den Kopf, damit es noch ein bisschen stiller wird.

9

Ende Februar, Igor sitzt noch, ich bekomme eine Vorladung ins Arbeitsamt oder wie das heutzutage heißt. Ich sitze der Vermittlerin gegenüber und schiele in ihren Ausschnitt, dann wieder betrachte ich die fleischfarbenen Wolken am Himmel. Ich kann nicht behaupten, dass ich gern dort bin oder sie vor mir habe, Ausschnitt hin oder her. Sie tut geschäftig und plündert ihren Computer. Ich könnte ihr gleich sagen, dass sie dort alles Mögliche, nur nie Arbeit für mich finden wird, ziehe es aber vor, zu schweigen. Im Zweifelsfall schweige ich immer.

Es ist ein rosaroter Morgen, die ersten Frühlingsdüfte liegen in der Luft, ich freue mich, bald wieder im Freien zu sein. Mein Blick wandert zum Ausschnitt zurück, irgendwo muss man ja hinschauen. Die Dame erläutert mir etwas in bedauerndem Tonfall. Ich weiß nicht, was das Mitleid soll, vielleicht wirke ich unglücklich auf sie, aber der Eindruck täuscht. Ludovik sagt, das mit der Schaffung neuer Arbeitsplätze sei ein Ammenmärchen. Mehr Arbeit werde es nie wieder geben, immer nur mehr Technik, die alle Arbeit übernehmen und alles selbst regeln werde. Es sei ökonomisch widersinnig, etwas zu schaffen, was nicht benötigt werde, deswegen würden keine Arbeitsplätze mehr geschaffen. Wir müssen damals auf diese Worte hin ziemlich zusammengesackt sein, denn Ludovik fügte gleich hinzu, wir sollten froh sein, unter die Räder gekommen zu sein. Es gebe kein höheres moralisches Zeugnis, als arbeitslos zu sein, alle guten Leute seien arbeitslos, außer denen, die schon tot waren. Die Guten stürben jung, nur Gesindel würde alt und erfolgreich, an seinen Händen klebe Blut.

Ich blicke hoch. Die Vermittlerin redet noch immer auf mich ein, sie merkt gar nicht, dass ich kein Wort von ihrem Geschwätz mitbekomme. Vielleicht muss sie stets denselben Text aufsagen, ihren dramatischen Monolog. Sie macht eine Geste der Verlegenheit, ich müsse mich eben weiter gedulden.

»Schon gut«, nuschele ich.

Ich spüre, hier ist nichts zu erwarten. Im Gegenteil, ich muss noch froh sein, nicht auf dem Sklavenmarkt einer Zeitarbeitsfirma zu landen und für einen Euro die Stunde den ganzen Tag Hundekacke im Stadtpark auflesen zu müssen.

Ich seufze tief und stehe auf.

Zum Abschied reiche ich ihr die Hand, obwohl es auch etwas anderes sein könnte. Eigentlich möchte ich sie bitten, die Bitte liegt mir auf der Zunge: dass sie ihren Büstenhalter abnimmt, nicht das Hemd, nur den Büstenhalter, so wie die Frauen früher rumgelaufen sind, und mir erlaubt, ihr bei der Arbeit zuzusehen, beim Tippen, beim Telefonieren, bei was auch immer. Ich habe nicht den Eindruck, dass sie Blut an den Händen hat, höchstens einen Haufen Nagellack, und dennoch ist sie Herrin eines kleinen Reiches, das sie verwalten darf, hat einen eigenen Computer und Weihnachtsgeld und Leute, die bei ihr vorstellig werden. Glückliche Sau.

Als ich die Tür hinter mir schließe, sind wir beide erleichtert. Und wenn sie noch so hilfsbereit tut, uns verbindet nichts miteinander, sie lebt auf der Sonnenseite, ich im Schatten. Es geht um meine Haut, nicht um ihre. Ob sie mich vermittelt oder nicht, ändert nichts daran, dass sie jeden Tag um acht zur Arbeit antreten darf, am Monatsende ihr Gehalt einstreicht und im August auf Mallorca verbrät. Aber wenn wir Arbeitslosen erst in der Mehrheit sind, wird sie, die Arbeitende, zu mir in die Sprechstunde kommen und um Rat fragen, es ist nur eine Frage der Zeit.

Ich streune ziellos herum, glücklich, an der Sonne und nach wie vor ohne Arbeit zu sein. Bei so viel Freude muss ich an Mette-Marit denken. Prompt bekomme ich einen Steifen und folge dem Wink. Mette-Marit ist eine wahre Zauberin, das einzig Gute in unserem Leben.

10

Wenn wir bei Mette-Marit liegen, blicken wir durch die schmale Balkontür ihres winzigen Apartments auf den großen, leeren Volksfestplatz. Mette-Marit ist aus Finnland, aber wenn ich ihr breites, vollmondhaftes Gesicht und ihre mongolischen Augen unter mir sehe, bin ich mir sicher, dass sie eine Lappin ist. Sie leugnet es, aber wir lachen sie nur aus. Sie behauptet auch, Studentin zu sein, aber dafür ist sie viel zu alt. Sie sitzt jedes Mal vor der Glotze, wenn ich durch ihre Balkontür steige. Sobald sie mich erblickt, steht sie auf und macht den Kasten aus, sofort und von sich aus, sie weiß, dass ich das nicht haben kann. Sie ist nicht gerade gesprächig, aber nach einem Besuch bei ihr herrscht stets tiefer Frieden in uns, und mochten wir noch so niedergeschlagen zu ihr gekommen sein.

Ich weiß nicht, warum sie sich mit uns abgibt. Sie weiß es auch nicht. Weil sie einsam ist natürlich, warum gibt man sich schon miteinander ab. Ludovik sagt, sie tue es wegen des Scheins, den wir ihr immer mit einem Magnet an den Spiegelrand heften, aber davon wollen wir nichts wissen, das wäre zu krud gedacht. Sie war noch als Schülerin zu ihrer großen Liebe Mikka gezogen und hatte mit ihm zusammengelebt, bis er sie eines Nachts im Führerhaus eines Lastwagenfahrers ertappte und aus Finnland hinauswarf. Seitdem hegt sie nur den einen Wunsch, zu Mikka zurückzukehren, dafür schuftet sie, dafür spart sie ihr Geld. Wir machen uns keine Illusionen, an wen sie denkt, während wir uns an ihr abreiben. An wen ihre Maschine dabei denkt, darüber sollte sie sich wiederum keine Illusionen machen.

Diesmal hat sie schon Besuch, ich muss nicht lange rätseln, von wem. Auf dem Boden vor ihrer Terrassentür liegt ein Pelzkragenmantel. Ich rauche ein paar Zigaretten auf dem Balkon und halte mir die Ohren zu, um das Gestöhne und die falschen Lustschreie drinnen nicht mit anhören zu müssen. Die Geräusche werden hektischer, jetzt kann es nicht mehr lange dauern, ich sehe schon die religiöse Ekstase auf Amirs Gesicht. Endlich ist er durch. Ich ziehe den Vorhang vor, lasse die Balkontür aber auf, damit das Vogelgezwitscher ins Zimmer dringt. Mette-Marit wäscht sich an einem kleinen Waschbecken, kehrt taufrisch ins Bett zurück.

»Willst du dich nicht auch erst waschen?«, flüstert sie.

»Für wen, für dich vielleicht?«

Sie zuckt mit den Schultern.

»War ja nur eine Frage … Hast du das Geld?«

»Steckt am Spiegel, wie immer.«

»Wirst du mich auch nicht betrügen?«

Ich flutsche zwischen die schweißgetränkten Laken, robbe zwischen ihre Beine. Ihr Haar riecht nach Apfelshampoo, ganz nett. Das Bett ist breit, wie geschaffen für einen Dreier, ist es vermutlich auch. Amir liegt auf dem Rücken und bläst den Zigarettenrauch zur Decke, dass ich an den Schwaden fast ersticke. Man merkt, dass er noch im Glücksdelirium schwebt. Ich versetze ihm einen Stoß mit dem Ellbogen, er soll sich wegdrehen. Ich werde einen Dreck tun, ihn zuschauen zu lassen, damit er mittendrin auf einmal wieder mitmachen will, der schamlose Hund.

Später dösen wir friedlich nebeneinander, versunken im Nirwana. Irgendwann reißt mich ein Piepsen aus dem Schlaf, ich schlage blindwütig nach dem Störenfried, aber es ist zu spät, meine Müdigkeit dahin. Ich stütze mich auf. Mette-Marit liegt auf ihrem Bauch und schläft. Schön langsam, so wie ich mir das Bügeln vorstelle, ziehe ich die Fingerspitzen über ihren Rücken, vom Hals hinunter über die Vertiefung ihres Hohlkreuzes und langsam hinauf auf den Hügel ihres Luxushinterns. Ich breite meine Hand auf einer ihrer Pobacken aus und drücke sie. Sie ist weich und fiebrig warm, und wenn ich sie antippe, spüre ich ihre herrliche Schwere. Dann gleite ich wieder die Piste hinunter, ein einsamer Skifahrer, verschollen in der wunderbaren Arschlandschaft, das nenne ich Gleitkultur. Dann fahre ich wieder hinauf, über diese perfekte Rundung, diese himmlische Kuppel. Weich und glatt wie Sanddünen in der Wüste, von einer hauchdünnen weißen Flaumschicht überzogen. Es ist, als könne man nie aufhören, sie zu kosen.

»Fühlt sich gut an, was?«

Über Mette-Marits Schultern blickt mich Amir an. Seine Augen leuchten im Halbdunkel wie die eines lüsternen Pferdes, seine weißen Zähne blitzen auf, seine Brust ist behaart wie Dr. Jekyll nach der Verwandlung. Wir betrachten einander schweigend, verstehen uns wortlos. Eine seltsame wunschlose Zufriedenheit springt zwischen unseren Blicken hin und her. Draußen trällert ein Vogel, ja, so himmlisch muss es im Garten Eden gewesen sein, bevor sich Gott, der alte Eiferer, eingemischt hat. Nicht auszudenken, dass andere um diese Tageszeit in Büros und Behörden sitzen und uns fast das gleiche Schicksal ereilt hätte.

»Hm … irgendwie gut.«

»Frauen sind verdammte Prinzessinnen.«

»Manche schon.«

»Alle, im Dunkeln alle.«

»Es ist nie dunkel, wo eine Frau ist.«

Amir fährt mit der Nase über Mette-Marits Körper.

»Und wie sie riecht! Geil, was?«

Ich lehne mich vor, wir beschnüffeln, lecken ihre sprudelnde Möse.

»Fantastisch.«

»Schmeckt wie Vanille, was?«

»Nie gekostet, Vanille.«

»Wahnsinn, so viel Haar. Ist das nicht herrlich?«

»Hm ... da kommt kein Hermelin ran.«

»Ich würde auch sofort aufstehen und gehen, wenn sie nicht behaart wäre.«

»Sicher.«

»Und da unten wird es immer mehr. Lang mal hin, sie ist immer noch feucht.«

»Wie soll sie es auch nicht sein, wenn du sie so befummelst.«

»Sie ist wieder offen.«

»Sie war nie zu, Mann. Frauen können endlos am Stück. Kaum befriedigt, könnten sie schon wieder abheben. So nach zehn, fünfzehn Minuten. Und das ohne Ende. Das ist ihre Funktion. Du willst wohl wieder hinein?«

»Hm.«

»Kein Wunder, da kommst du auch her.«

»Ich nicht. Ich kam per Kaiserschnitt.«

»Sieht dir ähnlich, du faule Sau!«

Stille. Wir streicheln Mette-Marit, was das Zeug hält.

»Die Arme ist ganz erschöpft. Hörst du, wie schwer sie atmet?«

»Sie verstellt sich. Ich wette, sie kommt wieder. Sie kämpft schon gegen ihre erwachende Geilheit an.«

Eine Woge philosophischer Betrachtungen überflutet mich.

»Siehst du, von dieser Warte aus versteht man auf einmal alles, alles wird so einfach, so klar, das ganze Leben, die Weltgeschichte, die Kriege, der Frieden, ja, auch der Frieden ... Das ist der Ursprung der Welt, da kommt alles her, dahin will alles zurück. Eigentlich nicht viel, ein Schlitz, eine Schneise, eine Scharte, eine verdammte Wundertüte … Findest du nicht?«

»Ja, mehr gibt es nicht.«

»Doch, gibt es«, sage ich nachdenklich.

»Was denn?«

»Wenn man dafür nicht zahlen muss. Ich wette, das ist ein ganz anderes Gefühl. Wenn du ihr kein Geld dafür gibst, sondern sie es von sich aus tut, einfach so, weil ihr danach ist, weil sie dich liebt. Muss ein Labsal sein, so was.«

»Quatsch, es ist genauso.«

»Woher willst *du* das wissen? Wann hattest du schon mal einen Gratisfick?«

»Mette-Marit macht es mir immer umsonst.«

»Was? Sie macht es dir …«

Ich starre ihn an, eine Welt bricht in mir zusammen. Amir sieht mich ernst an, dann grölt er mir ins Gesicht. Ich atme durch, restlos erleichtert. Und ich hätte es ihm fast noch geglaubt. Dann hält Amir seine Hände über die große braune Wölbung von Mette-Marits Hintern und umkreist sie mit gespreizten Fingern wie eine Hellseherin.

»Sieben gute Jahre sehe ich in der Glaskugel.«

Wir wiehern, und ich habe das Gefühl, dass auch Mette-Marit heimlich kichert, so wie ihr Hintern schwabbelt. Amir kriegt sich gar nicht mehr ein.

»Erinnerst du dich …«, keucht er, »… erinnerst du dich noch an die Pizzabotin?«

Ich drehe mich auf den Rücken, Amir soll nicht merken, dass er es geschafft hat, mich zum Lachen zu bringen. Ich bekomme einen Schluckauf. Er kämpft mit den Tränen.

»Du hättest dich danach sehen sollen, du schwebtest förmlich vor Glück!«

Amirs Gelächter hallt in meinen Ohren. Mette-Marits wuchtiger Leib verdeckt ihn vollständig, es ist, als lachte ihr After mit seiner Stimme. Irgendwann hievt er sich wieder auf sie. Ich drehe mich ab und ziehe das Kissen über meinen Kopf. Als Mette-Marit wieder eingeschlafen ist, schlendern wir durch die Stadt. Unter all diesen Menschen, die ihrem Aussehen nach Menschen sein könnten, obwohl sie nur bewegliche Statuen sind, die von allem, was gut ist, keine Ahnung haben. Meinen Geldschein habe ich wieder eingesteckt, schließlich bin *ich* bedürftig und nicht Mette-Marit, sie wird schon verstehen.

11

Ich erinnere mich. März vor fast einem Jahr, ein herrlich lauer Abend und mein Geburtstag, ich bin nämlich Fisch. Ich weiß nicht, wer von ihnen die Idee mit der Überraschung hatte. Wenn ich die Trillerpfeife hören würde, solle ich in den Garten kommen. Sie erwarten mich mit strahlenden, geröteten Gesichtern an einem gedeckten Tisch, eine morsche Planke auf zwei Böcken. Auf einem brandneuen Tischtuch, das Amir eigens für das Fest geklaut hat, steht ein Sammelsurium von Tellern, Gläsern und Getränken. Ludovik hat eine Vase mit Unkraut in die Mitte gestellt, im Transistorradio knistert eine Barry-White-Kassette. Igor schenkt Fusel ein, wir stoßen auf mich an. Die Pizzen seien schon bestellt, auch das gute Wetter hätten sie bestellt. Ein Zug rast vorbei, wir zeigen ihm kollektiv den Mittelfinger.

Als wir die Arme senken, steht ein Kombi hinter den Überresten unseres Maschendrahtzauns. Eine junge Frau klappt die Hecktür auf und zieht vier Pizzaschachteln heraus. Das Tor klemmt. Igor ist am schnellsten zur Stelle, reißt das Tor für sie auf und vor lauter Eifer gleich aus den Angeln. Die Pizzabotin ist schlank und hat eine blonde Ponyfrisur mit zwei Zöpfen. Sie kommt durchs Unkraut, wir betrachten sie mit begierigen Blicken, plötzlich ist alles totenstill. Igor mustert das Tor in seiner Hand und schleudert es ins Gras.

Das Geld für die Pizzen liegt auf einem Haufen in der Tischmitte, dazu ein üppiges Trinkgeld. Wir schieben es ihr zu. Sie streicht es mit einem schüchternen »Danke« ein und wünscht uns noch einen schönen Abend. Ob sie heute noch viel ausliefern müsse? Nein, eigentlich habe sie schon seit sechs Uhr Feierabend. Dann könne sie ja mit uns mitfeiern, ruft Igor und rückt zur Seite. Sie schüttelt den Kopf, lächelt.

»Wir feiern heute Geburtstag!«, ruft Amir und deutet auf mich. Die Pizzabotin blickt mich an, ich verliere mich in ihren Pupillen.

»Na gut, ein paar Minuten«, wispert sie und nimmt neben mir Platz. »Alles Gute!«

»Gleichfalls«, erwidere ich verwirrt.

Wir stellen uns alle vor, sie heißt Maria. Inzwischen bestückt Ludovik mangels Torte eine Pizza mit Kerzenstummeln und stellt sie feierlich vor mir ab. Nach einigen Hustenanfällen und Fehlversuchen gelingt es mir, alle Flämmchen auszupusten. Wir wollen Maria Wein einschenken, aber sie hält ihre Hand über das Glas, sie müsse gleich Auto fahren. Die anderen überschlagen sich vor lauter Charme und Fürsorge, es ist nicht mit anzuhören. Sie versuchen, ihr Sternzeichen zu erraten, und befragen sie schamlos nach ihrem Freund, ihrem Liebesleben. Je aufdringlicher sie werden, umso näher rückt sie zu mir, als suche sie bei mir Schutz, mir wird vor lauter Nähe ganz heiß. Ich mache auf Kavalier, trage alles Mögliche zusammen, ich sei Meeresbiologe und mein Hobby Drachenfliegen, sie könne gern einmal mitfliegen. Die anderen verstummen allmählich, sie lauschen mit offenem Mund.

Die Dämmerung bricht an, Kälte zieht herauf, und plötzlich sitze ich allein mit Maria da. Ich sehe mich erstaunt um, ich habe die anderen gar nicht weggehen sehen. Über dem Müllhang geht ein halber Mond auf, Fledermäuse huschen um unsere Köpfe. Und plötzlich begreife ich, dass die Jungs still und leise abgezogen sind, um uns nicht zu stören. Ich bin gerührt, nie hätte ich eine solche Geste von ihnen erwartet. Maria stützt ihr Kinn auf, unter dem Tisch berühren sich unsere Beine. Sie erschaudert.

»Es wird kalt, gehen wir hinein«, sage ich und lege ihr probeweise, als Geste des Wärmens, flüchtig den Arm um die Schulter.

Sie weicht mir nicht aus, im Gegenteil, sie kuschelt sich an mich. Ich fasse es nicht. Ich hauche ihr einen Kuss auf die Wange, strikt brüderlich. Und auch diesmal macht sie keinen Aufstand. Sie wendet mir das Gesicht zu, ich sehe den fahlen Glanz ihrer Augen. Ich lehne mich vor und küsse sie auf die Lippen. Ihre Augen bleiben offen.

Der Rest geschieht wie in einem Märchen. Ich fasse sie bei der Hand und führe sie ins Haus, bete im Stillen, dass nicht gerade einer der anderen auf dem Klo sitzt oder vergessen hat abzuspülen. Maria folgt willig, nicht ein Mal versucht sie, ihre Hand wegzuziehen. Wir stolpern die Treppe hinauf, alles ist verlassen, alles dunkel, das ist auch besser so, um nichts in der Welt würde ich hier Licht machen. Die Tür zu Ludoviks Zimmer ist offen, drinnen flackert eine Kerze. Ich könnte schreien vor Dankbarkeit, das erspart mir, Maria auf den Dachboden hinaufzuführen. Weiß der Himmel, was für ein Asozialer sich gerade dort oben räkelt.

Ich schließe die Tür hinter uns, sperre sie aber nicht ab, um Maria keinen Schreck einzujagen. Sie bleibt mitten im Zimmer stehen und dreht sich verlegen um. Ich ziehe sie sanft zu mir an den Bettrand und räuspere mich, um meine erregte Stimme auszubalancieren.

»Hast du noch nie?«, japse ich.

»Was?«

»Na ja … du weißt schon.«

Sie schüttelt den Kopf, ihre Zöpfe schwingen hin und her.

»Wie alt bist du denn?«

»Achtzehn.«

»Ist das wahr?«

»Willst du mich jetzt nicht mehr?«

Mein Gott, sie hat wirklich keine Ahnung von Männern. Die Vorstellung von so viel Unschuld vernebelt meinen

Verstand. Wir schlüpfen unter die Decke und wärmen uns aneinander. Ich weiß nicht, wie mir geschieht, es ist zu viel Glück auf einmal, ich sage mir im Kopf, langsam, langsam, Mädchen wollen es langsam, mit langem Vorspiel und so, beherrsch dich, du Schwein. Aber Maria ist anders. Irgendwann richtet sie sich auf und hat sich in Sekundenschnelle ihrer Kleider entledigt. Dann zieht sie mich aus, es gibt kein Zögern, unsere Körper haben sich längst verselbständigt, alles geschieht leicht und automatisch, als hätte sie ihr Leben lang nichts anderes getan. Sie ist ein Naturtalent.

12

Ich erwache im Dunkeln, erschöpft, als hätte ich tausend Nächte und Träume durchgeschlafen. Ich bin allein, das Kissen duftet, die Erinnerung kommt wieder. Und wenn ich alles nur geträumt habe? Aber der Duft ist da, auf dem Kissen, auf meinen Händen, meiner Haut. Von draußen dringen Stimmen an mein Ohr. Ich torkele ans Fenster, öffne es. Im Mondschein erblicke ich Schatten an einem Tisch, ich zähle sie, es sind nur drei. Ich klaube panisch meine Kleider zusammen, renne hinunter. Sie empfangen mich mit schmutzigem Gekicher.

»Na, alles klar, Fern?«

»Wo ist sie?«

»Wer denn?«

»Ihr wisst schon. Wo ist sie?«

»Meinst du Maria? Du musst doch am besten wissen, wo sie ist …«

»Komm schon, setz dich, du siehst so … erschöpft aus. Willst du uns nichts erzählen? Lass uns doch an deiner Freude teilhaben.«

»Ihr habt keine Ahnung … Es war … Ich war im Paradies.«

Sie rücken näher.

»Und? Erzähl, wir sind ganz Ohr!«

»Sie war noch Jungfrau … stimmt's?«

»Lasst ihn in Ruhe, ihr seht doch, dass er verliebt ist. Es hat dich ganz schön erwischt, was?«

»Wo ist sie?«

»Woher sollen wir das wissen? Was hat sie dir gesagt, wo sie hingeht?«

Sie wiehern, ihr albernes Gelächter geht mir auf die Nerven.

»Ignoriere sie einfach«, flüstert Amir. »Sie sind neidisch. Komm, wir drehen eine Runde, die frische Luft wird dir guttun.«

Wir tigern durch die schwüle, windstille Nacht. Über uns spreizt sich das unendliche Firmament. Unten ist es weniger schön, ringsum ergießt sich ein Gewerbegebiet, Autohaus, Reifenlager, Baumarkt, lastwagengroße Werbetafeln. Ludovik und Igor folgen in einiger Entfernung, grölend, blödelnd. Eine Flasche segelt über uns hinweg und platzt auf dem Asphalt. Alles ist wie ausgestorben, natürlich, wer uns hört, wird sich auch hüten herauszukommen. An der automatischen Tankstelle vor uns, halb verdeckt von den Zapfsäulen, steht jemand in schwarzen Netzstrümpfen. Amir zögert, sieht sich um.

»Die Geschichte mit deiner Kleinen hat mich ganz schön heißgemacht. Hast du nicht Lust auf mehr?«

»Bist du verrückt? Nach dem, was vorhin war?!«

»Und was ist mit uns?«

»Macht, was ihr wollt, ich hau ab. Was soll ich mit der Braut?«

»Warte wenigstens, bis ich sie angesprochen habe … Oder rede du lieber mit ihr. So, wie du aussiehst, verlangt sie vielleicht weniger. Na, komm schon! Haben wir uns vorhin nicht auch aus dem Staub gemacht?«

Darauf kann ich nichts erwidern, ich bin ihnen wirklich dankbar. Ich gehe auf die Lichter zu. Das Gekicher hinter mir verstummt, es wird plötzlich still. Ich blicke mich um, und auf einmal befällt mich ein mulmiges Gefühl, als ginge vor meinen Augen etwas Entsetzliches vor sich und ich sähe es nicht. Da stehen sie, drei Ruinen unter einer Laterne. Sie winken, weiter, weiter, ich solle weitergehen. Ich mache noch ein paar Schritte. Die Nutte tritt ins Licht, in Lederröckchen und elastischem Oberteil.

»Du schon wieder! Noch nicht genug gehabt?«

Ich bleibe stehen, wie vom Blitz getroffen. Trotz der Schminke erkenne ich sie sofort.

»Maria ... O Scheiße!«

Und mit einem Mal explodiert das Gelächter hinter mir, ein irres Gegröle, als hätte man ein Rudel Hyänen freigelassen. Ich mache kehrt und hechte hinter ihnen her, meine Fäuste ballen sich. Die Schweine, ich werde sie erschießen, abstechen ... Sie flüchten wie Hasen. Igor, nur noch wenige Schritte vor mir, stolpert und geht zu Boden, als hätte man einen Zementsack abgeworfen. Amir und Ludovik drehen sich abrupt um. Igor liegt auf dem Asphalt vor mir, das Gesicht voll Blut, er winselt leise.

»Rühr ihn nicht an!«

Sie laufen auf mich zu. Ich trete über Igor hinweg.

»Ihr seid der letzte Dreck!«

»Reg dich ab!«

»Ihr kotzt mich an!«

Ich werfe mich auf sie, sie stoßen mich zurück. Ich stolpere über Igor, falle rückwärts. Ludovik beugt sich über mich.

»Was willst du überhaupt, du Penner?«

Er ist außer sich, Amir klammert sich von hinten an ihn.

»Für wen hältst du dich eigentlich? Was dachtest du denn? Dachtest du wirklich, es könnte anders werden, einfach so, von einem Tag auf den nächsten? Dachtest du, eine halbwegs normale Frau würde mit dir ins Bett, du Sau? Schau dich doch an! Du riechst wie eine Sau, du siehst aus wie eine Sau, und wenn du frisst, glaubt man, an einem Trog zu stehen. Ein lächerlicher Kleinstadtstecher, das bist du!«

»Das musst gerade du sagen!«

»Wo lebst du eigentlich? Hast du noch immer nicht geschnallt, was wir sind, was du bist? Lebst du noch immer auf Wolke sieben? Glaubtest du allen Ernstes, du könntest einer Frau imponieren? Nutten sind das Beste, was du in deinem Scheißleben je abkriegen wirst. Du bist Abschaum, eine Beleidigung für die abendländische Kultur, sieh doch mal den Tatsachen ins Auge! Zu was taugst du überhaupt? Du kannst nicht mal eine Wärmflasche ordentlich zuschrauben.«

»Findest du so was komisch, du dumme Sau?«

»Es *war* komisch, du warst *sau*komisch ... Jetzt fang nicht zu flennen an.«

»Ich war verliebt in sie, du Sau.«

»Warum warst? Du kannst es immer noch sein!«

»Es war ein Scherz. Wie hätten wir wissen sollen, dass die Kleine so gut spielt?«

»Wir haben es doch für dich getan, wir haben für dich unser letztes Hemd hergegeben! Mann, die Braut hat uns eine Stange Geld gekostet, was glaubst du, was die für einen Stundenlohn hat. Was glaubst du, wie lange ihr da oben gelegen habt, das muss alles erst bezahlt werden ...«

»Wir wollten dir eine Freude machen, dich richtig verwöhnen! Es war doch dein Geburtstag, dein verdammter Ehrentag! Ein paar nette Stunden mit einem Mädel vom Land, wir wissen doch, worauf du stehst. Es sollte richtig schön werden.«

»Das war es auch ... Das ist es ja ... Es war sauschön.«

»Aber solche Frauen geben sich mit unsereinem nicht ab, das weißt du doch. Klasseweiber stehen auf Männer, die ... die etwas darstellen, die etwas aus ihrem Leben gemacht haben, Banker, Anwälte, Manager, Männer mit Kohle und dicken Schlitten. Oder wenigstens Künstler, Rockmusiker, Sportler.«

Wir hören ein Röcheln, drehen uns um. Igor kauert auf allen vieren und erbricht sich auf den Asphalt. Er rollt zur

Seite, starrt vor sich hin, halb sitzend, halb liegend, ein angeschossenes Nilpferd. Amir greift ihm unter die Achseln.

»Komm schon, Igor, du kannst nicht hierbleiben. Für einen wie dich werden die Lieferwagen nicht bremsen.«

Wir hieven ihn hoch. Er schwankt, aber er kann wenigstens stehen. Ich schnäuze mich, schaue zum Himmel. Er ist schön, voller Sterne. Wenn man nur nach oben sieht, könnte man überall sein. Schon höre ich das Meer rauschen, eine Bucht irgendwo am Mittelmeer. Wir marschieren los, Seite an Seite, der Himmel bekommt die ersten grauen Flecken. Ludovik schlägt mir auf die Schulter.

»Trotz allem, du warst echt komisch.«

Sie lachen. Sie haben recht, wahrscheinlich sah ich wirklich wie ein Vollidiot aus. Wir schleppen uns durch das Gewerbegebiet, ich fühle mich leer wie nach einer Magenspülung, und doch muss ich mitlachen. Unser Gelächter hallt durch die Straßen, es klingt, als wären wir viel mehr, als wir sind, und vielleicht sind wir das auch. Igor lacht auch, er kichert kaum hörbar in sich hinein, das Blut an seiner Schläfe trocknet schön friedlich vor sich hin. Jetzt ist alles wieder gut, wie es früher war. Dann erbricht sich Igor wieder, trifft meinen Schuh. Ich wische den Schuh an einem Grasbüschel ab, abgesehen vom Geruch bleibt nichts daran haften. Vor uns schimmert das Morgenrot.

Bald wird die Sonne aufgehen, ein neuer Tag anbrechen.

13

Das war letzten März. Und ein paar Wochen später begegnete uns Sibylle. Igor saß gerade irgendeine Strafe ab, wir saßen auf unserer Ruhebank, tranken Bier und hörten Transistorradio, als Sibylle plötzlich um die Ecke bog. Wie eine wunderbare Lichtverknotung wandelte sie über den Marktplatz. Wir richteten uns sofort auf, aber sie bemerkte uns nicht. Wie hätte sie auch, wir waren kein Hingucker.

Gruppenbild mit drei Flaschen.

Sie verschwand im Gebäude der Regionalzeitung.

Eine Sommerbrise, die einem ins Gesicht schlägt und sich wieder legt.

Wir sitzen mit einem Mal ganz verkrampft da, im nächsten Moment haben wir es plötzlich alle ganz eilig, etwas zu erledigen. Kaum sind die anderen ausgeschwirrt, rücke ich mein Hemd zurecht und kämme mit meinen Fingern mühsam mein verfilztes Haar aus. Sibylle kommt wieder heraus, ich stelle meine halbvolle Bierflasche auf die Bank und folge ihr. Sie geht nicht weit, aber *wie* sie es tut ... Ich kann den Blick nicht von ihr nehmen. Nach zweihundert Metern setzt sie sich auf die Terrasse eines Cafés. Ich drehe mich schnell weg, stoße mit jemandem zusammen.

»Amir!«

»Ach, du ...«

»Ich dachte, du wolltest was erledigen.«

»Und du? Wolltest du nicht ...«

Wir tauschen böse Blicke, wir haben einander sofort durchschaut. Plötzlich kommt Ludovik aus der Querstraße geschossen, erblickt Sibylle und wendet sich schnell einem Schaufenster zu.

»Was sagt man dazu!«

»Der falsche Hund!«

Wir pirschen uns an Ludovik heran, nehmen ihn in die Mitte. Er sagt nichts, das erwarten wir auch nicht. Zu dritt beobachten wir Sibylle durch die Schaufensterscheibe, die voller Damenunterwäsche ist. Die Boutiquebesitzerin postiert sich diskret in der Tür, sie hält uns wohl für Perverse.

Dumme Kuh, als interessierten wir uns für ihre beschissenen Schlüpfer!

Wir schieben uns gegenseitig vorwärts, stolpern übereinander, um hinter den Wandvorsprung eines Hauseingangs zu gelangen. Dort setzen wir uns auf die Stufen und betrachten Sibylle in atemloser Verzückung. Sie sitzt in der Sonne und nippt an einer Tasse. Dann macht sie sich daran, ihr vom Wind gelöstes Haar wieder hochzustecken, herrliche, zentnerschwere goldene Locken, hochgestecktes Haar macht mich ohnehin verrückt. Sie arbeitet sich von unten nach oben durch, wedelt dabei anmutig mit ihren Ellbogen und enthüllt immer mehr von der Biegung ihres fantastischen Nackens.

Ich poliere meine Schuhe mit Spucke, für alle Fälle.

Die Haustür hinter uns fällt zu, ein Mann tritt heraus. Er wirft uns einen grimmigen Blick zu, er will uns anfahren, überlegt es sich dann aber doch anders. Er weiß genau, dass es in diesem Moment ratsamer ist, den Mund zu halten, keine Silbe zu sagen. Mühsam steigt er über uns hinweg, wir weichen keinen Millimeter zur Seite.

Sibylle erhebt sich, schiebt sich mit unwiderstehlicher Grazie zwischen den Tischen und Stühlen hindurch und verschwindet im Lokal. Wir warten. Es vergeht eine Weile, wir können uns nicht vorstellen, warum sie so lange braucht. Amir hält es nicht mehr aus, er wetzt hinüber.

»Der Laden hat zwei Eingänge«, sagt er missmutig, als er zurückkommt.

»Was?«

»Hast du im Damenklo nachgeschaut?«

»Sicher. Dort saß eine andere.«

Sie ist weg. Wir trotten nach Hause. Meine halbvolle Bierflasche steht noch unangetastet auf der Bank. Als hätte in diesem Land kein Mensch mehr Lust auf ein Bier. Zum Kotzen. Oben hauen wir uns ins Gras unter den Birken. Wir werden sie nie wiedersehen.

»Und selbst wenn wir sie wiedersehen würden? Was hätten wir davon?«

»Wenn ich mir den verdammten Glückspilz vorstelle, der sie kriegt …«

»Das muss ein toller Hecht sein, der muss was draufhaben.«

»Sicher.«

Es wird Nacht. Wir wissen, dass das eine Lüge ist. Gerade

solche Frauen fallen auf die größten Nieten herein, das ist ein Naturgesetz. Ludovik erklärt es damit, dass sich in der Natur stets Gegensätzliches anziehe, da die Natur immer nach dem Gleichgewicht strebe. Hochwertiges ziehe Minderwertiges an und umgekehrt, denn zweimal dasselbe bedeute einen zu starken Ausschlag in die eine oder die andere Richtung. Wir blicken zum Himmel, zu den Kronen der Birken, zum Bahndamm, nur einander nicht an. Als schämten wir uns plötzlich. Als hätte uns Sibylles makellose Schönheit einen Spiegel vorgehalten, in dem wir uns selbst erblickt haben, so, wie wir wirklich sind. Mit einem Mal hatte unser Leben einen Grauschleier, einen schalen Beigeschmack, mit einem Mal wussten wir, dass es jenseits dessen etwas gab, etwas Schönes, Begehrenswertes, etwas Unerreichbares, von dem wir nur die Spiegelung zu sehen bekamen wie die Sonne in den Fenstern der vorbeifahrenden Züge. Unglaublich, dass manchen all das offenstand, nicht die Spiegelung, sondern das Ding an sich, nicht für Augenblicke, sondern ein Leben lang. So mir nichts, dir nichts. Sibylle und ihre Welt, sie waren für uns genauso unerreichbar wie die Sterne am Himmel. Und warum? Weil es nun mal so war.

Zwei Tage später kehrt Igor heim. Wir erzählen ihm alles über Sibylle. In der Nacht rüttelt er mich wach.

»Erzähl mir … erzähl mir noch mal, wie sie ausgesehen hat. Ich habe es wieder vergessen.«

»Bist du verrückt? Lass mich in Ruhe!«

Er stützt sich auf, wartet geduldig. Irgendwie tut er mir leid, er ist von den Sternen am Himmel noch ein Stückchen weiter weg als wir.

»Das kann man nicht beschreiben.«

»Versuch es trotzdem, du schaffst es!«

Ich schließe die Augen.

»Sie ist groß. Ihr Haar braun, nicht zu dunkel, aber auch nicht zu hell. Dunkler als Stroh. Wie leicht vergilbtes Stroh. Und unheimlich voll, eine Pracht.«

»Geil!«

»Aber nicht irgendein Haar, verstehst du? Keine Frisur, sondern einfach natürlich gewachsenes Haar. Gekämmt, sicher, aber ansonsten unangetastet, unschuldig. Ihr Körper ist schlank, aber auch üppig, nicht mager oder so was, nicht auf Diät, aber auch noch ohne Leidensfett, einfach nur natürlich fleischig. Kannst du folgen?«

»Aha.«

»Sie hat strahlend helle Augen ... grünlich. Und grüne Schuhe, richtig smaragdgrün.«

»Hat das was zu bedeuten?«

»Das weiß ich nicht. Und sie hat hohe Wangenknochen ... solche! Und eine Stupsnase, so ... Und ihre Haut ist weich ...«

»Ah ... du hast sie berührt?«

»Man *sieht*, dass sie weich ist ... Und wenn sie lächelt, ist es, als hätte sich ein seltener Schmetterling auf ihr Gesicht gesetzt, denn sie lächelt nur selten.«

»Ob sie wohl Kummer hat?«

»Gut möglich. Wahrscheinlich ... Und wenn sie die Straße hinuntergeht, erwacht die Luft, gerät alles in Aufruhr. Sie gehört zu der Sorte Frau, die beim Gehen nie nach links und rechts sieht, weil sie genau weiß, dass sie auf der Stelle von den Blicken der Männer zerfetzt würde, du weißt, was ich meine ... die Sorte Frau, die trojanische Kriege entfacht ... Kannst du sie dir jetzt vorstellen?«

»Ich sehe sie vor mir.«

»Dann schlaf jetzt.«

»Wie soll ich jetzt noch schlafen können?«

»Es hat keinen Sinn, über eine wie sie nachzudenken. Schlaf und träum von ihr. Deswegen schlafen wir. Um von guten Dingen zu träumen, die wir nie kriegen werden.«

Wir können lange nicht einschlafen. Igor schlürft etwas, lallt sein Lieblingslied von den Hügeln der Mandschurei oder so, seine Standardnummer. Ich kenne es in- und auswendig, aber aus Igors Mund höre ich es immer wieder gern. Durch das Fenster sehe ich das Funkeln der Sterne am Himmel.

»Warum habt ihr sie nicht angesprochen?«, murmelt Igor.

»Eine Frau wie die sprichst du nicht an, das geht nicht.«

»Sie war perfekt, nicht wahr?«

»Sicher war sie das. Wenn eine Frau perfekt ist, ist *alles* an ihr perfekt, verstehst du? Alles. Sonst wäre sie nicht perfekt.«

Er nickt, sinniert eine Weile über diesen Satz. Ich reiße das Fenster auf, lehne mich hinaus. Es ist nichts zu sehen. Nicht einmal Sterne. Die Nacht ist sternenlos dunkel. Was ich für Sterne gehalten habe, sind Schmutzflecken auf der Scheibe.

14

Ein paar Wochen später, gegen Abend, steigt Igor durch das offene Fenster ins Zimmer. Sie ist da, keucht er. Wer? Die Frau. Wo? Unten am Hallenbad. Er kenne sie doch gar nicht. Doch, er habe sie anhand meiner Beschreibung sofort erkannt. Wir tauschen Blicke. Igor wirkt nicht betrunken, eher nüchterner als sonst. Er schwört beim Heiligen Michael und Heiligen Wladimir und bei allen Heiligen Russlands, dass sie es sei.

Sie habe smaragdgrüne Schuhe angehabt.

Wir sind mit einem Satz draußen, stürzen uns auf unsere Fahrräder und rasen den Berg hinunter. Jeder will als Erster ankommen. Ludovik verliert die Kontrolle über sein Schrottrad und saust den Schräghang hinauf, wo er mit furchtbarem Geschepper im Unkraut verschwindet. Eine Sekunde nicht aufgepasst, und schon hat mich Igor passiert, er grölt wie ein Geisteskranker, ich hätte Lust, ihm einen Stock zwischen die Speichen zu schieben. Amir will mich rechts überholen, aber ich schere aus, er muss eine Vollbremsung hinlegen, um nicht die Bordsteinkante zu streifen. Er wankt, strauchelt, sein verzweifeltes Ringen um Gleichgewicht ist ein Anblick für die Götter. Ich gebe Gas, *rapidité*, *rapidité*. Igor fährt in Schlangenlinien vor mir, um mich am Überholen zu hindern, spuckt mit zurückgeworfenem Kopf in die Luft, sein widerlicher Speichel regnet auf mich herab. Ich spucke zurück, bekomme aber die ganze Ladung ins eigene Gesicht, verdammter Fahrtwind.

Alles umsonst, die Einlasszeit des Hallenbades ist zu Ende. Wir drücken uns an der Glasscheibe die Nasen platt, suchen begierig die hell erleuchtete Schwimmhalle nach ihr ab.

»Wo ist sie?«

»Ich sehe sie noch nicht.«

»Du meinst doch nicht *die* da?«

»Bist du bescheuert?«

Igor deutet auf die Liegebank hinter dem Fenster.

»Hier hat sie gesessen … Genau hier.«

Wir starren auf den Fleck.

»Und dann hat sie sich hingelegt. So. Hier war ihr Kopf und hier …«

Igor rückt einen Meter weiter nach rechts. Es verschlägt ihm fast die Sprache.

»… ihr Po.«

Betört betrachten wir die leere Liegebank.

»Ihr hättet sie sehen sollen … Sie kommt herein, setzt sich hier auf die Bank. Sie springt nicht etwa gleich ins Wasser, nein, sie sitzt nur da und entspannt sich. Irgendwann setzt sie ihre Schwimmbrille auf und taucht ein, schwimmt los, kommt hoch, schnappt nach Luft, taucht ein, kommt hoch, taucht ein. Ihre Badekappe wölbt sich von all dem Haar darunter wie ein Turban. Und mit einem Schlag wird mir klar: Das ist sie!«

»Ja … aber wo ist sie?«

»Weg.«

»Warum hast du dich nicht an ihre Fersen geheftet?«

»Ich wollte nicht dabei sein, wenn irgendein Typ sie abholt.«

»Keiner hätte sie abgeholt, du Nulpe. Männer haben Schiss vor solchen Frauen. Aber selbst wenn sie einen Kerl hätte, eine Frau wie sie hat so viel Liebe in sich, dass ein Mann allein sie nie beglücken könnte. Es müssten schon mehrere sein.«

»An wie viele denkst du?«

»Na, was meinst du?«

Wir lächeln, eine schöne Vorstellung.

Zwei Tage später geschieht das Wunder. Wir schlendern in der Abenddämmerung durch die Fußgängerzone, plötzlich bemerken wir ein grelles Licht in einer Auslage, wie bei Filmaufnahmen. Eine Ausstellungseröffnung in der Galerie Thaler. Hinter der Scheibe steht eine kleine Menschentraube, gleich vorne Sibylle. Sie hält ein Mikrofon in der Hand und interviewt eine Frau, die nicht halb so gut aussieht wie sie. Seltsame Zeiten. Wir bestaunen sie durch die Scheibe, die Scheibe tut ihrer Schönheit keinen Abbruch. Zwischen ihren langen, dunklen Strümpfen und ihrem kurzen Rock blitzt ein Stück nacktes Fleisch hervor, etwa auf Kopfhöhe von uns. Wir taumeln hinein und mischen uns unter die Leute, machen auf kunstbeflissen und begaffen das Zeug an den Wänden. Ludovik meint, man solle statt der Bilder ihre Schöpfer dort aufhängen, die verdammten Scharlatane, aber wir ignorieren ihn, haben nur Augen und Ohren für Sibylle. So heißt sie, jetzt wissen wir es. Sibylle W., verantwortliche Redakteurin für Kunst und Kultur im Regionalfernsehen.

Wir sind uns einig, beim nächsten Sperrmüll wird ein Fernseher besorgt. Einer mit viel Regionalfernsehen. Tags darauf stoße ich im lokalen Szeneblatt *Cappuccino* auf ein ganzseitiges Hochglanzfoto von Sibylle, in der Reihe »Einmal anders: Wir befragen Journalisten«. Es ist eine Großaufnahme, von der Taille aufwärts, eine Brise fährt ihr durch das Haar, wir fahren mit den Fingern gierig darüber, die Locken sehen so wirklich, so überwältigend *da* aus, als könnte man sie berühren, als müssten sie vom Blatt herunterwehen. In Wahrheit bleiben unsere Finger wie immer leer.

Wir heimsen alle Exemplare des Blattes ein, die wir auftreiben können, wir schneiden die Bilder aus und verteilen sie auf unsere Wände. Seitdem lebt Sibylle unter uns und wir unter ihr.

15

Seit einem Jahr schmücken Sibylles Bilder unsere Wände. Seit drei Monaten sitzt Igor, jetzt steht seine Entlassung unmittelbar bevor. Wir wollen ihm einen gebührenden Empfang bereiten. Wir machen Großeinkauf beim Russen, Pelmeni und Smetana, Salzgurken und eingelegte Pilze, Piroggen und Wodka, nichts soll uns gut und teuer genug sein, wenn es um Igor geht. In der Nacht ziehen wir zwei Forellen aus dem Zuchtbecken des Fischvereins, das an einem Bach in einem idyllischen Winkel der Stadt liegt. Niemand wird sie vermissen, und am Gründonnerstag wären sie ohnehin abgefischt worden.

Am nächsten Morgen holen wir Igor am Gefängnistor ab. Er wirkt frisch und erholt, wir sähen ausgemergelt aus, findet er. Ich nehme ihm dennoch seinen Koffer ab, wir marschieren Seite an Seite durch die Stadt, die Spaziergänger weichen uns aus. Die Sonne wärmt unsere Gesichter, frische, wintergereinigte Luft rast durch unsere Lungen. Igor beäugt alles mit der Neugierde eines Neugeborenen. Zu Hause erwartet ihn ein gedeckter Mittagstisch. Gegrillte Forellen. Wir sehen ihm wortlos zu, während er alles verputzt und wegtrinkt. Unter seinem Teller verbirgt sich ein halbzerrissener Umschlag. Er wendet ihn hin und her, zieht drei Geldscheine heraus. Von jedem von uns einer. Igor versteht nicht oder tut, als verstünde er nicht. Wir hauen ihm auf die Schulter, er solle doch mal die Glieder strecken; wenn man im Knast war, will man doch erst mal wieder die Glieder strecken, nicht wahr, das sei wichtig für die Gesundheit. Ja, wenn das so ist, sagt er zögernd. Na los, worauf wartest du noch, tu, was du nicht lassen kannst, Iwan. Mette-Marit sitzt schon in den Startlöchern. Igor erhebt sich hastig, wischt sich den Mund ab, haucht ein »Danke, Freunde!« und rattert auf seinem Fahrrad davon. Muss ganz schön notgeil sein, der Arme.

Als das Geklapper von Igors Fahrrad verstummt ist, essen wir alles bis zum letzten Krümel auf. Dann tauschen wir Blicke. Der Einkauf beim Russen hat unser letztes Geld verschluckt, wir sind blank. Igor sollte nichts davon erfahren, wir wollten ihm wenigstens einen unbeschwerten Tag gönnen. Wir nehmen uns vor, am nächsten Tag aktiv zu werden, zu später Stunde, wenn außer uns keiner mehr nüchtern ist, durch die Lokale und Discotheken zu tingeln, die Garderoben zu durchsuchen, Geldbeutel oder Handys im Getümmel einzuheimsen. Aber die Tage verstreichen, und wir schaffen es nicht, uns aufzuraffen, die Frühjahrsmüdigkeit drückt uns nieder.

Eines Abends legt Amir einen Zeitungsschnipsel auf den Tisch. Eine Kurznotiz, dass die Praxis des örtlichen Urologen *wegen Urlaubs geschlossen* sei. So was liest man oft, denn wer arbeitet, hat auch Anspruch auf Urlaub, er braucht sich dessen nicht zu schämen. Wenn wir dagegen Urlaub machen, weil wir keine Arbeit haben, verzeiht es uns keiner.

»Was ist damit?«

»Ich habe einen Plan«, flüstert Amir mit leuchtenden Augen.

Wir hätten bei diesen Worten sofort Reißaus nehmen sollen. Stattdessen gruppieren wir uns um den Tisch. Er habe das Haus des Urologen am Stadtrand ausfindig gemacht, sagt Amir. Es gebe nur eine Lichtautomatik aus Omas Zeiten, die sich ein- und ausschaltet, als wäre jemand daheim. Trick siebzehn. Das Haus sei durch hohe Hecken abgeschirmt und grenze an einer Seite an ein freies Feld. Von dort könnten wir unbemerkt einsteigen.

Stille.

Ob er so was schon mal gemacht habe?

Nicht ein Mal, schon oft.

Wann denn, wo denn?

Er zuckt mit den Schultern. Ob wir eine bessere Idee hätten?

16

Wir kauern unter Silbertannen und beobachten das Haus des Urologen. Vor uns der mondscheinweiße Garten, ringsum stille, schlafende Einfamilienhäuser. Wir warten, ob sich etwas tut. Ich hatte immer schon ein Faible für solche Villenviertel, später möchte ich auch in so was wohnen. Viel Grün, frische Luft, gepflegter Rasen, nette Nachbarn, im Sommer das Planschbecken für die Kinder, Punkt zwölf Mittagessen auf der Terrasse, das Leben als immerwährender Sonntag, in Ehre und Ansehen. Wer das alles hat, mag es vielleicht nicht mehr wertschätzen, ich aber habe es nicht.

Wir klatschen Amir ab, er drückt seine Werkzeugtasche an sich und flitzt hinüber. Wir warten, horchen auf jedes Geräusch. Wir sind auf das Schlimmste gefasst, aber wie immer geschieht nichts, wenn man das ist, immer nur, wenn man nicht auf der Hut ist. Eine Kirche schlägt drei, aber ich verzähle mich vor lauter Anspannung. Über unseren Köpfen schreit ein Kauz, das hat etwas Beruhigendes, aber Ludovik meint, das sei ein böses Omen.

Nichts rührt sich, zehn Minuten, zwanzig Minuten.

»Was zum Teufel macht er so lange?«

Endlich erscheint Amir auf der Terrasse und winkt. Wir rennen los, die leeren Rucksäcke wippen auf unseren Rücken. Er hat ein Gitter im Boden an der Außenwand des Hauses entfernt und ist durch ein Fenster im Untergeschoss eingestiegen, ganz traditionell, mit Glasschneider und Saugnapf. Wir schlüpfen durch, es ist stockdunkel, ein Keller wohl. Die Tür zum Treppenhaus ist zu, abgeschlossen von der anderen Seite. Amir stochert im Schloss herum, stößt den Schlüssel durch, der Schlüssel klirrt auf dem Stein. Amir stochert wieder. Er solle sich sputen. Es klickt, Amir öffnet die Tür.

Totenstille.

Der Geruch fremder Räume.

Wohlstandsmief.

Wir schleichen nach oben, öffnen alle Türen. Es ist keine Seele da, drei Stockwerke sturmfreie Bude. Angenehme Wärme, wohin man kommt. Unglaublich, dass wir den ganzen Winter zwischen eiskalten Mauern ausharren müssen, während der vornehme Herr seine Heizkörper sogar im Urlaub laufen lässt! Das nennt sich dann soziale Marktwirtschaft. Ich trete gegen die Heizung, dass es nur so kracht. Mir wird schlecht, wenn ich mir vorstelle, dass der alte Kurpfuscher sich vielleicht in der Karibik aalt oder in irgendeinem Wellnesshotel in Thailand massieren lässt, während wir um unser nacktes Überleben kämpfen.

Wir lassen die Jalousien herunter. Ludovik und Amir entschwinden nach oben, ich mache mit Igor im Erdgeschoss Inventur. Wir wühlen uns durch ganze Schränke voll gutbürgerlichem Plunder und Rustikalmüll, aber außer Porzellan und etwas Tafelsilber kommt nichts Brauchbares zum Vorschein. Kein Bargeld, kein Schmuck, keine Krügerrands. Igor haut sich fluchend auf die Couch. Ich durchstöbere die Küche. Der Kühlschrank ist leer, dafür platzt die Tiefkühltruhe aus allen Nähten. Ich schiebe drei Pizzen in den Ofen, mit Mozzarella, mit Meeresfrüchten und Deluxe. Auf den Duft ist gleich das ganze Rudel zur Stelle, wir legen eine Pause ein. Ich serviere auf dem edlen Porzellan, und wir tun, als säßen wir in einem Nobelrestaurant. Wir bestellen mit nasaler Stimme und putzen unseren imaginären Kellner herunter. Gleich beim ersten Bissen versenge ich mir die Zunge, so hungrig bin ich, dann wird uns das Spiel zu blöd, und wir zerfetzen die Pizzen. Danach machen wir uns über das gemischte Eis her, knobeln, wer Schokolade kriegt und wer mit Erdbeere vorliebnehmen muss, es verspricht ein guter Abend zu werden.

Igor hat die Hausbar entdeckt und stellt alle Flaschen der Größe nach auf dem Wohnzimmerteppich auf. Er inspiziert sie wie ein General seine Truppen, dann verstaut er alles in seinem Rucksack. Er macht den Fernseher an, wir trinken und liegen nutzlos und immer betrunkener vor dem Gerät herum. Auf allen Kanälen werden die Programme des Tages wiederholt, schwatzen Prominente, erzählen öde Anekdoten aus ihrem öden Fernsehleben, dort, wo nicht geschwatzt wird, wird gekocht und nebenbei geschwatzt, während in Hochglanztöpfen irgendeine Scheiße brutzelt. Irgendeine prominente Schwuchtel bekundet ihren Wunsch, mit ihrem Lebensgefährten ein Kind zu adoptieren.

»Ja, was denn noch alles!«, schreit Ludovik und springt auf. »Zapp den Kinderschänder weg!«

Ich schalte um, aber es wird nicht besser. In einer Talkshow machen sich Proleten gegenseitig an, erst geht es um *Mein Freund liebt meine Freundin*, dann um *Hilfe, ich bin zu dick*. Schließlich werden vier Arbeitslose hereingeführt und aufs Bänkchen gesetzt. Wir betrachten sie misstrauisch. Schon wie sie dasitzen und ihr Leid klagen, so ängstlich und unterwürfig, man sieht ihnen sofort das Schlachtvieh an. Wir pöbeln sie an und zeigen ihnen obszöne Gesten, mit solchen Jammerlappen haben wir nichts zu schaffen. Im Nu ist unsere gute Laune dahin, Fernsehen ist ein echter Stimmungstöter.

Irgendwann döse ich ein. Als ich erwache, liege ich auf dem Teppich, ich fühle mich wie erschlagen. Auf dem Bildschirm ziehen endlos Gleise dahin. Mein Gaumen ist trocken, mir fällt die Szene ein, in der Jesus dem verdurstenden Ben Hur eine Kelle Wasser reicht, aber uns würde selbst Jesus links liegenlassen. Ich trinke einen Liter aus der Leitung und mache mich auf die Suche nach den anderen. Oben höre ich Schnarchen. Die Lichtautomatik ist an, Ludovik und Amir liegen auf dem Doppelbett des Urologen, sie sehen aus, als wären sie unter eine U-Bahn geraten. Amir liegt schräg auf der Bettdecke. Ich hebe eine Seite der Decke, hebe sie vorsichtig, höher und höher. Amir setzt sich in Bewegung, macht eine Rolle und plumpst mit einem dumpfen Schlag auf den Boden. Er rafft sich auf, will im Halbschlaf wieder aufs Bett. Ich fahre ihn an, er solle sich hinlegen, leg dich auf den Boden, rufe ich im Befehlston, und sofort gehorcht er. So einfach ist das, man muss nur resolut sein. Ich werfe mich aufs Bett und bin gleich weg.

17

Am Morgen leckt mich die aufgehende Sonne wach. Ich sehe mich ungläubig um. Die Stille, das saubere, aparte Zimmer, die duftende Bettwäsche, die pastellgelben Tapetenmuster, die wärmenden Sonnenstrahlen, wie wohltuend, wie besänftigend das alles ist. Mein panischer Schrecken vor dem frühen Morgen, der Kälte, dem Nebel, dem grauen Himmel, der schieren Verzweiflung des kollektiven Aufstehens, der aufbrummenden Autos, der schlaftrunkenen Arbeiterschar, alles wie weggeweht. Auf einer Kommode vor dem Bett stehen hübsche Porzellanfigürchen und eine antike Uhr, an den Wänden hängen alte Stiche, an der Decke ein kleiner Lüster aus tränenförmigen Kristallen. Kein Wunder, dass einer, der tagaus, tagein in Ärschen schnüffelt, Sehnsucht nach schönen Dingen hat. Das Kissen unter meinem Kopf duftet nach Parfüm, die Daunendecken sind federleicht, alles ist so friedlich, so behaglich, ich könnte glatt bereuen, nicht Urologe geworden zu sein. Ich wette, ich wäre ein klasse Urologe geworden.

Ich knipse das Radio neben meinem Kopf an, lausche dem Gedudel, dem Geschwafel des Moderators. Ich denke plötzlich, vielleicht muss es so sein, genau so. Muss es nicht schön sein, jeden Tag so aus dem Bett zu springen und sich in ein Büro oder eine Behörde zu begeben, sich an den vertrauten Schreibtisch zu setzen, mit dem Foto der Liebsten im Silberrahmen und einem Stoß Dossiers mit Aufgaben, die komplex und aufwendig, aber auch klar umrissen und lösbar sind, genau jenes Maß an Herausforderung, das man braucht, um das Gefühl zu haben, die Zeit sinnvoll rumzubringen und abends zu müde für weitere Fragen zu sein? Den ganzen Tag im Kreise netter Kollegen zu sein, die sich auf einen freuen, denen man Jahr für Jahr gegenübersitzt, eine kleine heile Welt in der großen heillosen, eine Gemeinschaft Gleichgesinnter. Sicher, ab und zu streitet man sich, verbreitet bösartige Gerüchte übereinander, lästert über diesen oder jenen Kollegen oder wünscht ihm den Tod, den sofortigen, den schmerzvollen, den atomaren, das Auslöschen seiner gesamten Familie und Sippschaft. Aber das geht vorbei; was zählt, ist das Bewusstsein, dass man dazugehört, dass man ein Glied eines sinnvollen Ganzen ist und die Wertschätzung der Gesellschaft genießt, dass das Leben einen Rhythmus hat, Tag und Nacht, Arbeit und Ruhe, Pflicht und Vergnügen, und alles in eine lange, sorgenfreie Zeit als Pensionist an der türkischen Riviera mündet.

Ich rüttele Ludovik an der Schulter. Er ist sofort wach.

»Was ist?«

»Hast du schon mal daran gedacht, wie es wäre, jeden Morgen so aufzuwachen? In einem solchen Zimmer ...«

»Hast du mich deswegen geweckt?«

Sein Kopf fällt aufs Kissen zurück.

»Ich meine, riech doch mal an den Laken ... Wie das duftet! Das ist mal was anderes als unsere Gammeldecken. Das ist ein anderes Leben, Mann ... Stell dir vor: Du stehst auf, es ist wohlig warm, du trabst ins beheizte Badezimmer, wirfst deinen Pyjama in den Wäschekorb, denn du ziehst jede Nacht einen neuen an, du rasierst dich zu Klängen von Beethoven, ziehst ein frisch gebügeltes Hemd und eine

Bügelfaltenhose an, liest beim Frühstück die Zeitung, nicht irgendein Käseblatt, nein, die *Frankfurter Allgemeine* oder das *Handelsblatt*, mampfst dazu Bacon mit Ei und Toast, trinkst deinen Kaffee und einen Orangensaft. In der Tür gibt es ein Abschiedsküsschen und den ganzen Tag die Gewissheit, dass du zurückerwartet wirst.«

»Kommt drauf an, von wem.«

»Eben nicht. Die Lebensqualität entschädigt für alles. Na?«

»Was willst du hören? Sicher muss das geil sein.«

»Wir hätten es haben können, Mann … Wir hätten es haben können!«

»Nicht wirklich. Scheint nur so.«

»Wieso? Viele haben es.«

»Nicht wir.«

»Und wieso nicht?«

»Wir wollten es nicht.«

»Klar wollte ich es.«

»Nicht stark genug. Du wolltest es nicht stark genug.«

»Woher willst du das wissen? Ich wollte es, aber die Gesellschaft hat es mir verwehrt.«

»Einen Scheißdreck hat sie. Wir wollten es einfach nicht. Nicht wirklich, verstehst du?«

Klar verstehe ich ihn. Es war ja nur ein Gedankenspiel.

Ludovik dreht mir den Rücken zu.

»Wieso willst du so werden wie sie? Siehst du einen von ihnen je lächeln? Ihnen sitzt die Angst in den Knochen, die Angst, alles zu verlieren. Dabei haben sie schon alles verloren.«

Er nimmt ein Foto vom Nachtkästchen und hält es hoch, es muss wohl die Ehefrau oder Mutter des Urologen sein. Amir, eben erwacht, kriecht hoch und pflanzt sich zwischen uns. Er will das Bild auch sehen. Es ist die Art vornehmes Dämchen mit aufgesteckter Frisur, die noch mit sechzig was hergibt, wenn man ihr nur ein Dirndl drüberstreift, Helga oder Gudrun oder so. Wir malen uns aus, wie sie zwischen uns liegt und es uns gierig besorgt und wir ihre parfümierte Muschi lecken, während sie über ihren Alten herzieht, der sich nur noch für seine Arbeit, seine Schwänze und Ärsche, interessiere und nicht mehr für ihre Vorzüge, wie sie sich vor Geilheit windet und winselt, *wir* wüssten doch wenigstens eine reife, erfahrene Frau zu schätzen, nicht wahr, nicht wahr ... Klar wüssten wir das, und ob wir das wüssten ... Nu mach weiter, Mutti ... jaaaaaaaaaa!

Ich werfe einen letzten Blick auf die Tante und feuere sie mit ganzer Wucht in die Ecke, dort bleibt sie in Scherben liegen.

18

Igor liegt auf der Gymnastikmatte des Urologen vor der Kommode und schnarcht friedlich. Amir will etwas zum Frühstück suchen. Stattdessen hören wir nach einer Weile das Rauschen von Wasser und folgen misstrauisch dem Geräusch. Das Badezimmer ist eine Luxusausführung, groß wie ein Wohnzimmer und weiß wie Schnee, mit goldenen Hähnen, meerblauen Plüschteppichen und einem Becken, das sich über den halben Raum ergießt. Amir sitzt bis zum Hals im sprudelnden Wasser und kippt gerade eine Tube Badeschaum hinein. Eine Wand ist ganz verspiegelt, in der gegenüberliegenden prangen eine Hausbar und eine Stereoanlage hinter Glas. Wir ziehen uns blitzschnell aus, gleiten hinein, versinken in reiner Wohltat. *Gönnen Sie sich was. Sie haben es sich verdient.* Und ob wir das haben! Der Schaum steigt über unsere Köpfe, wir sitzen inmitten der platzenden Luftblasen, die mit jedem Platzen mehr statt weniger werden, so müsste es mit allem sein.

»Herrgott! Leben wie ein Urologe in Deutschland.«

»Ach, für ihn ist das längst Routine. Ich wette, er kann es gar nicht mehr genießen. Es ist wie täglich Parmaschinken fressen.«

»Na und? Ist unser Leben in der Schimmelhöhle vielleicht keine Routine?«

»Schwatz nicht, Luxus ist Rassismus! Reichtum tötet, erst die Armen, dann die Reichen … Nein, umgekehrt …«

Ich spritze Ludovik an, um ihn zum Schweigen zu bringen. Wir planschen und tollen eine Weile herum, lassen das Wasser hin und her schwappen und die Flakons am Wannenrand wegspülen wie beim Tsunami. Dann schnüffeln wir uns durch die Fläschchen, sprühen Parfüm in die Luft und in den Schaum und laben uns an den Düften. Wir besprühen uns gegenseitig, Ludovik nennt es Duftkrieg. Irgendwann treffe ich Amir in die Augen, dass er vor Schmerz schreit und sich minutenlang die Glupscher reibt, keine Ahnung, was im Flakon war. Er sieht mich böse an, ich grinse, ich freue mich schon auf seine Rache. Ludovik macht die Unterwasserbeleuchtung an, aber wir können vor lauter Schmutz an der Oberfläche nichts erkennen. Ist auch besser so. Dann verdirbt uns Ludovik den Spaß. Ob wir schon vergessen hätten, warum wir da waren?

Er könne einfach nicht glauben, dass es im ganzen Haus keinen Zaster, keinen Schmuck gebe.

»Wenn wir wenigstens die antiken Möbel mitnehmen könnten.«

»Was wollen *wir* denn mit antiken Möbeln?«

»Die spanische Wand würde sich gut als Kloverkleidung eignen.«

»Und wie willst du das erklären, wenn dich jemand mitten in der Nacht mit einer spanischen Wand unter dem Arm erwischt?«

Ludovik klettert aus dem Wasser. Er werde das Versteck finden, und wenn er den ganzen Tag suchen müsse. Amir sitzt mit zurückgelehntem Kopf, ganz entspannt, die Augen in einer Tour auf mich gerichtet.

»Was ist?«, frage ich stirnrunzelnd.

»Nichts.«

»Schau mich nicht so an, Kretin!«

Er lächelt arglistig. Und mit einem Mal steigt mir ein scharfer, unverwechselbarer Geruch in die Nase. Ich springe aus dem Tümpel. Er hat sich ins Wasser erleichtert, die hinterhältige Sau, und wer weiß, was noch folgt.

»Psst!«

Ludovik hält mich am Arm fest.

»Lass los, du brichst mir …«

»Psst!«

Wir halten den Atem an.

Jetzt höre ich es auch, das Summen des Garagentors.

»Scheiße!«

»Wir hätten gleich abhauen sollen«, flüstert Amir panisch.

»Sei still!«, zischt Ludovik.

»Ich hatte gleich ein schlechtes Gefühl!«

»Na und? Ich habe mein ganzes Leben ein schlechtes Gefühl, jammer ich deswegen vielleicht herum?«

»Ich will nicht ins Gefängnis. Ich hau ab!«

»Du kommst nicht ins Gefängnis, du kriegst Bewährung.«

Wir ziehen uns in Windeseile an, lautlos, nass, wie wir sind. Meine Hände zittern so heftig, dass ich meine Hose nicht zuknöpfen kann. Jemand stöbert in der Garage. Wir halten mucksmäuschenstill und lauschen wieder. Ein Motor brummt auf. Wir schleichen ans Fenster und schieben die Lamellen der herabgelassenen Jalousie auseinander. Unter uns tritt ein Mann im Arbeitskittel aus der Garage, eine elektrische Heckenschere in der Hand. Er scheint nichts bemerkt zu haben. In diesem Augenblick erhebt sich hinter uns eine Stimme und setzt zu einem Lied an. Wir stürmen ins Schlafzimmer und werfen uns von drei Seiten auf Igor.

»Psst, Igor, psst!«

»Es ist jemand da!«

Wir ringen eine Weile mit ihm, dann hat er es endlich kapiert. Er legt den Finger auf die Lippen. Wir nicken, genau, psst! Er nickt auch, psst! Als er den Whirlpool bemerkt, fängt er sofort an, sich auszuziehen. Wir tauschen Blicke, vielleicht wäre eine Abkühlung wirklich das Beste für ihn. Wir hören ein lautes Gurgeln, Igor lässt das Wasser ab.

»Hast du den Verstand verloren!«

»Das Wasser ist dreckig.«

»Wie macht man das wieder zu?«

»Hat er etwas gehört?«

Ludovik am Fenster schüttelt den Kopf.

»Leg dich in die Soße oder lass es, du Dussel!«

Igor taucht ein. Wir beobachten den Gärtner durch die Jalousie. Er arbeitet sich langsam die Hecke entlang, mit jedem Schritt entfernt er sich vom Haus. Ich merke, wie mein Pulsschlag ruhiger wird. Später, als er das Tor erreicht hat, riskieren wir es, machen den Ofen an und schieben die übrige Tiefkühlkost hinein. Bei panierten Hühnchenkeulen und Blätterteiggebäck mit Marmeladenfüllung sehen wir dem Gärtner bei seinem Tagewerk zu. Eine seltsame Gleichgültigkeit ist Herr über uns.

Wir verschlafen den ganzen Nachmittag. Als ich erwache, regnet es in Strömen. Der Gärtner ist nicht zu sehen. Ich rüttele Amir wach, wir schleichen hinunter. Die Garage ist verlassen. In der Mitte, wie eine schimmernde Fata Morgana, steht ein schneeweißes Wohnmobil. Amir pfeift. Wir fahren mit den Fingern über den glänzenden Lack, spähen durch die Fenster. Kochecke, Essnische, Doppelbett, alles da. Amir rennt, um seine Werkzeugtasche mit den Polenschlüsseln zu holen. Ich mache mich auf die Suche nach Ludovik. Er kniet im Schlafzimmer im ersten Stock, über einen schuhschachtelgroßen Safe gebeugt, seine Stirn glänzt vor Schweiß, in den Händen Hammer und Meißel.

»Ich wusste, dass er irgendwo was versteckt hat.«

Er grinst mich irre an.

»So kriegst du keinen Safe auf.«

»Erzähl mir nichts über Safes. Heb mal hoch. Ganz schön leicht, was? Das ist verdächtig.«

Er drückt mir den Kasten in die Hand. Ich zucke mit den Schultern.

»Na und? Was glaubst du, was da drin ist? Die Blaue Mauritius?«

»Vielleicht. Vielleicht aber auch Diamanten, Klunker, verstehst du.«

»Dann sieh dir erst mal an, was wir entdeckt haben.«

Er schleppt seinen Safe mit. In der Garage brummt das Wohnmobil leise vor sich hin. Amir steht daneben und lächelt überlegen. Ganz Chirurg nach der Operation.

»Wie hast du's gemacht, Mann?«

Er macht den Motor aus, zieht den Schlüssel ab.

»Er war nicht einmal versteckt.«

In wenigen Minuten ist alles verstaut, Uhren, Porzellan, Bilder, der kleine Lüster, die spanische Wand, die Perser, die Musikanlage, alles muss raus. Igor erscheint frisch gebadet und ausgeschlafen, in seinem Rucksack klirren die Flaschen. Die Dunkelheit bricht an, Regen prasselt gegen die Fensterscheiben, Zäune, Hecken, Mauern verblassen, die Straßenlaternen gehen an. Wir kleiden uns aus den Schränken des Hausherrn ein; was wir nicht brauchen, verstauen wir im Wohnmobil. Im Handschuhfach liegen verschiedene Fernbedienungen.

»Wenn das schiefgeht, feiern wir Weihnachten im Knast. Und zwar mehrere.«

»Was soll schon schiefgehen? Steigt ein.«

Das Garagentor öffnet sich summend. Und plötzlich erstrahlen links und rechts der Auffahrt pilzförmige Lichter quer durch den ganzen Garten.

»Mein Gott! Eine verdammte Landebahn.«

Fluchend, gestikulierend rollen wir auf das Tor zu.

»Mach auf, mach schon!«

»Es will nicht!«

Ich drücke alle Knöpfe durch. Endlich bewegt sich das Tor. Amir gibt Gas, der Motor stirbt ab. Wir schreien auf ihn ein, er startet wieder, dann sind wir endlich draußen. Ich drehe mich um, drücke die Fernbedienung. Das Tor schließt sich, die Lichter erlöschen, eines nach dem anderen. Amir müht sich an der Gangschaltung ab, ich lasse das Fenster herunter und schleudere die Fernbedienung in eine Hecke. Wir ruckeln in die Nacht davon.

19

Wir sprechen nicht, wir streiten nicht, wortlos lassen wir die Nacht an uns vorbeiziehen. Der Tank ist voll, das ist ein ganzes Stück Deutschland und vielleicht mehr. Der Mond fährt mit, auch er fast voll. Manchmal blitzt in der Ferne ein Wetterleuchten auf, erfasst für Sekunden unsere tumben Gesichter, dann verglimmen wir wieder wie ein böser Traum. Igor hält eine Flasche hoch und studiert die Etikette, zieht mit seinen Fingern ihre Form nach. Er möchte ans Meer, er möchte endlich einmal in seinem Leben das Meer sehen.

Wir versprechen es ihm. Sobald wir unseren Ramsch verkauft hätten.

Ich schließe die Augen, entspanne mich. Der Duftbaum, der am Rückspiegel baumelt, überzieht alles mit Tannengeruch, wir sind ein wohltemperierter Wald auf vier Rädern. Ich schließe die Augen, und plötzlich ist die Erinnerung da, ich bin wehrlos gegen sie, die Erinnerung an das letzte Mal, als ich so nach Norden fuhr, an das klingende Gelächter, das kleine, runde lachende Gesicht im Kindersitz schräg hinter mir, jedes Mal, wenn ich mich umsah und eine komische Grimasse zog. Das Lachen ist nie verklungen, es ist immer da, ein fernes Echo, es muss wohl irgendwo in mir sein. Es muss eine Ewigkeit her sein, in einem anderen Leben passiert sein.

Mitten in der Nacht halten wir an einem Rastplatz, steigen aus, strullen und atmen die kühle Nachtluft. Dann tuckern wir weiter, immer schön draufbleiben und weiterfahren, weiter auf dem Endlosband der Autobahn, des Lebens, von einer Ausfahrt zur nächsten, nirgendwohin bestimmt, nur weg, fliehen mit dem Rest der Welt, wir machen uns wenigstens nicht vor, wir hätten ein Ziel. Im Handschuhfach liegt ein ADAC-Atlas, aber wozu einen Atlas, wenn man kein Ziel hat. Hätten wir ein Ziel, hätten wir vielleicht ein Problem weniger, dafür aber etliche andere mehr. Zum Beispiel, dass wir es nicht erreichen, unser Ziel.

Der Morgen graut, grau in grau, wir verlassen die Autobahn und fahren durch eine schlafende Stadt, vorbei an gelb blinkenden Ampeln, Plätzen und Straßen, Zeitungsausträgern und der Müllabfuhr. Als ließe sich der Dreck einfach so beseitigen, als rottete der wahre Dreck nicht in den Seelen vor sich hin, von einer Müllabfuhr der Seele habe ich noch nie gehört. Wir halten am Parkplatz eines Supermarktes und verkriechen uns zum Schlafen hinten wie ein Haufen Vampire auf der Flucht vor dem ersten Sonnenstrahl. Draußen schüttet es, gut, ein Dach über dem Kopf zu haben.

Nach dem Erwachen knobeln wir, wer zum Einkaufen in den Supermarkt geht, wir wollen uns nicht gemeinsam zeigen. Vier Männer ergeben keine Familie, egal wie man sie kombiniert, vier Männer sind und bleiben, was sie sind, vier hoffnungslose Wichte. Ludovik schleppt einen Berg Lebensmittel mit abgelaufenem Haltbarkeitsdatum heran, lauter gute Sachen zum halben Preis. Danach weiter, Rastplätze, Parkplätze, Naherholungsgebiete. Am Abend parken wir auf einer Wiese, auf der am nächsten Tag ein Trödelmarkt stattfinden soll. In der Nacht hört der Regen auf, aber die Wolken hängen tief, und es weht ein kalter Nordwind. Wir kippen unseren Trödel auf eine Decke, drapieren die Kleider rings auf dem Wohnmobil und warten auf Kundschaft. Es dauert nicht lange, die Leute bleiben stehen, unsere Waren gehen weg wie warme Semmeln. An den Ständen ringsum liegt alles schön ordentlich auf Klapptischen ausgebreitet, und doch bleibt die Meute immer nur bei uns stehen und kauft, was das Zeug hält. Als ein Käufer nicht einmal sein Wechselgeld ausgezahlt haben will, schöpfen wir Verdacht.

Wir verdoppeln die Preise.

Am Nachmittag verdüstert sich der Himmel immer mehr. Ich streune umher, in Wirklichkeit aber zu den beiden Frauen am Stand gegenüber, mit denen ich schon lange Blickkontakt aufgenommen habe. Es sind Zwillinge. Sie sind keine Straßenfeger, aber es rührt mich, wie sie sich vergeblich die Füße platt stehen und ihren Kram feilbieten, statt selbst am Tisch Platz zu nehmen. Ich stöbere in ihrem Müll, wir kommen ins Gespräch, eine abgedroschene Tour, aber sie spielen mit, Trödler sind die schlimmsten Schwätzer, Nudisten einmal ausgenommen. Ich zünde mir beiläufig eine Zigarette an, nein, danke, sie rauchten nicht. Ich versuche es mit einer halben Tafel Schokolade, die ich seit Tagen in meiner Gesäßtasche mit mir herumtrage, die erst geschmolzen ist und sich dann in der Kälte neu zusammengesetzt hat. Nicht besonders appetitlich, aber die eine bedient sich. Die andere schüttelt den Kopf, ihre Linie und so. Ich mache auf überrascht, obwohl sie förmlich aus ihren Jeans platzt. Was? Sie? Das könne doch nicht ihr Ernst sein? Sie mustert mich misstrauisch, ich werfe ihr einen zärtlichen Blick zu. Sie bricht ein Stückchen Schokolade ab.

Gott, wie einfach wäre das Leben, gäbe es nur Frauen auf der Welt.

20

Die Nacht bricht an, auf dem Volksfestplatz stehen zwei Fahrzeuge Seite an Seite.

»Kommt herein. Ich heiße Fern.«

»*Wie* heißt du?«

»Fern. Nicht nah.«

Sie stellen sich vor.

»Nur hereinspaziert. Das sind meine Freunde Amir, Igor, Ludovik …«

Draußen gießt es aus Kübeln, drinnen ist es gemütlich. Eingezwängt in unserer Sitznische lauschen wir den Mädchen, trinken gemeinsam Wein und verputzen ihre rührend in Butterbrotpapier und Plastiktüte verpackten Brötchen. Sie palavern in irgendeinem breiten Dialekt, sie sind wahre Konversationstalente. Wir hören ihnen wie verrückt zu, schlagen Purzelbäume vor Neugierde, um sie bei Laune zu halten. Bloß nicht den Eindruck erwecken, wir seien nur an ihren Körpern interessiert und nicht an ihnen als Persönlichkeiten, als ganze Menschen, Gott behüte! Sie haben ein monströs großes Transistorradio dabei und CDs mit Hits aus den Achtzigern, »Santa Maria« und »Hello Again« und dergleichen mehr aus der Mottenkiste.

»Gefällt es euch?«

Doch, doch, und wie, erwidern wir mit einer Stimme. Geduldig lassen wir die Texte über uns ergehen, Lied für Lied, Strophe für Strophe, fehlt nur noch, dass wir anfangen, mit den Feuerzeugen zu schwenken. Meine Füße sind eingeschlafen, ich leide wie ein Schwein. Sie seien richtige Ossis, ob wir es bemerkt hätten? Wir nicken. Aber wir sollten deswegen nicht glauben, dass sie uns hassten. Uns? Hassen? Warum das? Na ja, weil wir sie so einverleibt hätten. Feindliche Übernahme heiße doch so was heutzutage, oder nicht? Ach ja, das sei dumm gelaufen, nickt Ludovik, der Kommunismus habe ja auch sein Gutes gehabt. Der habe wenigstens den Amerikanern die Stirn geboten, den Schweinen, den Kriegstreibern, und vor allem Hollywood, dieser größten Müllhalde auf dem Planeten. Unserer beschissenen Cola-Lightkultur.

Die Mädchen starren ihn verstört an. Ich gebe ihm den bösen Blick, wir wollen ja niemanden verschrecken. Am Ende zeigen sie uns noch an, die fantasielosen Kreaturen. Zum Glück schlagen die beiden vor, Karten zu spielen, und wir sagen schnell: O ja! Und das Martyrium geht weiter. Irgendwann gibt mir Ludovik ein Zeichen. Ich folge ihm zur Tür. Draußen geht ein richtiger Wolkenbruch nieder. Das erleuchtete Fensterquadrat des Wohnmobils spiegelt sich auf dem regengepeitschten Asphalt.

»Was ist? Was hast du?«, frage ich.

»Ich gehe rüber ins Sportheim, ich halte das nicht mehr aus.«

»Die werden dich dort verprügeln, so wie du aussiehst.«

»Ich gehe rüber. Holt mich, wenn ihr fertig seid.«

»Warte doch! Merkst du nicht, dass die eine auf dich steht?«

Ludovik schüttelt melancholisch den Kopf.

»Ich kann nicht mit denen. Das sind geistige Einzeller.«

»Umso besser, du Eumel! Mit Astrophysikerinnen macht es keinen Spaß, glaub's mir.«

Er schüttelt den Kopf mit einer linkischen Geste und trabt los, in Richtung der Lichter am Ende des Platzes, er liebt ja den Regen. Mit seiner hageren Figur und den hochgezogenen Schultern hat er eine haarsträubende Ähnlichkeit mit Norman Bates, ich erschaudere bei dem Gedanken. Ich werde ihn nie begreifen. Immer wenn es gut wird, haut er ab. Und dann beklagt er sich, sein Leben sei so freudlos. Ich schicke ihm ein »Gut Holz!« hinterher und knalle die Tür zu.

Ich strecke mich hinten auf dem Bett aus. Vielleicht hat Ludovik recht. Dass alles hoffnungslos ist. Nicht für alle, nur für solche, wie wir es sind. Ich starre in die Dunkelheit hinaus. Irgendwo da draußen ist jetzt Sibylle, isst gerade mit irgendeinem Typen zu Abend oder liegt in seinen Armen, und für ihn ist das genauso selbstverständlich wie für mich, hier mit diesen Armleuchtern Karten zu dreschen.

»Na?«

Eines der Mädchen hat sich auf den Bettrand gesetzt. Ich fasse das als Aufforderung auf und führe die Hand um ihre Taille. Sie schiebt sie weg. Die Musik verstummt.

»Soll ich die CD noch mal spielen?«

»Wenn du unbedingt willst«, erwidere ich mürrisch.

»Wieso, gefällt dir die Musik nicht?«

»Ich sagte doch schon, dass sie mir gefällt! Das ist noch lange kein Grund, dass du ständig danach fragst!«

Das schreie ich und will aufstehen. Sie legt die Hand auf meinen Arm.

»Hey, hey, sorry.«

Nicht zu fassen. Kaum bin ich grob zu ihr, ist sie die Freundlichkeit in Person. Frauen sind bizarr.

»Ich habe auch noch andere CDs. *Die 20 größten Sommerhits* … Soll ich lieber die …«

»Um ganz ehrlich zu sein, es ist mir egal, was du spielst.«

»Wo ist dein Freund?«

»Er holt Zigaretten. Vergiss ihn.«

»Der ist nett.«

»Der ist irre, glaub mir!«

»Also, mir gefällt er. Sein Blick hat so einen warmen Schimmer.«

Ich verdrehe die Augen. Das passiert mir mit Ludovik ständig. Ich begreife nicht, warum es einer Frau genügt, dass ein Mann kaputt, geisteskrank oder schwerkriminell aussieht, damit sie ihn zum Knuddeln findet. Aber ich fühle mich jetzt obenauf und befummele sie, während sie am Frequenzregler ihres Radios dreht, sie weiß jetzt genau, dass sie rausfliegt, wenn sie nicht nett ist. Ich spüre, wie es zwischen uns zu zirkulieren, der Abend sich zu lohnen beginnt, immer unkontrollierter rast der Frequenzregler durch den Äther. Endlich lässt sie den Knopf los und rollt sich auf die Matratze.

»Ach, französisch.«

»Du willst es französisch?«, frage ich begierig.

»Ich meine das Bett … Die Matratze hat keinen Schlitz.«

»Warum sollte sie?«

»Ach, du verstehst nicht.«

Wir kuscheln ein bisschen, sie nestelt an meiner Hose, und plötzlich liege ich ohne da. Ich sehe aus dem Augenwinkel, wie ihre Schwester die Tür öffnet. Kühle Regenluft strömt herein. Von dort kann sie uns wohl besser zusehen. Ich suche nach dem Schalter der Deckenleuchte über uns, aber bei diesen modernen Konstruktionen findet man so was nie. Einmal stand ich eine geschlagene Viertelstunde mit eingeseiften Händen in einer Zugtoilette, weil ich den versteckten Knopf für das Wasser nicht finden konnte.

»Stell doch wenigstens die spanische Wand auf«, flüstere ich.

»Was denn für eine spanische Wand?«, fragt sie.

»Da auf dem Boden.«

»Eine Wand … auf dem Boden … Wie das?«

»Ach, vergiss es!«

»Meine Schwester und ich, wir haben keine Geheimnisse voreinander, weißt du?«

Aber deine Schwester und *ich* vielleicht, möchte ich schreien, aber das Piepsen eines Handys lässt mich verstummen. Sie lehnt sich über die Bettkante. Plötzlich hält sie die Sprechmuschel zu, ihre Stimme klingt irgendwie panisch.

»Tarik will mich abholen … Er ist gleich da!«

Ihre Schwester schlüpft sofort in ihre Schuhe, ihre Jacke, sie ist wie von der Tarantel gestochen. Die andere raspelt Süßholz, also bis gleich, Schatz … tschüüüss. Sie rafft in Windeseile ihre Sachen zusammen. Als wäre ich gar nicht mehr da. Ich stütze mich auf, ein mulmiges Gefühl im Bauch.

»Wer zum Teufel ist Tarik?«

»Mein Mann.«

»Dein *was*? Du hast nicht gesagt, dass du … Ist das nicht türkisch?«

»Ja, sicher!«

»O Scheiße!«

Ich springe hoch, knalle mit dem Kopf gegen die Deckenverkleidung, das Licht geht aus. Plötzlich erstarren wir alle. Hinter dem dichten Regenschleier nähert sich ein Scheinwerferpaar. Wäre ihr Mann wenigstens deutsch, könnten wir es ausdiskutieren, vielleicht finanziell regeln, aber mit diesem blöden Ehrbegriff … Wenn es hart auf hart kommt, türme ich, wenn ich einmal laufe, holt mich kein Schwein ein. Die Lichter kommen näher, aufreizend langsam, wir ducken uns und halten den Atem an. Der Wagen passiert uns, es ist ein Streifenwagen, ich könnte jauchzen vor Freude. Aber eigentlich besteht dafür kein Anlass. Die roten Rückleuchten werden kleiner. Sekunden später sind die Mädchen draußen, und wir düsen stadtauswärts.

»Noch mal Glück gehabt«, haucht Amir.

»Zum Glück haben ein paar Minuten gefehlt.«

»Sei froh, dass du nicht kastriert im Graben liegst, du Arsch.«

Plötzlich quietschen die Bremsen.

»Ludovik, wir haben Ludovik vergessen!«

»Wir holen ihn später«, schreie ich, »ich will da nicht zurück!«

Amir wendet. Im Grunde hat er recht, wir müssen Ludovik vor den Kegelbrüdern retten. Mein Gott, unser Leben ist so beschränkt.

21

»Das ist die Sintflut!«

Die Scheibenwischer flackern, verschüchtert starren wir in die Regenmassen, die sich im Licht der Scheinwerfer gegen die Windschutzscheibe wälzen. Alles ist ein einziges ohrenbetäubendes Plätschern und Gurgeln und Rauschen. Auf der Bundesstraße rasen Feuerwehrautos mit Blaulicht an uns vorbei. Vor uns schimmert ein gelbes Ortsschild, Amir will dort halten, bis der Wolkenbruch vorbei ist. Es geht bergab, in Schrittgeschwindigkeit, wie in einem Traum schweben die verwaschenen Umrisse von Häusern und Bäumen und geparkten Autos an uns vorbei. Amir fährt zur Seite und stellt den Motor ab.

Wir gehen nach hinten. Igor stellt eine Flasche Campari auf den Tisch, wir wollen Kassensturz machen. Zum ersten Mal im Leben haben wir richtig Kleingeld. Ich greife in meine Gesäßtasche, aber der Geldbeutel ist nicht da. Ich überlege, wo ich ihn hingelegt haben könnte. Die anderen beäugen mich misstrauisch. Ich solle die Kohle rausrücken, das sei nicht komisch. Als sie endlich begreifen, dass ich nicht scherze, stellen wir den ganzen Wagen auf den Kopf, robben auf dem Fußboden herum, suchen jede Nische ab.

Ludovik betrachtet uns vom Bett aus, während er eine Zigarette dreht.

»Die Mühe könnt ihr euch sparen.«

Wir starren ihn an.

»Ich wette, diesen türkischen Macker hat es nie gegeben. Die Schwestern wollten nur schnell verduften, nachdem sie sich den Geldbeutel gegrapscht hatten. Sie haben euch nach Strich und Faden belogen …«

Nicht möglich. Wir tauschen Blicke. Je länger wir darüber nachdenken, desto klarer wird uns, dass es sehr wohl möglich ist. Igor ist außer sich, er torkelt nach vorne, zwängt sich hinter das Lenkrad. Er werde sie einholen und umbringen, einfach umbringen. Er schreit nach dem Schlüssel, wir sollen ihm sofort den Schlüssel geben. Er steht auf, wankt, stürzt rückwärts gegen den Tisch. Der Tisch knickt unter ihm ein wie eine Streichholzkonstruktion.

Ludovik öffnet die Schiebetür und lacht sein Schakalgelächter in den Sturm hinaus.

»Hört ihr, wie es rauscht und gurgelt?«, brüllt er. »Die ganze Welt ist ein Abflusskanal. Und wir sind die Kanalratten … Dreeeeeck!«

»Dann raus mit dir!«, schreit Igor und stößt ihm die abgerissene Tischplatte mit der Kante in den Bauch.

Ludovik fliegt aus der Wagentür. Igor dreht sich herum, zertrümmert mit einem Fußtritt die linke Sitzbank. Sicher, ohne Tisch braucht man auch keinen Platz zum Sitzen. Wir stoßen ihn zur Seite und springen hinaus. Alles ächzt und kracht, Äste rieseln zu Boden, wir sind sofort nass bis auf die Knochen. Ludovik liegt im Wasser, wir zerren und schieben ihn in den Wagen. Er sieht aus wie das Monster aus dem Moor. Wir wischen ihm die zerzausten Haare aus dem

Gesicht. Blut rinnt über seine Wange. Igor kniet sich über ihn und beginnt, ihm die Wunde mit Alkohol abzutupfen.

»Er lebt noch.«

»Natürlich lebt er, was soll er sonst tun? Aber er ist vielleicht querschnittsgelähmt.«

Igor beginnt, sich zu rechtfertigen, niemand habe das Recht, ihn Dreck zu nennen, Russen seien kein Dreck. Wir sitzen auf der verbliebenen Sitzbank und ignorieren ihn. Amir beäugt mich böse.

»Du musstest die Tussis ja abschleppen ... Wir hätten wenigstens tanken können, bevor wir uns beklauen lassen, jetzt reicht es nicht einmal für die Heimfahrt. Bist du jetzt zufrieden?«

Ich erwidere nichts, ich verkrieche mich, lege mich aufs Bett. Schwarze, tosende Leere gähnt mich durch das Fenster an. Es ist vorbei. Aus und vorbei. Endstation. Aussteigen. Für uns gibt es keine Flucht. Denn nicht wir sind im Gefängnis, das Gefängnis ist in uns. Es ist widerlich, noch immer nüchtern genug zu sein, um das zu Ende denken zu können. Irgendwo über uns schaukelt die Straßenbeleuchtung an ihren Drähten. Ludovik liegt da wie aufgebahrt, die Augen geschlossen, seine Miene klar und kindlich, er scheint zu schlafen. Gäbe es Engel, hätten sie sicher Gesichter wie er. Aber es gibt keine. So wenig wie es all den anderen Klimbim gibt. Es gibt nur gute und schlechte Gewohnheiten, mehr nicht.

Irgendwann steht Amir da, beugt sich über Ludovik.

»Was soll nur aus ihm werden, wenn wir einmal nicht mehr da sind?«

»Und aus mir? Was soll aus mir werden?«, dröhnt Igors Stimme im Hintergrund, er schlägt sich mit der geballten Faust auf die Brust. »An mich denkt niemand.«

»Du bist gesund, Igor, wenn du das Saufen lässt, bist du ein richtig Guter ... Aber Ludovik ... er trinkt nicht und ist doch ...«

Igor torkelt nach hinten.

»Ihr habt recht, ich … ich mache Schluss mit dem Alkohol! Ich schaffe es, ihr werdet euch noch wundern. Gleich morgen fange ich an, Schluss zu machen.«

»Sicher schaffst du es, Igor.«

»Genieß den letzten Abend!«

Wir decken uns zu, halten ganz still. Wir sitzen fest, im Auge des Sturms, der Wagen birst fast unter den Einschlägen, aber all das geht uns jetzt nichts mehr an. Wir lassen eine Flasche herumgehen, trinken auf Igors Leben nach dem Suff.

»Im letzten Jahr, als alles zusammenbrach, war ich mit den Pionieren im Sommerlager. Wir schliefen im Zelt, und wenn es regnete, trommelte es auf die Zeltplane, so still, so ruhig, so friedlich … Ich hörte die Atemzüge der anderen, meiner Freunde, alles andere war weit, weit weg … Und am Morgen sah ich, wie es hinter der Plane aufhellte, und genoss es, im warmen Schlafsack zu liegen, unter der schützenden Haut des Zeltes, und auf den Morgenappell zu warten. Aber eines Tages … eines Tages war es plötzlich ein Soldatenzelt, ein Lazarettzelt, und ich war betäubt, ich war fast tot.«

»Denk nicht daran, das ist lange her. Trink aus, die Flasche ist fast leer.«

»Plötzlich war alles anders. Nur der Sternenhimmel war derselbe geblieben. Die Sterne im Kaukasus … groß und strahlend, zum Herunterpflücken nah … So was Schönes habt ihr nie gesehen. Aber ich, ich habe es gesehen … Jetzt will ich nur noch das Meer sehen und sterben …«

»Du kannst es auch so sehen.«

»Das ist es! Ich werde auf einem Schiff anheuern. Ich fahre zur See. Als Steward auf einem dieser Luxusliner …«

Amir richtet sich auf.

»Ich habe mich auch entschieden. Wenn wir zu Hause sind, fahre ich schnurstracks nach München, zum Generalkonsulat der Vereinigten Staaten von Amerika, und beantrage politisches Asyl.«

»Sie werden dich abknallen.«

»Ich werde sagen, ich bin ein Verfolgter ...«

»Dann wird es heißen, du hättest einen Anschlag geplant.«

»Ist doch wahr! Sind wir nicht alle Verfolgte ... von irgendwas ...?«

»Und dann werden sie in Hollywood ein Al-Qaida-Bekennervideo drehen, wie sie das immer tun. Da wirst du dann sitzen, in der Höhle, mit einem langen virtuellen Bart, und die freie Welt bedrohen ...«

Wir lachen über diese Vorstellung. Unser Gelächter geht im Heulen des Windes unter.

»Dann werde ich mich eben den deutschen Behörden stellen. Ich will nicht mehr illegal sein, nie mehr, versteht ihr? Ich werde sagen, hier bin ich, ich bin krank, ein Kleptomane, ich brauche eine Therapie und freie Kost ... Und in der Therapie lerne ich eine Frau kennen. Eine wie Sibylle, genau so eine. Verliebt, verlobt, verheiratet und ... legal.«

»Eine wie Sibylle macht keine Therapie. Sie *ist* die Therapie.«

»Ja, ja, so meine ich das. Sie wird dort Schwester sein. Ja, jetzt wird alles anders. Es wird Zeit, dass wir anfangen, anders zu leben ...«

»Sicher, wir können nicht ewig nur Autos klauen und durch die Gegend tingeln und nichts tun.«

»Natürlich nicht, das wollen wir auch nicht, wer hat das behauptet?«

Ein Blitz taucht alles in schneeweißes Licht. Amir zeichnet geschwungene persische Buchstaben in den Fensterbeschlag. In der Stille plötzlich Ludoviks Stimme.

»Ihr seid armselige Träumer. Das, wovon ihr träumt, werde ich tun. Ich werde meine Papiere vorlegen, hier, bitte sehr, Gesellenurkunde, Lehrbrief, Zeugnisse, alles da. Und dann werde ich mir die Angebote anhören. Leute wie mich suchen sie händeringend, jung, praxisorientiert, vorstrafenfrei. Bescheiden, anspruchslos, arbeitssüchtig, spricht sogar

Deutsch, der ideale Handwerker der Zukunft. Ein perfekter, deutscher Inder.«

»Und du, Fern? Was wirst du machen?«

»Er geht zu seiner Frau und seinem Kind zurück. Nicht wahr, Fern?«

22

Ich schließe die Augen. Ja, sie haben recht, denke ich, ich werde zurückgehen, zurück in das alte Schulhaus, in dem wir gelebt haben, zurück in den Garten. Die Sonne wird scheinen, sie werden am Tisch sitzen, Freya und Anna, an einer Leine wird die Wäsche wehen wie eh und je. Ich werde mich still hinsetzen, ein Stuhl wird noch frei sein, all die Jahre frei geblieben sein. Freya wird meinen Teller nehmen und mir mit der Kelle von der Suppe geben, mir den Brotkorb reichen. Wir werden essen, als wäre nie etwas gewesen, als wäre ich nie fort gewesen. Der Bach am Ende des Gartens wird plätschern wie eh und je, die Linden am Bach werden säuseln und mir alles erzählen, was seit meinem Weggang passiert ist. Anna wird mich mit großen Augen anschauen und mir Löcher in den Bauch fragen, ob ich ihr richtiger Papa sei und warum der Wind die Bäume nicht umblase und wo ich all die Jahre gewesen sei, und ich werde vor lauter Antworten kein Wort herausbringen …

Ich öffne die Augen. Sie warten noch immer, dass ich etwas sage. Aber ich werde nichts sagen. Sie wollen mich provozieren, es wird ihnen nicht gelingen.

»Was ist das überhaupt für eine Art, einen Mann vor die Tür zu setzen wie eine volle Abfalltonne? So mir nichts, dir nichts. Was hat ihr Fern schon getan? Nicht einmal geschlagen hat er sie.«

»Er ist morgens nie aus den Federn gekommen, das war der wahre Grund. Kann man irgendwie nachvollziehen, dass man so einen nicht im Haus haben will. Sie sagte, er tauge nicht zum Leben, er sei ein Müßiggänger, ein Parasit, er lasse sich von ihr aushalten und denormalisiere sie.«

»De-mo-ra-li-sie-re.«

»Da ist sicher was dran. Er hat immer den großen Künstler markiert. So getan, als würde er gerade an einem Roman schreiben. Dabei hat er bloß seine Zeit vertändelt, in den Tag hinein gelebt. Keine Frau lässt sich so was lange gefallen. Aber sie hätte bedenken sollen, dass er selbst am allermeisten darunter litt, dass er so war, so schwach und unbrauchbar, eine solche Niete.«

»Eine Null.«

»Ein Blindgänger.«

»Ein freischlafender Künstler.«

Dummes Gekicher. Sie beobachten mich aus dem Augenwinkel. Ich werde nicht reagieren. Sie haben keine Ahnung, keine Ahnung.

»Ja, aber da war noch das Kind, Fern hatte ein kleines Mädchen.«

»Hat er immer noch.«

»Und einem Vater das Kind wegzunehmen … Das ist so, als würde man ihm ein Glied amputieren. Das Glied ist weg und doch nicht weg. Es bleibt etwas zurück. Der Phantomschmerz.«

»Seit drei Jahren hat der Arme sein Töchterchen nicht mehr gesehen.«

»Wie heißt sie doch noch?«

»Anna.«

»Richtig, Anna.«

»Hab ich wohl!«, rufe ich aus.

Sie verstummen sofort. Jetzt ist es doch passiert, jetzt ist es zu spät.

»Hast du was gesagt, Fern?«

»Ich habe sie gesehen, letzten September. Als ich vier Tage nicht da war. Ihr dachtet, ich wäre für immer abgehauen. Ich traf sie in einem Park, sie war mit ihrer Kindergartengruppe da. Ich setzte mich auf eine Bank am Rande des Spielplatzes. Niemand kannte mich. Dachte ich. Aber eine erkannte mich doch.«

»Wie bei Odysseus.«

Sie kichern wieder, sie wollen mich fertigmachen.

»Auf einmal stand sie vor mir, ich weiß nicht, warum. Ich erkannte sie sofort. Sie begann zu plappern.

›Duuu, warst du schon mal auf hoher See?‹

Ich blickte sie immerzu an, bis sich meine Sicht verschleierte.

›Mein Papa ist nämlich Seemann. Mama sagt, er ist auf hoher See, ganz weit weg, in Australien, darum kann er uns nicht besuchen.‹

›Das ist aber ein Zufall … ich bin auch ein Seemann‹, flüsterte ich.

›Wie hoch ist eigentlich die hohe See? Ist sie nicht tief?‹

›Den Fischen, die am Boden leben, kommt sie so hoch vor, dass sie sich gar nicht vorstellen können, je wieder nach oben zu kommen, wo es Luft und Licht gibt.‹

›Fische mögen doch gar keine Luft!‹

Sie schien zu überlegen.

›Wenn du auch Seemann bist, könntest du dann meinem Papa einen Brief bringen?‹

›Ja, das könnte ich‹, sagte ich leise.

Im Hintergrund erklang die Stimme der Kindergärtnerin. Sie begann, die Kinder in Zweierreihen aufzustellen.

›Ach, schade, ich muss jetzt gehen. Könntest du meinem Papa einen Brief schreiben, dass er uns besuchen soll, weil wir ihn vermissen? Kannst du dir das merken?‹

Ich zog einen Zettel aus meiner Tasche und begann zu schreiben.

›Und er soll uns etwas von der hohen See mitbringen … eine Muschel … eine ganz echte Muschel.‹

Sie drehte sich um und lief davon. Auf halbem Wege blickte sie zurück.

›Und vergiss nicht, unsere Adresse draufzuschreiben!‹

›Mach ich, Anna.‹

Sie nickte, lief zwei, drei Schritte und blieb wieder stehen. Sie sah mich noch mal an und winkte. Dann verschwand sie in der Kinderschar. Sie marschierten los, und ich blieb allein auf dem Spielplatz zurück … Das war im September und …«

Ich stocke. Und mit einem Mal blicken wir alle zum Fenster.

23

Wir haben es alle gehört, ein dumpfes, unheimliches Rumoren in der Ferne, lauter als das Geplätscher des Regens. Ich richte mich auf. Der Lärm schwillt an, im Bruchteil einer Sekunde, kommt plötzlich von allen Seiten, ein Dröhnen wie von einer riesigen Maschine.

»Was …?«

Im nächsten Augenblick trifft es uns mit einer Wucht, als wären wir gegen eine Mauer gefahren. Ich fliege vom Bett, kopfüber, sehe, wie Igor rücklings durch den Gang schlittert. Der Boden wankt, dreht sich unter uns. Ich taste nach einem Halt, finde die Kante des Kühlschranks und ziehe mich hoch. Ich drücke mein Gesicht ans Fenster. Fassaden, Schaufenster, Bäume gleiten an uns vorbei, um uns wogt ein schwarzer Fluss. Die Straße ist weg, ringsum nichts als Wasser. Äste und Abfalltonnen treiben und hüpfen in den Fluten, neben uns wirbelt ein Mensch im Wasser, reckt einen Arm hoch und versinkt. Ein heftiger Stoß wirft mich zu Boden. Ein Fenster ist geborsten, kaltes Wasser schwappt über mich, dringt mir in den Mund. Ich komme auf die Beine, stürze, komme wieder hoch, strample hustend und nach Luft schnappend auf die aufgerissene Seitentür zu. Das Wasser steht mir jetzt bis zum Hals, plötzlich greifen Hände nach mir, ich spüre, wie ich nach oben gezogen werde. Ein Ruck, und mein Kopf ist im Freien. Regen schlägt mir ins Gesicht, durch den Regen erblicke ich Igor. Ich drehe mich reflexartig, brülle Ludoviks Namen ins Dunkel des Wagenhecks.

»Ludovik! Deine Hand … hier … hier!«

Ich strecke meine Hand aus, greife blind ins Wasser. Zwei Arme packen mich von hinten und heben mich nach oben, Feuerwehrleute. Ich greife nach dem Geländer über mir, einem Balkon im ersten Stock eines Wohnhauses. Oben kauert Amir, Blut rinnt von seiner Schläfe, aber er achtet nicht darauf, er schreit und gestikuliert, es sei noch jemand im Wagen eingeklemmt, sie sollen ihn rausholen, er ist wie von Sinnen. Zwischen den Häuserfronten wälzen sich die schmutzigen Wassermassen im Licht der Straßenlaternen. Unser Wohnmobil hängt in einem Dickicht von Bäumen und Sträuchern unter uns, dreht sich langsam, unaufhaltsam in die Strömung hinein. Drei Feuerwehrleute werfen sich dagegen, ein vierter kämpft an der Schiebetür. In einem Fenster neben uns steht ein Kameramann und hält drauf, in den Fenstern ringsum brennen Lichter, reihen sich verdatterte Gesichter aneinander. Der Wagen stellt sich quer, immer weiter, plötzlich ertönen Schreie, die Feuerwehrleute hechten zur Seite. Von oben schießt ein Wagen heran und rammt das Heck des Wohnmobils. Es schnellt aus dem Dickicht, mitten hinein in den Sturzbach. Wie Tischtennisbälle treiben die beiden Fahrzeuge in den Fluten davon, schaukelnd, eines hinter dem anderen. Ein paar Sekunden sehen wir noch das weiße Dach, dann verschwindet es in der Dunkelheit.

Es bleiben die Blaulichter, die Sirenen, das Rauschen des Regens.

Erst später, als alles vorbei ist, setzen sich die Bilder in meinem Kopf zu einem Ablauf zusammen. Wir sitzen in einer Turnhalle am Fuß einer Sprossenwand und nippen an einem heißen Tee. Der Raum ist restlos überfüllt, Helfer verteilen Decken und trockene Kleidung. Jemand hält uns eine Kamera vors Gesicht, ein anderer ein Mikrofon und beginnt, Fragen zu stellen. Plötzlich steht eine Polizistin vor uns und will unsere Personalien aufnehmen. Justin

Meyer, diktiere ich, Meyer mit Ypsilon und Doppel-E, aber ausweisen könne ich mich nicht, alles sei dahin. Als sie sich an Amir wendet, ist er nicht mehr da. Sie stellt mir einen Wisch aus, für die Bahn, und klärt mich auf, wie und wo ich Verwandte anrufen könne. Ich danke ihr, aber ich hätte keine.

Ich finde Amir in der Toilette. Ich drücke alle Klinken herunter, hinter der letzten, abgeschlossenen Tür bleibt es still. Zigarettenqualm steigt in die Luft. Amir? Keine Antwort. Ich hieve mich hoch. Amir kauert auf der Schüssel wie ein Häufchen Elend und raucht sich die Birne herunter. Ich flüstere, es sei unter diesen Umständen völlig in Ordnung, wenn er sich nicht ausweisen könne, wenn er sich aber auffällig benehme, werde er festgenommen und ausgewiesen, und was dann mit ihm geschehe, das wisse er ja.

Er macht sofort auf, wir kehren in die Halle zurück. Überall werden Feldbetten aufgestellt, wir ergattern zwei und ziehen die trockenen Kleider an. Das hat man auch nicht alle Tage. Am Feldbett neben mir steht eine Frau, so um die fünfzig, und beginnt, sich auszukleiden, ich merke gleich, dass sie die Chance, das vor einer Horde wildfremder Männer zu tun, bis zur Neige auskosten will. Nicht zu fassen, was in einer Frau ihren Alters noch für Triebe wüten, alle Achtung.

Noch bevor sie fertig ist, schlafe ich ein. Irgendwann erwache ich, es ist dunkel, nur das Rascheln der Feldbetten und das Raunen leiser Stimmen ist zu vernehmen, wie in einem nächtlichen Krankenhaus. Plötzlich erkenne ich eine der Stimmen. Sie bittet um etwas Rum in den Tee, bitte etwas Rum, flüstert die Stimme mit slawischem Akzent, aber eine Frauenstimme erwidert, das gebe es nicht.

»Hey, Igor!«

Wir klatschen uns ab, nie hätte ich gedacht, dass ich mich noch einmal so freuen könnte, ihn zu sehen.

»Und Ludovik?«

Igor schüttelt den Kopf.

»Hängen geblieben.«

Ich glaube es nicht, das kann nicht sein. Igor fixiert mich düster.

»Er wollte nicht raus ... Verstehst du?«

24

Als ich die Augen öffne, beugen sich Igor und Amir über mich.

»Schert euch zum Teufel!«

Ich drehe mich auf den Bauch, ziehe mir die Decke über den Kopf.

»Wir hauen ab, Fern, wir fahren heim. Mach's gut ...«

Ich springe auf, mit einem Schlag hellwach. Draußen weht ein kalter Wind, ich ziehe meinen Reißverschluss zu. Der Morgen graut, auch wir sehen in unseren hellgrauen Konfektionsjacken wie kleine Fetzen des großen Graus aus. Wie entlassene Sträflinge. Ringsum wütet das Chaos, die tiefer liegenden Straßen sind überflutet, dort, wo das Wasser abgeflossen ist, ist alles von schwarzem Schlamm, Ästen und Abfällen bedeckt. Auf Schritt und Tritt begegnen uns Feuerwehrleute und Polypen, aber niemand spricht uns an, niemand hält uns auf. Anscheinend wirken wir ganz natürlich in dieser Katastrophenlandschaft.

Unter stöhnenden Pappeln schleppen wir uns die Straße hinauf, waten durch abgebrochene Äste, dorthin, wo der Bahnhof liegen soll. Wir trotten wortlos dahin, Seite an Seite, wir denken alle an dasselbe, denselben.

»Das haben wir nun von deinem beschissenen Einbruch«, brummt Igor. »Wären wir zu Hause geblieben, wären wir noch zu viert.«

»Es lief doch alles klasse, bis Fern die Bräute angebaggert hat!«

Sie beäugen mich böse, froh, einen Sündenbock gefunden zu haben.

»Und am Hochwasser bin ich auch schuld, was?«

Amir schüttelt immerfort den Kopf. Er hat vor lauter Angst, erwischt zu werden, die ganze Nacht kein Auge zugedrückt.

»Keiner kann etwas dafür«, murmelt er. »Das Pech verfolgt uns. Von allen Orten dieser Welt geraten wir ausgerechnet in dieses Nest, schnurstracks in die Katastrophe.«

»Nicht wir kamen zur Katastrophe, sie kam zu uns. Wir ziehen das Unglück an.«

Ich schreite aus, ich will ihr Gejammer nicht mehr hören. Ihre Stimmen verhallen. Was bleibt, ist das Säuseln der Pappeln, die Hundekälte, der graue Asphalt. Wen die Fluten nicht holen, den erfasst ein Auto wie den Igel am Wegesrand, wer es aber über die Straße schafft, den rafft der Krebs dahin. Alle Wege führen zum selben Ausgang. Ich stoße die Tür zum Bahnhof auf, betrete eine muffige kleine Halle. Vorne prangt eine große runde Bahnhofsuhr, darunter stehen ein paar Bänke in Reih und Glied, auf einer von ihnen liegt eine zerzauste Gestalt mit angezogenen Beinen und einem Safe auf dem Bauch.

Als die anderen eintreten, lege ich den Finger auf die Lippen. Sie kommen näher, wir stieren Ludovik an, als wäre er ein Phantom. Und obwohl wir nicht den geringsten Laut von uns geben, öffnet er die Augen.

»Wo warst du, Mann?«, flüstert Igor.

Ludovik setzt sich auf. Wir betasten ihn, hauen ihm auf die Schulter.

»Alles in Ordnung? Alles klar?«

»Wir haben uns Sorgen gemacht, wir wussten nicht, ob du …«

»Psst! Er ist noch nicht bei sich … Er braucht Zeit.«

»Komm, steh auf, Kretin, wir fahren heim … Heim, verstehst du? Du bist ja ganz nass. Hier, zieh meine Klamotten an, na los, beeil dich. Und lass den Safe unter der Jacke verschwinden, das macht einen schlechten Eindruck.«

Wir können es kaum fassen. Eine halbe Stunde später

segeln wir gen Süden, die gute Laune wieder im Gepäck. Wir sind pleite, mit dem Wohnmobil ist uns ein Vermögen durch die Lappen gegangen, Jahre unbeschwerten Wohlstands, aber plötzlich spielt das keine Rolle mehr. Wir stellen Ludovik keine Fragen, er soll sich erholen, wir wollen die Einzelheiten seiner Rettung gar nicht wissen. Wir tapern durch die künstlich gekühlten Wagen, die Fahrgäste blicken von ihren widerlichen piepsenden und vibrierenden Geräten auf und mustern uns, als wären wir die Außerirdischen und nicht sie. Wir setzen uns in ein Abteil mit zwei Frauen in schmucken dunkelblauen Kostümen. Sie brechen nicht in Jubel aus, dass das Abteil plötzlich voll ist. Das haben wir auch nicht erwartet. Eine Weile hören wir ihrem Gespräch zu, aber sie verstummen, als wollten sie das nicht.

Dann wird Igor redselig, er erzählt vom Hochwasser, später zieht er sein Hemd hoch und zeigt ihnen auch noch seine Narbe. Unsere Begleiterinnen blicken entsetzt weg, man hört förmlich, wie ihnen die Kinnladen herunterfallen. Ja, das ist mal was anderes als Kaffeepause oder Besprechung beim Chef. Sie schweigen die ganze Strecke bis zur nächsten Haltestelle, dann steigen sie aus. Der Schaffner taucht auf, wir zeigen ihm unsere Wische. Ludovik hat keinen, aber der Mann nickt nur freundlich. Wie seltsam, denke ich, kaum kommt man als Opfer einer Naturkatastrophe daher, sind die Leute, die einen als gewöhnlichen Arbeitslosen vor der eigenen Türschwelle verhungern lassen würden, die Hilfsbereitschaft in Person. Als wäre nicht auch die Arbeitslosigkeit eine Naturkatastrophe, die einen jederzeit und überall hinwegraffen kann.

Amir zieht die Vorhänge zu und beginnt, seine Taschen auszuleeren. Drei Portemonnaies und ein paar lose Scheine kommen zum Vorschein, das Ergebnis seiner durchwachten Nacht. Wir besehen uns zum Spaß die Ausweise und persönlichen Sachen der Leute, dann entsorge ich den Plunder durch das Klofenster. Auf dem Rückweg bemerke ich in einem anderen Wagen unsere beiden Mitreisenden von vorhin. Sie haben wohl nur unseretwegen die Plätze getauscht. Ich würdige sie keines Blickes. Später wird ein kleiner Imbisswagen durchgeschoben, wir kaufen das Nötigste. Es ist schön warm im Abteil, rundherum gemütlich. Es gibt Momente im Leben, in denen man sich wünscht, nie anzukommen, wo auch immer.

Ludovik sitzt mir gegenüber, den Kopf gegen den Vorhang gelehnt. Ich sehe ihn an, er sieht mich an, er lächelt nicht, aber ich weiß genau, woran er denkt, und er weiß genau, dass ich es weiß.

25

Er saß mir gegenüber, die Gondel rotierte langsam, tief unter uns rotierten die Lichter des Jahrmarkts genauso langsam in die entgegengesetzte Richtung. Es war ein sternklarer Abend im Mai vor zwei Jahren, ich saß auf dem Riesenrad, das ich als Helfer mit aufgebaut hatte, und drehte Runde um Runde, seit einer Stunde oder schon länger, Freifahrten ohne Ende. Leute waren zu- und wieder ausgestiegen, ich allein war sitzen geblieben. Und mit einem Mal saß dieser langhaarige Kerl mir gegenüber, sehr jung, ich hatte sein Kommen gar nicht bemerkt. Das Rad stand still, unsere Gondel hing im großen Blau des Himmels. Plötzlich lehnte er sich vor und hielt mir einen Brief hin.

»Würdest du diesen Abschiedsbrief für mich einwerfen?«

Er duzte mich, als würden wir uns kennen. Die Gondel setzte sich sachte in Bewegung. Senkrecht unter uns schwelte der Jahrmarkt. Nur ein dünnes Eisengeländer, eine dünne Kette trennten uns von der Tiefe. Es war ein grauer, zerknitterter Öko-Umschlag ohne Briefmarke, irgendwie mitleiderregend.

»Wirf ihn doch selbst ein.«

Er schüttelte den Kopf. Ich zuckte mit den Schultern.

»Ich habe kein Geld für Briefmarken.«

»Bitte!«

Er sah mich erwartungvoll an. Ich beugte mich über den Umschlag.

»Er ist doch gar nicht adressiert.«

Er steckte den Umschlag in seine Westentasche, sah traurig vor sich hin.

»Ich weiß nicht, wo sie wohnt, darum.«

»Wer?«

»Meine Mutter ...«

Er verstummte, als wären ihm die Worte nur so herausgerutscht.

»Du willst also nicht«, sagte er plötzlich scharf. »Schon gut, man wird ihn auch so finden.«

Mit diesen Worten erhob er sich von seinem Sitz und begann, seine Jacke auszuziehen. Er legte sie sauber gefaltet auf seinen Sitz und löste mit einer ruhigen Bewegung die Absperrkette. Mir stockte das Herz.

»Hey, hey, was soll das!«

Das hatte mir gerade noch gefehlt. Er stand mit dem Rücken zu mir, am Rand der Gondel, einen Schritt vor dem Abgrund, den Blick nach unten gerichtet. Wir waren am höchsten Punkt angekommen, die Gondel wankte, ich wünschte mir, ich wäre woanders, egal wo.

»Setz dich doch, es ist genug Platz für uns beide«, hauchte ich wie im Scherz.

»Versuch doch, wenn du kannst, einen Mann festzuhalten, der mit seinem Selbstmord im Knopfloch unterwegs ist.«

»Also gut, ich werfe den Brief ein. Kein Problem. Ich wusste nicht, dass dir so viel daran liegt.«

Das Rad fuhr wieder los, wir glitten nach unten.

»Rühr dich nicht vom Fleck! Springst du auf, springe ich ab.«

»Das ... das ist auch keine Lösung«, stotterte ich, »du stirbst, wirst wiedergeboren, und alles beginnt wieder von vorne. Das ist wie dieses Rad, es hört nie auf, sich zu drehen.«

Er ließ die Gondel los, streckte seine Arme seitlich aus und sah plötzlich wie der Jesus von Rio aus.

»Ich bewundere deinen Mut«, begann ich plötzlich. »Ich sitze schon seit einer Stunde hier und bringe es nicht über mich, zu springen. Ich werde es nie schaffen ...«

Er rührte sich nicht.

»Warum solltest du auch?«

»Weil mir nichts mehr geblieben ist ... Ich habe alles verloren.«

Es schien zu wirken, ich musste weiterreden, erzählen.

»Wir lebten in einem alten Schulhaus mit einem herrlichen Garten, meine Frau, mein Kind und ich. Das war unser Zuhause. Nie hätte ich gedacht, dass ich es einmal verlassen müsste. Eines Tages ... wie soll ich sagen ... hatte sie genug von mir. Ich werde den Moment nie vergessen, als sie das Tor hinter mir zuschlug. Für immer. Es war wie sterben, lebendig beerdigt werden. Ich stand auf der Straße, mit einem Koffer und einem Rucksack, vaterseelenallein. Ich war wie gelähmt. Ich blickte hinauf zu unserem alten Schlafzimmerfenster, hinter dem blauen Vorhang, den ich einst selbst aufgehängt hatte, brannte warmes gelbes Licht. Der Abend dämmerte, der Bus näherte sich auf der Landstraße, und mir wurde plötzlich klar, dass es nun endlich, endgültig aus war. Ich stieg ein. Im Wohnzimmerfenster erschien der Kopf meiner kleinen Tochter, wir sahen einander an, bis der Bus, das Haus außer Sichtweite waren.«

Er stand noch immer am Rand der Gondel, ganz steif, seine Haltung verriet mir, dass er mir zuhörte.

»So fing es an, vor einem Jahr. Oder früher. Ich habe jedes Zeitgefühl verloren. Anfangs trieb ich mich auf Bahnhöfen herum, schlief in Obdachlosenheimen und spendete Blut, Plasma. Morgens um sechs jagte man uns aus den Unterkünften. Es hätte auch sieben oder acht Uhr sein können, aber nein, wer nicht zum Arbeiten taugte, der taugte auch nicht zum Ausschlafen. Danach irrte ich den ganzen Tag umher, auf der Suche nach Geld, etwas zu essen, einem ruhigen

Fleck. Ich lernte schnell, immer und für alles offen zu sein, jede Gelegenheit zu nutzen, bloß keine kleinlichen Bedenken aufkommen zu lassen, mit so was machte man sich nur lächerlich. Irgendwann wollten sie nicht einmal mehr mein Blut, die Werte seien zu schlecht. Frühmorgens sammelte ich die leeren Flaschen vor den Lokalen auf, zog von Stadt zu Stadt, streunte umher wie ein herrenloser Hund. Ich war müde vor Hoffnungslosigkeit, hoffnungslos vor Müdigkeit, es war dasselbe. Plötzlich gehörte mir die ganze Welt, aber kein Quadratmeter davon mir allein. Früher hatte ich nichts von der Welt gehabt, eben nur diese paar Quadratmeter, die ich mit einer Frau und einem Kind teilte, aber das war mehr als die ganze Welt. Jetzt war es mir egal, was passierte. Alles war vorbei, mein Himmel eingestürzt. Es gab keinen Grund mehr, etwas zu tun oder zu lassen, verstehst du, kein Für und Wider ...«

»Ich verstehe ... Ich weiß ...«

»Und wenn es so ist, gibt es auch keinen Grund, zu springen ...«

Er trat zurück. Er nahm seine Jacke und zog sie wieder an, zog sie eng um sich. Ich mimte Gelassenheit, versteckte meine zitternden Hände in meinen Hosentaschen. Als wir unten ausstiegen, wollte ich sofort das Weite suchen. Er fand instinktiv das einzige Wort, das mich daran hindern konnte.

»Hast du Hunger?«

26

Ludovik knipste das Licht an. Ich blieb verdutzt stehen. Vor uns, mitten in der Diele, kauerte jemand auf einer Kloschüssel und blinzelte ins Licht.

»Das ist Amir. Er hat keine Papiere.«

»Halt den Mund und mach das Licht aus!«

»Spül endlich ab, wie lange willst du noch in dem Gestank sitzen?«

»Den hast du mitgebracht.«

Wir betraten ein großes kahles Zimmer mit der Tapete eines Palmenstrandes im Sonnenuntergang an der Längswand. Davor stapelte sich Brennholz bis zur Decke. Es roch nach Essen und moderiger Luft. Auf einem Tisch vor einer Sitzecke, der einzigen Einrichtung des Raumes, standen leere Bierflaschen und eine halbleere Pfanne mit Reis.

»Pilaw«, sagte Amir und wollte die Pfanne mit dem Reisgericht wegnehmen, vermutlich um sie aufzuwärmen, aber ich hielt sie mit beiden Händen fest.

»Gut so«, hauchte ich. Er ließ sie los.

Sie setzten sich neben mich und sahen mir sprachlos zu.

»Reiß dir an dem Tisch keinen Splitter ein.«

Ich nickte, ich würde aufpassen.

Ich versuchte, langsam zu essen, jeden Happen auf meiner Zunge zergehen zu lassen, um mehr davon zu haben. Es misslang, ich verschlang alles in Sekundenschnelle. Ludovik stupste Amir mit dem Ellbogen an.

»Mach mehr.«

Ich kratzte die letzten Reste vom Tellerrand, schleckte mir die Finger ab. Ludovik balancierte gut gelaunt auf den Hinterbeinen seines Stuhls, er war wie ausgewechselt. Er reichte mir sein Zigarettenetui mit Selbstgedrehten.

»Aus Eigenanbau, garantiert Bio … Warte.«

Er schob eine angebrochene Bierflasche über den Tisch.

»Bedien dich! Die Rechten trinken Bier, die Linken rauchen Gras. Na?«

»Und was ist einer, der beides tut?«

»Ein Wrack.«

Die Stimmung war gut. Amir stellte die nächste Pfanne auf den Tisch, ich wartete schon begierig.

»Noch mehr?«

Ich nickte.

»War nur ein Scherz, die Frage.«

Als ich fertig war, verputzten sie im Nu die Reste. Ludovik streckte sich auf dem Boden vor dem Herd aus und begann, Zigaretten zu drehen. Amir lehnte sich mit dem Rücken gegen den Herd, der noch Wärme abstrahlte. Er legte eine leere Flasche auf den Boden und stupste sie an, um mir zu demonstrieren, dass der Boden schief war. Sie rollte und rollte, bis sie an der gegenüberliegenden Wand anschlug.

»Wenn du schlafen willst, leg dich auf die Matratze dort.«

Ich legte mich hin, zog die Decke über mich. Ich war schon halb weg, hörte Ludoviks Stimme im Dunkeln.

»Hör zu, ich erzähle dir eine Gutenachtgeschichte, aber eine wahre. Sie ereignete sich letztes Jahr am Hauptbahnhof N. Ich war auf einem der Bahnsteige eingeschlafen. Am Morgen weckten mich die Strahlen der aufgehenden Sonne. Es muss sehr früh gewesen sein, alles war wie ausgestorben. Fast alles ...«

»Behalte dein Armenmärchen für dich«, fiel ihm Amir ins Wort.

»Wie ich so dasitze und mich strecke, werde ich plötzlich auf einen Typen aufmerksam. Er umschleicht die Schließfächer und stochert an den Schlössern herum. Nicht an einem, an mehreren. Ich beobachte ihn eine Weile, es ist sonnenklar, dass er sie knacken will. Kann es wirklich noch so viel Naivität in der Welt geben? Zehn Überwachungskameras richten sich von allen Seiten auf ihn, aber er werkelt seelenruhig vor sich hin. Ich kann es nicht länger mit ansehen, ich pfeife ihn an. Er blickt sich erschrocken um. Es ist natürlich ein Ausländer, wer sonst könnte heutzutage noch so rührend unschuldig sein. Die ganze dreckige technisierte Welt des Westens scheint sich gegen diese Menschen aus der Dritten Welt verschworen zu haben. Ich deute auf die Kameras, die überall angebracht sind, mache kurbelnde Bewegungen vor meinem Gesicht. Der arme Kerl blickt von Kamera zu Kamera und kollabiert fast vor Schreck. Er zerrt noch schnell einen schwarzen Aktenkoffer aus einem Schließfach und ... und was macht er, der Wahnsinnige? Er rennt direkt auf mich zu, quer über die Gleise und Bahnsteige! Geradeso, als sei ich sein Komplize. Ich springe auf, gestikuliere, stampfe mit dem Fuß. Hau ab! Verpiss dich! Zisch ab! Ich wende mich einer Kamera zu und wedele verzweifelt mit den Armen, ich hätte mit dem Typen nichts zu schaffen. Er hat meinen Bahnsteig fast erreicht, ich laufe meinerseits los, um ihn abzuschütteln. Das macht alles nur noch schlimmer, jetzt sehen wir wie zwei flüchtige Verbrecher aus. Das hat man nun von seinem beschissenen Mitleid, denke ich. Am letzten Bahnsteig stellt er mich. Er wolle mir nur danken, dass ich ihn gewarnt habe, das sei ein feiner Zug von mir gewesen, er hätte genauso gehandelt, genauso. Ich stoße ihn demonstrativ weg, mit Blick auf die Kameras, und klettere über den Maschendrahtzaun. Und was glaubst du, wer der Krüppel war?«

Ein Rascheln, ich öffnete die Augen und sah einen Schatten über meinen Kopf hinwegsegeln, vermutlich ein Holzscheit. Es rumste, Ludovik jaulte auf. Das war der letzte Laut, den ich an jenem Abend hörte.

Das Erste, was ich am nächsten Morgen oder Nachmittag, als ich erwachte, hörte, war Amirs Stimme. Wir waren allein im Raum. Verlegen kaute er an seinem Daumennagel.

»Hat er es wieder gemacht?«, fragte er zögerlich.

»Was?«

»Seine Suizidnummer?«

Ich schwieg. Er senkte beschämt den Blick.

»Er braucht das Gefühl, weißt du … dass jemand da ist … Er muss sich immer wieder vergewissern. Ihm fehlt das Vertrauen, er braucht immer wieder ein Zeichen der Liebe. Kann man irgendwie nachvollziehen, erst ist sein Vater abgehauen, dann seine Mutter. Er ist noch ein halbes Kind.«

Ich lag da und tat nichts, genoss das Gefühl, nur so daliegen zu können, ohne etwas tun zu müssen. Es war seit einer Ewigkeit das erste Mal, dass ich mit vollem Magen eingeschlafen war und am nächsten Morgen in Frieden ausschlafen konnte. Ohne belästigt, ohne bei Tagesanbruch in die grauentriefende Dämmerung hinausgestoßen zu werden.

27

Wir erreichen jetzt Unterheckenhofen. Ausstieg in Fahrtrichtung rechts. Die Stimme des Zugführers weckt mich aus meinem Schlummer. Als ob es eine Rolle spielen würde, auf welcher Seite man aussteigt, wenn man in Unterheckenhofen landet. Zum Glück dürfen wir weiterfahren. Kurz darauf rüttele ich Ludovik wach, wir seien wieder daheim. Der Zug schießt in die Kurve, für Sekunden steht Shanghai in seiner ganzen liebreizenden Hässlichkeit vor unseren Augen. Wir kauern am Fenster, Seite an Seite. Alles ist noch da, das Haus, der ewige Schatten, man spürt, dass sich hier nie etwas ändern wird. *My home is my castle.* Plötzlich geht die Haustür auf, und jemand bleibt auf der Schwelle stehen. Ein groß gewachsener blonder Mann. Er stemmt die Arme nach Gutsherrenart in die Hüften und blickt zum Zug hinauf. Neben ihm, gegen die Wand gelehnt, steht ein mannshohes Surfbrett.

Vom Bahnhof marschieren wir geradewegs zu Mette-Marit.

Wir erblicken sie schon von weitem. Sie steht an einem Wagen direkt vor ihrem Balkon und verstaut gerade Taschen und Plastiktüten im Kofferraum.

»Was zum Teufel macht sie da?«

Wir beschleunigen unsere Schritte und bleiben hinter ihr stehen. Der Wagen hat ein finnisches Kennzeichen. Das Ganze hat etwas Beunruhigendes.

»Ziehst du aus, Mette-Marit?«

Sie dreht sich um die eigene Achse.

»Ach, ihr seid es!«

Mette-Marit strahlt über das ganze Gesicht. Sie trägt eine neue Frisur und sieht extraschick aus. Mich überkommt ein mulmiges Gefühl.

»Ihr werdet es nicht glauben! Mikka ist da! Heute Nacht fahren wir heim.«

Sie hält ihre rechte Hand hoch. Auf dem Ringfinger steckt ein Ring.

»Mein Verlobungsring. Was sagt ihr dazu?«

Wir nuscheln einen Glückwunsch.

»Ist das dein Ernst? Mikka ist gekommen?«

»Mikka sagt, er kann ohne mich nicht leben, er kann es einfach nicht.«

»Und wir? Wie sollen wir ... ohne dich ...«

»Ihr müsst jetzt weiter«, flüstert sie aufgeregt, »Mikka ist drinnen, er hilft mir packen.«

»Wir hätten dir auch helfen können. Sechs Hände sind besser als zwei, das solltest du wissen, gerade du ...«

Wir stehen da, keiner von uns bringt ein Lachen heraus.

»Und dein Studium? Du wolltest doch ...«

»Ach, das blöde Studium. Das beende ich zu Hause. Wenn ich Lust habe. Mikka meint, er kann mir eine Stelle an der Universität der Arktis besorgen ...«

»Du gehst also wirklich weg?«

»Ich muss. Ich muss doch endlich ein ordentliches Leben führen. Wie alle Menschen. Das versteht ihr doch, oder?«

Wir nicken, sicher, wer wolle das nicht, ein ordentliches Leben führen.

»Wie seht ihr denn aus? Ist etwas passiert?«

Wir schütteln den Kopf.

»Mit uns ist nie was los.«

»Aber du ... du siehst prima aus«, nuschelt Igor. »Wirklich ein Jammer ...«

Wir pflichten ihm bei, fantastisch sehe sie aus, ehrlich.

»Na los, macht, dass ihr fortkommt! Ich kann euch hier nicht umarmen. Mikka darf nichts merken, er ist so sensibel. Wir bleiben ja in Kontakt.«

Sie will uns ihre E-Mail-Adresse geben. Wir schütteln den Kopf, nein, nein, wir hätten so was nicht, unser Haus sei nicht so richtig verkabelt.

Stille. Wir stehen da, gesenkten Kopfes, einen Moment überwältigt von Erinnerungen. Im nächsten Moment erscheint ein strohblondes kleines Kerlchen auf Mette-Marits Terrasse, Koffer in beiden Händen.

»Ach, Mikka … das sind Kommilitonen, sie sind gekommen, um sich zu verabschieden.«

Wie süß sie lügt und sich verstellt, ich wette, sie träumt gerade von einem ordentlichen Ritt auf einem unserer Pimmel. Wir mustern Mikka, schließlich reichen wir ihm der Reihe nach die Hand. Er lächelt tumb, er wirkt nett, ein wenig scheu, das kommt bei Frauen gut an. Wir nuscheln etwas von wegen, dass uns Mette-Marit fehlen werde, der Fakultät, der ganzen Uni. Mikka legt den Arm liebevoll um Mette-Marits Taille. Sie sieht uns gerührt an.

Na dann, wir wollten sie nicht länger aufhalten. Sie hätten ja noch eine lange Reise vor sich.

»Bis zum Polarkreis!«

Ich merke, dass Igor Küsschen verteilen will, und halte ihn am Jackenärmel fest. Tapfer, festen Schrittes überqueren wir den großen Festplatz, der jetzt erst recht leer aussieht.

»Mist!«, flüstert Amir. »Jetzt können wir wieder Frauen in Umkleidekabinen nachsteigen …«

Nicht ein Mal sehen wir uns um, erst am anderen Ende des Platzes. Der Kofferraum ist zu, das Auto abfahrbereit. Alles in allem ist es ein mickriges Auto. So eins hätte Mette-Marit auch von uns haben können.

Mehrere sogar.

II

BESUCHER MIT SURFBRETT

1

Der Abend ist mild, über der dunkelnden Silhouette des Bahndamms hängt eine windschiefe Mondsichel. Die Schwalben fliegen tief, in unserer Wohnküche brennt Licht. Wir drängen uns ans Fenster und spähen hinein. An der Spüle steht ein Mann und wäscht unser schmutziges Geschirr ab. Es ist der Typ, den wir vom Zug aus gesehen haben. Er hat die Ärmel hochgekrempelt, einen sauberen, gestreiften Kittel umgehängt und führt immer wieder dieselben mechanischen Handgriffe aus. Oben, unten, innen, außen, kurz abtropfen lassen und auf die Ablage damit. Dort steht schon ein Berg Teller und Töpfe.

»Sieh einer an. Ein verdammter Waschbär.«

»Abspülbär, haha!«

Wir drücken uns die Nasen an der verschmierten Scheibe platt. Jetzt trocknet er sich die Hände ab, bückt sich, dreht sich nach links, nach rechts, sucht etwas. Er bewegt sich schon ganz heimisch bei uns, es ist, als guckten wir durch das falsche Fenster. Er wischt die letzten Spritzer vom Beckenrand und besieht sich alles noch einmal. Wir frotzeln, ein Penner mit gebügeltem Kittel, das ist mal was Neues. Wie ein Penner sieht er aber gar nicht aus. Er blickt hoch, er hat wohl unser Gelächter gehört. Wir grinsen ihn an. Noch bevor wir die Tür erreichen, steht er auf der Schwelle, streicht sich das blonde, wallende Haar aus dem Gesicht. Neben ihm, einen Kopf größer als er, lehnt das Surfbrett an der Wand.

»Ich bin Albert, einfach Albert … Kommt herein!«

Kommt herein ist gut.

Er habe unsere Toilette geputzt, es sei höchste Eisenbahn gewesen, sagt er im Vorbeigehen. Tatsächlich, die Kloschüssel hat einen neuen Deckel, der Deckel ist sauber zugeklappt. Ich gebe ihm höchstens zwei Tage. In der Küche legt ihm Igor die Hand auf die Schulter.

»Hör zu, Alfred ...«

»...bert. Al-bert.«

»... Albert. Du musst es nicht abarbeiten, du kannst auch so bei uns übernachten. Wir sind nicht so.«

»Ach, ich mach das gern, ich hab momentan nichts zu tun.«

»Wir haben momentan alle nichts zu tun, weißt du. Darum sind wir hier.«

Igor hält ihm eine Dose Bier hin.

»Hör auf zu planschen und entspann dich, du bist doch kein Heinzelmännchen. Das Zeug trocknet von selbst. Und zieh den blöden Kittel aus.«

»Trinkt ruhig, lasst euch nicht stören, ich trinke nicht.«

»Wie, du trinkst nicht? Willst du was anderes? Wein, Korn, Wodka?«

»Ich trinke keinen Alkohol, sagt mir lieber, wo das Geschirr hinkommt ...«

Er wirft das so hin, so ganz beiläufig und respektlos, ich hasse so was. Seine strahlend blauen Augen, die blonde Mähne, der saloppe Dreitagebart, der kecke Tonfall, der federnde Gang, er ist wie die wandelnde Provokation. Ich reiße ihm das Geschirrtuch aus der Hand.

»Hast du nicht gehört, Alfred? Das hat Zeit bis morgen.«

Er erstarrt, seine Miene ist plötzlich ganz ausdruckslos, als zählte er im Stillen bis zehn. Dann hebt er seine Hand und greift nach dem Geschirrtuch. Er lächelt, aber sein Blick ist wie ein eisiger Hauch.

»Ich heiße Albert ... Darf ich?«

Ich weiß nicht, warum, aber ich lasse das Tuch los. Es löst sich aus meiner Hand. Als hätte sein Blick meinen Griff gelockert. Er klopft mir auf die Schulter.

»Du weißt, verschiebe nicht auf morgen, was du heute kannst besorgen ... Wie heißt du überhaupt?«

»Ich? … Ich heiße Fern.«

Amir zerrt mich weg, wir pflanzen uns an unseren Tisch. Ludovik sitzt schon an seinem Stammplatz im ehemaligen Herrgottswinkel, eingekeilt zwischen den beiden Wänden. Wir packen unsere Reste aus, essen und trinken und lassen es uns gutgehen. Wir versuchen, Albert zu ignorieren, aber es ist schwer, wirklich ausgelassen zu sein, wenn jemand vor deiner Nase den Putzteufel macht, nach jeder neuen Kippe den Aschenbecher ausleert und auswischt und dabei Fragen stellt wie wo die leeren Flaschen denn hinkämen und ob wir einen Schneebesen im Haus hätten, und die diversen Wandkalender auf die richtige Woche oder den richtigen Monat blättert und den kleinen Abreißkalender mit den 365 fernöstlichen Sprüchen, die ich fast schon auswendig kann, mit einem saloppen »Der ist abgelaufen« in den Papierkorb wirft, als könnten uralte Lebensweisheiten je ablaufen, und ich, statt ihm dafür die Fresse zu polieren, nur auf die Küchenuhr zeige und sage:

»Die geht auch nicht.«

Nicht zu fassen. Er stellt sich tatsächlich auf einen Stuhl und nimmt die Uhr vom Nagel. Die Müllhalde sei gleich gegenüber, lacht Igor. Albert schmunzelt, er hält das für einen Witz. Er werde sehen, ob die Uhr zu reparieren sei. Ob wir Werkzeug im Haus hätten?

Nein!

Wir verziehen uns in den Garten. Draußen riecht es nach Blütenduft. Alles ist friedlich, als hätte es den Alptraum der letzten Nacht nie gegeben. Wir suchen den Abendstern am Himmel, Igor meint, das müsse der hellste Punkt sein, aber der hellste Punkt blinkt und ist bald verschwunden. Wir sind in gelöster Stimmung und verwöhnen Ludovik, wir sind heilfroh, dass er in diesem Moment nicht von einem der Sterne auf uns herabblickt. Ob er sich selbst aus dem Wohnmobil befreit hat, aus eigenem, freiem Willen? Wir wollen es glauben, wir nehmen immer das Beste an. Igor wuchtet seine leer getrunkene Flasche über die Straße, es klirrt, ein Vogel schwirrt hoch, und plötzlich steht Albert da.

Wir fahren zusammen. Ich verstehe nicht, warum er so heranschleicht, um dann einfach wortlos stehen zu bleiben, als wäre er gar nicht da. Die anderen empfinden wohl dasselbe, denn plötzlich fallen wir über ihn her, eher reflexartig als gewollt, halb im Spiel, halb im Ernst, infolge irgendeiner geheimnisvollen Gefühlswallung, vielleicht weil Ludovik wieder unter uns ist und wir froh und übermütig und angetrunken sind, vielleicht weil uns Alberts plötzliches Erscheinen erschreckt hat und wir so was nicht haben können, da es auch ein Polyp sein könnte, vielleicht nur, weil er sich nicht wehrt, nicht einmal die Hand hebt, um sich zu schützen, jedenfalls prügeln wir von allen Seiten auf ihn ein, bis er zu Boden sinkt und, Gesicht nach unten, als regloser Haufen liegen bleibt.

Ich klopfe ihm auf die Schulter.

»Nichts für ungut, Alfred! Du darfst uns nur nicht so …«

Er schaltet auf taubstumm. Ich beuge mich über ihn.

»Hey, Alfred, alles klar?«

Ich rüttele ihn, sein Körper gibt nach.

»Leuchtet mal her!«

Igor schnippt nervös mit seinem Feuerzeug.

»Mach schon!«

Wir kauern am Boden, rollen den Körper auf den Rücken. Igor hält die Flamme an Alberts Gesicht. Die Augen sind geöffnet, starr. Ich spüre, wie sich mir alles zu drehen beginnt.

»Wir hätten nicht so grob sein dürfen«, flüstert Amir mit bebender Stimme.

Ludovik schubst ihn weg und presst das Ohr auf Alberts Brust.

»Und … Was ist?«

»Ich höre nichts.«

Die Flamme erlischt, Igor heult auf, er hat sich den Finger versengt. Wie verdattert stehen wir im Dunkeln.

»Wie … Du hörst nichts?«

»Ihr habt ihn umgebracht, das ist es!«

»Du warst auch dabei, also halt's Maul!«

Grabesstille.

»Wir müssen ihn verbuddeln.«

Plötzlich ein Rascheln am Boden.

»Na, erschrocken?«

»Albert?«

»Jetzt habt ihr den Namen, bravo!«

Wir hören, wie er sich aufrafft, mit seinen Händen seine Kleider abbürstet und den Staub von seiner Hose stampft. Er ist quietschfidel, seine Stimme klingt genauso jovial wie zuvor, als wäre nichts gewesen.

»Ihr seid komische Käuze. Was ist eigentlich los mit euch? Wie lange lebt ihr schon in dieser schauderhaften Bruchbude? Ich habe ganz blaue Hände vom Abspülen, es wundert mich nicht, dass ihr lieber von schmutzigen Tellern esst. Nicht einmal seine Notdurft kann man in Ruhe verrichten. Stört euch das nicht? Glaubt ihr, ihr wurdet geboren, um so zu leben? Wollt ihr so durchs Leben gehen? Jahr für Jahr sechzehnseitige Antragsformulare ausfüllen, um ein paar Almosen vom Staat zu ergattern? Ständig in Angst leben, dass ein Ein-Euro-Job ins Haus flattert? Schämt ihr euch nicht? Ihr habt doch Hände und Füße, ihr seid zu viert, das macht acht Hände, was glaubt ihr, wozu acht Hände und ein bisschen Intelligenz in der Lage wären? Ihr könntet eine Erfolgsgeschichte sein, alle miteinander, ihr könntet etwas auf die Beine stellen, das Potenzial dazu habt ihr, das weiß ich. Die Welt da draußen lechzt nach Ideen und Taten. Stattdessen verplempert ihr eure Zeit und vertrinkt euren Verstand und demoralisiert durch das schlechte Beispiel auch noch andere. An Typen wie euch geht die Welt zugrunde …«

»Bist du fertig?«

»Worauf wartet ihr eigentlich? Dass euch jemand unter die Arme greift, Mitleid mit euch hat? Habt ihr jemals mit anderen Mitleid gehabt? Wenn ihr euch nicht selbst helft, seid ihr verloren, kein Mensch wird einen Finger für euch krumm machen, so wie ihr nie einen Finger für andere krumm gemacht habt. Ihr vergeht förmlich vor Selbstmitleid. Opfer der Gesellschaft, des Systems, des Schicksals, das könnte euch so passen! Opfer eurer Feigheit seid ihr, euch fehlt der Mumm, in den Dschungel hinauszugehen und den Kampf aufzunehmen, das ist alles. Aber das Leben ist wie ein Hund: Wenn es merkt, dass du Angst vor ihm hast, beißt es zu. Ihr müsst das Leben melken wie eine Kuh, je mehr ihr melkt, umso mehr Milch gibt es. Es liegt nur an euch, dieser Hölle … dieser beschämenden, menschenunwürdigen Hölle zu entkommen. Es wird Zeit, dass ihr etwas aus eurem Leben macht!«

»In Wirklichkeit ist es umgekehrt«, sagt Ludovik, »das Leben macht etwas aus dir. In neun von zehn Fällen ein Wrack.«

»Genau dieser zehnte Mann, der müsst ihr werden!«

»Wir sind zu viert.«

»Umso schlimmer für die Tatsachen! Denkt darüber nach, Freunde. Ich gehe schlafen, ich bin Frühaufsteher. Morgenstund hat Gold im Mund.«

»Man sieht ja, wohin dich deine schlaue Philosophie gebracht hat.«

»Bildet euch bloß nicht ein, ich sei einer von euch. Ich hatte nur Pech!«

»Das sagen am Anfang alle. Erst heißt es Pech, dann heißt es Pechsträhne, irgendwann sagt man nichts mehr, weil man eingesehen hat, dass man einfach ein Versager ist. Ein Loser!«

»Lasst euch meine Worte durch den Kopf gehen. Ihr wollt doch nicht ewig kulturlose Proleten bleiben, die von nichts eine Ahnung haben. Die ein Cello nicht von einer Geige unterscheiden können, die sich wundern, dass das Fischmesser nicht scharf ist, die Philosophie mit *Viel* schreiben und einen Urologen für einen Uhrmacher halten …«

»Hast du eine Ahnung!«

Er klemmt sich das Surfbrett unter den Arm, wendet sich zum Gehen.

»Und grübelt nicht so viel, handelt«, sagt er über die Schulter. »Seht mich an. Ich suche nie nach Gott, denn ich weiß: Am Ende fände ich mich.«

Er geht hinein, das Haus hallt von seinem Pfeifen wider. Ich springe hoch.

»Gott? Eine Niete bist du, hörst du? Eine Flasche! Weißt du, was das ist, eine Flasche?«

Ich stelle mich unter das Dachbodenfenster und schleudere die halbvolle Flasche durch das offene Fenster.

Klirr!

»Jetzt weißt du es! Verdammter Tippelbruder!«

Albert tritt ans Fenster.

»Übrigens, bevor ich es vergesse, wer ist die Schöne auf den Bildern?«

»Die hättest du gern, was? Die ist nichts für dich!«

Wir lachen um die Wette.

»Die hat Klasse, die würde dir was pusten!«

»Lass die Bilder schön, wo sie sind, sonst gibt es wieder rote Ohren!«

»Und dein Surfbrett kannst du verramschen, so was brauchst du hier oben nicht.«

Wir wiehern noch lange, laben uns am Klang unserer Stimmen in der sonst stillen Nacht.

2

Am nächsten Morgen weckt mich ein Knistern und Knacken. Ich lausche schlaftrunken. Und plötzlich riecht es nach Rauch. Ich springe aus dem Bett und reiße das Fenster auf. Am unteren Ende des Gartens lodert ein Feuer. Im Gras daneben liegen Einkaufstüten und unsere Waschschüssel. Albert zieht sich gerade seinen löchrigen Norwegerpulli über den Kopf und wirft ihn in die Flammen. Das Feuer qualmt, aber Albert wartet nicht. Er knöpft sein Holzfällerhemd auf, zieht seine Hose, Socken, Unterhose aus und wirft sie ins Feuer, alles mit derselben Feierlichkeit. Er steht splitternackt da, und sein schlanker Körper sieht selbst wie eine helle Flamme aus.

Ich wecke Igor und Amir.

»Was hat der Verrückte vor?«, flüstert Igor.

Die erstickten Flammen schlagen hoch und verzehren die Klamotten in Sekundenschnelle. Albert beugt sich über die Schüssel, Wasser spritzt hoch, er seift sich ein, schamponiert sich das Haar, Schaum vibriert an seinem ganzen Körper. Dann hebt er die Schüssel und gießt sich das Wasser über den Kopf. Er trocknet sich ab, schüttet aus unserer Gießkanne frisches Wasser in die Schüssel, kauert sich ins Gras und macht sich daran, sich zu rasieren. Ganz altmodisch, mit Seife und Pinsel und genüsslich langsamen Bewegungen, als könnte er gar nicht genug von sich bekommen. Er wäscht die Seife ab und beginnt, sich frisch anzuziehen. Aus den Tüten kommen Hemd, Anzug und Krawatte zum Vorschein. Amir schüttelt den Kopf.

»Nicht zu glauben, wie Phönix aus der Flasche.«

Das Feuer brennt herunter, Albert in seinem frühlingshaft leichten, cremefarbenen Sommeranzug ist kaum wiederzuerkennen.

»Wie aus dem Ei gepellt! Mit Weste … und italienischen Schuhen.«

»Was weißt *du* von italienischen Schuhen?«

Albert hat uns bemerkt, er winkt. Ein Zug saust vorbei, auch ihm winkt er. Wir stiefeln hinunter. Ich will ihn anmachen, wie er dazu komme, unser schönes Gras abzufackeln, aber als ich vor ihm stehe, stockt mir der Atem. Er empfängt mich frisch rasiert und lächelnd, seine gekämmten Haare und sein tadellos sitzender Anzug flattern in der Brise, Rasierwasserduft strömt mir entgegen. Ich komme mir in meiner abgewetzten Cordhose und meinen ausgelatschten Schuhen wie ein Billigangebot neben einem Markenartikel vor. Ihn so anzusprechen wäre wie Betteln. Er zeigt auf die rote Glut, zu der das Feuer geschrumpft ist.

»Das war sie, meine Vergangenheit! Jetzt wird durchgestartet.«

Igor starrt auf Alberts edle Schuhe, nimmt den Zipfel seiner Jacke zwischen die Finger, befühlt den Stoff.

»Guter Stoff«, haucht er und nickt wie ein Idiot.

»Piekfein.«

Albert wischt sich mit dem Daumen einen Wasserfleck von seinem rechten Schuh ab.

»Ist es nicht absurd, dass man seine letzten Ersparnisse für Kleider ausgeben muss? Aber die Leute lassen sich nun mal von Äußerlichkeiten leiten, sie lieben die Fassade, die Verpackung, den Klimbim. Gute Kleidung, saubere Manieren, ein Lächeln, ein Kompliment, und schon hast du ihr Vertrauen gewonnen. Wenn ich von der Dame im Arbeitsamt etwas will, muss ich ihr also meinerseits etwas bieten.«

»Willst du in dem Aufzug zum Arbeitsamt?«

Albert nickt, sicher, auch dorthin, man könne nicht wählerisch sein, wenn man ein großes Ziel vor Augen hat. Er winkt und springt leichtfüßig über den halb abgerissenen Zaun. Man sieht, dass er sich in seinem Anzug wohlfühlt, als habe er nie etwas anderes getragen, geschweige denn gestern noch wie ein Armenhäusler ausgesehen.

»Wünscht mir Glück!«, ruft er über die Schulter.

Einen Dreck werden wir tun.

Wir sehen ihm nach, bis er hinter dem nächsten Haus verschwunden ist. Noch nie ist jemand so beschwingt, so heiter und unbeschwert diese Straße hinuntergegangen. Wir schleichen ins Haus zurück und legen uns wieder schlafen, schlummern wie die Glut von Alberts Vergangenheit unter unserem Fenster.

3

Wann begann die Veränderung? War dieses Feuer der Anfang vom Ende? Oder war es jenes Klingeln, das uns am darauffolgenden Morgen aus dem Schlaf riss?

Wir rühren uns nicht, aber das Klingeln hört nicht auf. Es kommt von oben, leise, aber penetrant, verstummt, setzt wieder an und läutet und läutet. Ich stampfe hinauf. Der Dachboden ist verlassen, das Bett ordentlich gemacht, auf einer Holzkiste am Kopfende steht ein Telefon, das früher nicht da stand. Ich hebe ab. Am Ende der Leitung erklingt eine vertraute Stimme. Einen wunderschönen guten Morgen, er habe nur testen wollen, ob das Telefon funktioniere, er habe es soeben anschließen lassen. Bis dann! Er legt auf. Ich starre auf den Hörer, dann reiße ich das Kabel aus der porösen Wand, dass die ganze Steckdose mitfliegt.

Tags darauf klingelt es wieder. Ich springe aus dem Bett, stürme nach oben. Die Dose hängt wieder an der Wand, der Stecker in der Dose, ich greife nach dem Kabel, doch plötzlich erklingt Alberts Stimme: *Ich bin momentan nicht zu Hause. Wenn Sie eine Nachricht hinterlassen wollen, sprechen Sie nach dem Piepton.* Es piepst, und wieder höre ich seine Stimme: *Fern, ich bitte dich, das Telefon nicht wieder zu beschädigen. Wenn es euer Tagesplan erlaubt, hört den Anrufbeantworter hin und wieder ab und benachrichtigt mich, wenn Stellenangebote gekommen sind. Meine Handynummer lautet: ..., vierzehn Cent die Minute. Geht auf mich. Bis dann!* Ich hebe den Hörer ab und kreische hinein, aber er hat schon aufgelegt. Ich reiße das Kabel aus der Wand. Diesmal fliegt mir nur der Stecker entgegen. Ich beuge mich hinunter. Nicht zu fassen, er hat die Dose tatsächlich festgegipst.

Ich schlüpfe wieder unter die Decke. Mein Magen knurrt, aber ich weiß, dass es im Haus nichts zu essen gibt. Wir warten auf das Monatsende und die Überweisung vom

Sozialamt, dann wird erst einmal groß eingekauft. Ich ziehe die Knie hoch und drehe mich zur Wand. Igor und Amir schnarchen um die Wette, es ist eine Schande, wie schnell sie sich an diese Störungen gewöhnt haben.

Albert macht keine Anstalten, wieder auszuziehen.

Im Gegenteil, mit jedem Tag schleppt er mehr und mehr Plastiktüten mit nach Hause. Wir durchstöbern sie, wenn er nicht da ist, lauter Kleinkram, Haushaltswaren, Werkzeug, Kleider, alles neu. Wir fragen uns, wovon er den ganzen Unrat kauft. Es ist der letzte Tag im April, aber noch keine Überweisung da, gereizt und ausgemergelt trotten wir durch die Stadt. Ein Gemüsehändler auf dem Wochenmarkt will uns eine Bananenkiste voll beschädigtem Obst schenken. Wir werfen einen Blick auf die braunen Bananen, halb zerquetschten Erdbeeren und schimmelnden Orangen. Ich weiß nicht, wofür er uns hält.

»Friss doch deine verfaulte Ware selbst!«, fauche ich ihn an.

Ludovik zückt sein Schnappmesser, aber wir zerren ihn weg, bevor er die Zeltplane aufschlitzen kann. Wir schleppen uns zum Fluss hinunter. Dort sitzen sie in Reih und Glied, die Wohlstandsangler. Für die ist es egal, ob sie was fangen oder nicht, das Abendessen wartet so oder so, der Rest ist nur ein Spiel, ihr ganzes Leben ein Spaziergang. Man sollte sie samt ihren Kübeln in den Fluss treten. Wieder im Tal, lassen wir uns an unserem Tisch nieder, lassen die Bierdosen zischen und packen unsere Sesamfladen aus. Die lindern wenigstens den schlimmsten Hunger. Es ist schwül, die Luft staut sich unter tief hängenden Wolken und drückt auf die Stimmung. Ludovik dreht sich eine Zigarette, er ist schlecht gelaunt. Keiner von uns rührt die Sesamfladen an, wir haben alle keinen Bock auf das Zeug. Amir wirft ein paar Tüten Tomatensaat auf den Tisch, es sei schließlich einfacher, Saat zu klauen als ausgewachsene Tomaten, erklärt er.

»Sollen wir jetzt vielleicht Saat fressen?«, fährt Ludovik ihn an.

Plötzlich kommt Albert aus der Tür, Tablett in der Hand, und setzt sich ans andere Ende des Tisches. Er habe Arbeit gefunden, schwärmt er sofort, während er ein frisches Tischtuch aufdeckt, einen Teller und ein Glas klares Leitungswasser auf den Tisch stellt, einen Untersetzer in die Mitte und auf den Untersetzer einen großen Topf. Der Topf glänzt neu, Edelstahl, der gläserne Deckel ist angelaufen und zieht unsere Blicke magisch auf sich. Ab Montag werde er an der Theke des Delikatessenladens Anton Pongratz stehen. Na, wie wir das fänden? Er hebt den Deckel und bedient sich mit einer Kelle, und der würzige Duft von dampfendem Gemüse und Geräuchertem schwappt zu uns herüber.

Wir schweigen. Die *Schlemmerstube* ist die Feinschmeckerhochburg der Stadt, für die Lodenmantelkundschaft, die sich nicht schämt, 4,99 Euro für drei Scheiben Öko-Lachs hinzublättern. Albert löffelt seinen Eintopf, schlürft die duftenden Happen und hört die ganze Zeit nicht auf zu reden. Sie hätten sich auf dem Flugfest kennengelernt, rein zufällig, wie das immer so ist, Herr Pongratz sei von seinen Weinkenntnissen sofort beeindruckt gewesen. Die Rede sei auf die vakante Stelle im Laden gekommen, das eine habe das andere ergeben, sie seien sich im Nu handelseinig geworden, dass er eine Probezeit bekommen solle. Albert nippt an seinem Glas.

»Ihr könnt euch nicht vorstellen, wie erleichtert er war, jemanden wie mich gefunden zu haben. Nach dem dritten oder vierten Wein war auch keine Rede mehr von einer Probezeit. Einen jungen Mann mit meinem Auftreten und Äußeren ins Geschäft zu holen sei ein Glücksfall heutzutage. Und dann redete er stundenlang über den guten Ruf und die hundertdreiundzwanzigjährige Tradition seines Hauses.«

Albert pustet einen saftigen Bissen auf seinem Löffel und sieht uns an.

»Ach, bedient euch, ich habe natürlich für euch mitgekocht. Wirsing …«

Wir hätten schon gegessen, erwidere ich, wie aus der Pistole geschossen.

Die anderen starren mich wütend an.

Einen Moment herrscht Stille, dann fallen sie um wie Dominosteine. Gern, Albert ... Wenn noch was übrig ist ... Bevor es kaputt geht ... Wäre schade, so was Feines wegzuwerfen. Sie springen hoch und rennen ins Haus, um Teller und Besteck zu holen. Ich blicke über den Tisch, ich habe weder die Kelle noch den Topf noch den Untersetzer je zuvor gesehen. Herr Pongratz sei ein ganz reizender Mensch, ein Österreicher, wie er im Buche steht ...

»Wer hat dich gebeten, für uns zu kochen?«

»Übrigens, warum geht ihr nicht containern, wenn ihr nichts mehr zu essen habt?«

»Warum *was*?«

»Ihr seid wirklich von vorgestern, das kommt davon, dass ihr euch nicht informiert. Mit Technikfeindlichkeit kommt ihr heute nicht weit, das ist ein antiquiertes Konzept. Sobald ich ein bisschen Zeit habe, besorge ich euch ein paar gebrauchte Handys und Computer ...«

»Spar dir die Mühe! Ludovik mag die nicht.«

»Und noch etwas, bevor ich es vergesse. Ich habe ein paar Kleinigkeiten gekauft, um den Haushalt auf Vordermann zu bringen, nur das Allernötigste. Alles auf eigene Rechnung, ich hatte noch Treuepunkte. Ihr könnt es mir zurückzahlen, wenn ihr wieder bei Kasse seid, das eilt nicht. Die Liste hängt an der Küchentür.«

Ich lege meinen Fladen hin, erhebe mich langsam.

»Soll das heißen, du hast eingekauft, und wir sollen die Scheiße bezahlen?«

Die Bank hinter mir kippt um, ich gehe geradewegs ins Haus. An einem Reißnagel an der Küchentür hängt eine Klarsichthülle mit Kassenzetteln, daneben eine Liste der gekauften Waren samt Preisen: *1 Satz Töpfe, 1 Satz Pfannen, 1 Tee-Ei, 1 Zitronenpresse, 1 großes Sieb, 1 kleines Sieb, 1 Salatlöffel, 1 Salatgabel.* Ich traue meinen Augen nicht.

Tee-Ei, Salatlöffel, Treuepunkte, er muss den Verstand verloren haben. Ich reiße die ganze Chose herunter und stürme hinaus. Auf der Türschwelle empfängt mich ein widerlicher Anblick. Wie Krähen auf einer Stromleitung sitzen Igor, Ludovik und Amir nebeneinander und hauen rein, noch nie habe ich sie so still und zufrieden gesehen. Ich postiere mich vor Albert. Er blickt hoch. Ich zerfetze vor seiner Nase das Blatt und werfe die Schnipsel in seinen Eintopf. Igor springt auf, ich solle die Suppe sofort wieder saubermachen. Albert isst gleichmütig weiter, als sähe er mich gar nicht. Warum schlägt er nicht zu, wie das normale Menschen tun, wenn sie beleidigt werden? Dann könnte ich zurückschlagen, wie das normale Menschen tun. Ich könnte seine Fresse in den Wirsing drücken, warum tue ich es nicht? Warum haue ich ihm nicht eine rein? Aber was hätte das für einen Sinn? Er würde bloß aufstehen und sich dann wieder hinsetzen. Ich stehe da und werde immer nervöser, spüre die Blicke der anderen auf mir. Und plötzlich drehe ich mich um und schreite Richtung Haus, nicht ich, meine Füße mit mir, gegen meinen Willen, es ist eine Niederlage, aber ich kann nicht anders. Auf halbem Wege höre ich Alberts Stimme, voll dieses widerwärtigen Wohlwollens, das er ständig um sich verbreitet.

»Du haderst nicht mit mir, Fern, du haderst mit dir selbst …«

Ich schleiche mich nach oben, werfe mich aufs Bett. Ich starre zur Decke. Immer diese beschissene Decke. Draußen Gelächter, Stimmen, Alberts Stimme, das Gelächter der anderen. Sie scheinen sich köstlich zu amüsieren, er hat sie alle um den Finger gewickelt. Ich drehe mich zur Wand. Immer diese beschissene Wand. Fingerdicke Risse und Löcher und Schmutzflecken. Aus den Löchern lugt Zeitungspapier. Es ist ein anderer Hunger, ob man allein in einem leeren Haus ist oder in einem, das von klirrendem Besteck und Gelächter widerhallt, durch das Essensdüfte ziehen, dass einem das Wasser im Mund zusammenläuft.

Auf der Treppe poltern Schritte, Igor bringt mir einen Teller Eintopf. Albert habe ihn geschickt, ich sei sicher hungrig. Er habe die Schnipsel wieder herausgefischt, das sei ganz schön mühsam gewesen. Ich rühre mich nicht. Er stellt den Teller auf einen Stuhl. Ich trete den Stuhl gegen die Wand, die Wirsingblätter fliegen nur so herum. Igor zuckt mit den Schultern, geht. Mit dem dampfenden Wirsing im Zimmer wird alles noch schlimmer, unerträglich. Ich lese ein Blatt vom Boden auf und stopfe es in meinen Mund. Dann brechen alle Dämme, ich schlinge alles bis zum letzten Bissen hinunter, lecke den Teller ab. Später wird es still, das Haus ist wie ausgestorben. Auf dem Tisch im Garten steht noch der Topf, am Boden schwimmt der Speck im Wirsingsaft, das Beste vom Besten. Ich blicke mich um, hebe den Topf hoch und kippe alles in mich hinein.

4

Albert hat die Wanduhr repariert. Wir stehen im Zimmer, aber es ist nicht mehr das Zimmer, das es früher war. Dort, wo früher Stille war, tickt es jetzt. Wir könnten die Uhr mit einem Schlag zertrümmern, aber das hätte keinen Sinn. Albert würde eine neue hinhängen und die Rechnung auf die Liste setzen. So viel krankhafter Tatendrang, so viel Dauerbegeisterung, so viel Optimismus ist uns noch nie über den Weg gelaufen. Er ist fortwährend gut gelaunt, fabelhaft gelaunt, alles ist immer fantastisch, großartig. Wenn er am frühen Morgen mit fröhlichem Trab die Treppen herunterkommt, drücke ich mir das Kissen aufs Ohr und verwünsche ihn. Die neue Anstellung scheint ihm nicht zu genügen, schon im Morgengrauen hämmert und werkelt er am Dachboden, und kaum ist er abends zu Hause angekommen, rumpelt es wieder bis in die Nacht hinein, als ginge dort ein Untoter umher. An Ausschlafen oder Liegenbleiben ist nicht mehr zu denken, Betriebsamkeit liegt in der Luft.

Wir sitzen unter den Birken in unserer Laube und entspannen uns. Ab und zu fallen Bündel heruntergerissener Tapeten aus dem Dachbodenfenster und bleiben im Gras liegen. Durch das Fenster oben sehen wir Albert mit nacktem, schweißglänzendem Oberkörper auf der Leiter stehen und mit einem nassen Schwamm die Decke und Wände abwaschen. Es wird Nacht, er setzt seine Arbeit beim Licht der Glühbirne fort. Albert wie Arbeit. Plötzlich steht er mitten unter uns, er macht Rast, die Glückseligkeit produktiver Erschöpfung im Gesicht. Er wischt sich den Schweiß von der Stirn, nuckelt irgendeinen Obstsaft. Er käme nie auf die Idee, etwas Ordentliches zu trinken, so wie wir nie auf die Idee kämen, es zu lassen. Er schnauft durch und blickt in die Runde. Etwas zu erschaffen sei schwer, aber es gebe nichts Schöneres, als die Früchte einer gelungenen Arbeit zu ernten. Das seien Glücksmomente wie ... wie bei Sonnenaufgang auf dem Gipfel eines Dreitausenders zu stehen. Ob wir wüssten, was er meine?

Nein!

Wir versuchen, ihn zu ignorieren, aber wir geben es schnell wieder auf. Wir lachen ihn aus und schicken ihm böse Kommentare hinterher, wenn er wieder durch das Haus wetzt und hirnlose Arbeiten verrichtet. Wir machen uns einen Spaß daraus, ihm kleine Aufträge zu erteilen, ihn auf Dienstbotengänge zu schicken, und sehen ihm genüsslich zu, wie er sie ausführt. Das tut er meist, ohne mit der Wimper zu zucken, aus Freundschaft zu uns. Mit der Zeit vergeht uns das Lachen, ein Gefühl der Beschämung beschleicht uns. Als hätte nicht er sich, als hätten wir uns lächerlich gemacht. Wenn er aber aus dem Haus geht, wird es uns plötzlich unheimlich. Wir haben nichts zu tun und trotzdem das Gefühl, dass es dringend getan werden müsse. Als hätten wir Gewissensbisse wegen unserer Untätigkeit. Als müssten auch wir aktiv werden, dort weitermachen, wo Albert aufgehört hat, saubermachen, aufräumen, ordnen, ausbessern, durchstarten in den Tag, die wertvolle Zeit nutzen. In der Stille tickt eine Uhr.

Und mit jedem Tag verändert sich das Haus ein wenig, schleichend, heimtückisch. Plötzlich liegt eine bunte Tischdecke auf unserem Küchentisch. Aus abwaschbarem Wachstuch, mit weißen Klemmen an den Tischkanten befestigt. Wegen der scheußlichen Kringel, die unsere Gläser auf der Tischplatte hinterlassen würden. Die neue Einkaufsliste an der Tür zieht sich schon über fünf Blätter hin. Mal liegen brandneue Pyjamas auf unseren Kissen und Filzhausschuhe neben den Matratzen, mal klebt ein Zettel auf dem Klodeckel und lässt sich nicht einmal wegkratzen: *Bitte den Deckel schließen! Bitte die Bürste benutzen! Bitte nur im Sitzen urinieren! A.* Am Waschbecken stehen vier Zahnbürsten statt unserer einen gemeinsamen, jede in einem eigenen Becher, gelb, rot, blau und violett. Als genügte nicht eine für uns alle, als putzten wir uns die Zähne alle auf einmal.

Eines Tages steht eine Vase mit langen weißen und lilafarbenen Fliederzweigen in einer Ecke der Wohnküche. Ich trete näher, ich spüre, dass etwas nicht stimmt. Es liegt kein Fliederduft in der Luft. Ich betaste die Blüten, die Zweige. Im selben Moment taucht aus der Tiefe der Dunkelheit hinter mir eine lichte Gestalt auf.

»Ich dachte, ein paar Blumen würden nicht schaden. Um die Düsternis aufzuhellen.«

»Blumen?«, schreie ich. »Diesen Plastikmüll nennst du Blumen? Was lebt, riecht! Das hier ist tot!«

»Das ist eine Sache des Kopfes, Fern, das wirst du bald vergessen haben. Du wirst nur noch die herrlichen Farben, die natürlichen Formen wahrnehmen …«

Ich versetze der Vase einen Fußtritt, die Stängel fliegen nur so umher.

»Du hast vergessen, sie ins Wasser zu stellen!«

Albert stellt die Vase wieder hin, liest seine Blumen auf und ordnet sie.

»Wie lange beabsichtigst du noch zu bleiben?«

»Ich habe es nicht eilig, es gefällt mir gut bei euch. Die romantische Lage, das Haus, alles. Sobald ich flüssig bin …«

»Sobald du flüssig bist, ha! Und wovon finanzierst du das hier alles?«

»Ich habe einen Kredit aufgenommen.«

Ich lache ihm ins Gesicht.

»Wer würde dir schon einen Kredit geben?«

»Die Bank natürlich, dafür sind Banken da, das ist ihr Geschäft.«

»Und welche Bürgschaft hast du?«

»Die, die jeder hat: sich selbst.«

Man müsse natürlich entsprechend auftreten, Ideen und Visionen präsentieren, und schon flögen einem die Gelder entgegen. Banker seien dumme Menschen, wie alle, die sich ein Leben lang vornehmlich mit Geld beschäftigen würden. Hunderttausend Konkurse im Jahr, lauter falsche Kreditvergaben, die Finanzkrise, das spreche doch für sich. Aber eigentlich seien Banker kluge Leute, denn am Ende bekämen die Banken ja doch alles. Nur nicht von ihm, er habe nicht vor, Bankrott zu machen. Freilich müsse man … Er stockt und senkt den Blick, als schämte er sich, es auszusprechen … Na ja, man müsse eben einen energischen, zupackenden Eindruck erwecken, nach Unternehmertum *riechen*, sonst bekomme man natürlich keinen Kredit.

Er klapst mir aufmunternd auf die Schulter, raunt ein »Wird schon«.

Wenn er mich noch einmal betatscht, bringe ich ihn um.

Igor findet die Blumen dufte. Was ich denn nur hätte, unser Palmenstrand sei auch nicht echt, daran hätte ich mich doch auch nie gestoßen.

5

Hallo, Albert, ich bin's, Lilli, wie geht es dir? … Ruf doch mal zurück! … Hi, Albert, hier ist die Julia, wir geben mit Trixi eine WG-Party am Wochenende, und du bist herzlich eingeladen. Du kannst auch deine kauzigen Mitbe-

wohner mitbringen, wir würden sie gern kennenlernen … Hey, Albert, hier Yvonne. Wann können wir dich endlich in deinem neuen Domizil besuchen? Lass von dir hören … Es war wunderschön letzten Samstag, die Fotos sind toll geworden …

Wir kauern vor dem Anrufbeantworter und hören uns die Anrufe an. Uns ist schleierhaft, wie Albert bei so viel Maloche noch die Zeit findet, mit all den Frauen anzubandeln. Es ist immer das gleiche locker-flockige Frauengesäusel, nur die Stimmen sind immer andere. Wir versuchen, uns die dazugehörigen Gesichter und Körper vorzustellen, ein blödes Spiel, das jedes Mal damit endet, dass wir uns frustriert nach unten verkriechen und wehmütigen Erinnerungen an die Zeit hingeben, als es Mette-Marit noch gab.

Was mochte sie jetzt wohl am Polarkreis treiben?

Blöde Frage. Es ist alles so traurig.

Es ist Sonntag. Albert hat die Wände auf dem Dachboden gestrichen, seit Tagen stinkt es im ganzen Haus nach Farbe. Wir flüchten in die Stadt. Der ganze Ort ist auf den Beinen und übt den Sonntagnachmittagsspaziergang. Und mittendrin, es ist wirklich nicht zu fassen, Albert. Erst halten wir ihn für einen Flitzer, einen Nackten, wegen seines cremefarbenen Anzugs, doch als wir näher kommen, erkennen wir ihn. Wir heften uns heimlich an seine Fersen. Er scheint in der kurzen Zeit mit der halben Stadt Freundschaft geschlossen zu haben. Er bleibt alle naselang bei jemandem stehen und unterhält sich mit ihm, hört demonstrativ aufmerksam zu oder erklärt gestikulierend etwas, gibt die Hand oder einen jovialen Klaps auf die Schulter und markiert in einem fort den guten alten Kumpel.

Wir seilen uns ab, es ist nicht mit anzusehen.

Am nächsten Morgen erwartet uns ein gedeckter Frühstückstisch. Amir ist als Erster unten, er weckt uns. In der Mitte steht ein zeltartig gefalteter Zettel: *Reste vom Pongratz, lasst's euch schmecken. A. PS: Hinterlasst die Küche bitte, wie ihr sie vorgefunden habt.* Ringsum reihen sich die Köstlichkeiten: Käsehäppchen auf einem Holzbrett, geöffnete Gläschen mit eingelegten Artischocken, Pfifferlingen und Paprikaschoten und andere exotische Happen. Igor bohrt den Finger in die Pastete und schnalzt mit der Zunge. Wir setzen uns, greifen zögerlich zu, dann hemmungslos, in einer Thermoskanne gibt es frischen Kaffee. Als der Tisch leer gegessen ist, erzählt Ludovik, dass Albert im Morgengrauen mit Rechen und Harke im verwilderten Beet vor der Haustür gestanden und gejätet habe, als er sich wie gewohnt schlaftrunken ans Fenster gestellt habe. Albert habe überschwänglich freundlich zu ihm hinaufgegrüßt und ihn gebeten, nicht mehr aus dem Fenster zu urinieren. Der Rosen wegen, die er an der Hauswand pflanzen wolle. Und des Geruchs wegen. Und weil es sich nicht gehöre. Er sei also ans hintere Fenster getaumelt und habe von dort ins Gestrüpp gepisst, aber als hätte Albert seine Absicht erraten, sei er sofort zur Stelle gewesen und habe ihn noch einmal gebeten, die Toilette zu benutzen oder abends weniger zu trinken.

6

Eines Morgens, Alberts Gesicht über mir.

Die totale Sonnenfinsternis.

»Guten Morgen, Fern ... Ich brauche deine Hilfe.«

»Mach die Flocke!«

»Nur ein paar Minuten ... Es ist schon zehn vorbei.«

»Hau ab, hörst du?«, schreie ich.

»Bitte, Fern!«

»Mach deinen Kram alleine! Heute ist Sonntag, Ruhetag, verstehst du?«

»Fern, wir müssen zusammenhalten ...«

»Und fern mich nicht, ja? Lass mich schlafen ... einfach nur schlafen!«

»Hast du schon mal daran gedacht, zu deinem Töchterchen heimzukehren? Die Jungs haben mir erzählt, dass du sie auf dem Spielplatz getroffen hast und dich schrecklich nach ihr zurücksehnst …«

Ich traue meinen Ohren nicht. Sie haben hinter meinem Rücken über mich geplaudert! Sie haben sich von ihm aushorchen lassen, diese arglosen Idioten!

»So süß, wie sie auf dem Foto aussieht, wundert mich das nicht, Fern … Sei mir nicht böse, das Foto lag herum. Als ich sah, was es war, hatte ich sie schon erblickt. Die Augen, der Mund, sie sieht dir so ähnlich, Fern. Es ist für einen Vater immer beruhigend, wenn seine Kinder Ähnlichkeit mit ihm haben …«

Meine Fäuste ballen sich unter der Decke, aber ich bin wie gelähmt. Er betrachtet mich mit dem gleichen entwaffnenden Blick wie damals in der Küche.

»Ich wollte nur, dass du weißt: Wenn ich dir irgendwie helfen kann, tue ich das gern. Wenn du möchtest, begleite ich dich zu deiner Frau. Wenn ihr euch versöhnt habt, wird alles wieder gut, du wirst sehen, du wirst wieder ganz der Alte. Ich bin mir nämlich sicher, dass du früher ganz anders warst. Du weißt es vielleicht nicht, aber ich halte große Stücke auf dich.«

Ich wende mich zur Wand, fixiere den Spalt vor meiner Nase und stelle mir vor, wie zwei schwarze Hände aus dem Dunkel greifen, Albert an die Gurgel fahren und ihn langsam, unaufhaltsam in das schwarze Loch hineinziehen. Ich spüre seine Hand auf meiner Schulter, ein aufmunterndes Tätscheln, dann höre ich, wie er Igor und Amir weckt. Und plötzlich beginnt ein unsägliches Gepolter, erst auf der Treppe, dann auf der Decke über mir. Ich ertrage es, dann nicht mehr. Die Tür zum Dachboden ist angelehnt, ich spähe durch die Öffnung. Igor und Amir mühen sich mit einem raumgroßen, kanariengelben Teppich ab, Albert läuft dirigierend umher und rückt die Ecken und Ränder des gelben Ungetüms zurecht. Einen Moment verfolge ich das Gerangel, dann schleiche ich mich wortlos aus dem Haus.

Es ist ein diesiger Tag, seit dem Morgen nieselt es aus trüben Wolken. Es ist der Regen, den Ludovik schon lange gewittert hat. Nach endlosem Umherirren entdecke ich ihn auf unserer Bank, allein am Rande des verlassenen Marktplatzes, selbst ein Stück fleischgewordener Regen. Er hantiert an seinem Safe herum. Seitdem er ihn gefunden hat, verbringt er seine ganze Zeit damit, systematisch die Kombinationen durchzuprobieren. Und sollten es Milliarden sein, er werde ihn aufkriegen, er habe alle Zeit der Welt. Er ist geradezu besessen von dem Fund, der ihn erwartet.

Ich schüttele frustriert den Kopf.

»Ich hab das Affentheater satt. Wie lange will er noch bei uns bleiben?«

»Frag ihn doch selbst.«

»Ich meine, was will er überhaupt bei uns? Er hat Geld, er hat Arbeit ...«

»Was weiß ich! Bin ich vielleicht Nostradamus?«

Gott, hat der wieder eine Scheißlaune. Ich lasse ihn sitzen, soll er doch krepieren.

»Warte!«

Er läuft mir hinterher, flüstert mir im Gehen etwas ins Ohr und zieht dabei seine Hand aus der Manteltasche. An seinen Fingern steckt ein Schlagring, Amirs Weihnachtsgeschenk an ihn. Wir tauschen Blicke und klatschen uns plötzlich ab, der Schlagring bricht mir fast die Knöchel. Wir laufen heim, der Regen tröpfelt uns ins Gesicht, er fühlt sich auf einmal gut an. Wie konnten wir damit nur so lange warten? Die Eingangstür ist offen, natürlich, lüften, durchlüften, auch so ein Tick von ihm. Ich knalle die Tür zu. Amir und Igor sitzen am Tisch und hauen sich den Magen voll. Es riecht nach Hühnchen und Röstkartoffeln, er hat sie wieder bekocht.

»Wo ist er?«

»Wer?«

»Wer wohl? Albert!«

»Er ist weggegangen. Wieso?«

»Wir schmeißen ihn raus. Wir hätten es gleich tun sollen.«

Ludovik und ich stürmen nach oben. Igor folgt uns auf den Fersen, vor Eifer stößt er fast den Tisch um.

»Wir haben noch nie jemanden rausgeschmissen.«

»Das Haus ist nicht für Sesshafte.«

»Und wir, was sind wir?«

»Geh runter, Igor, trink was. Wir regeln das schon.«

»Ich trinke nicht mehr … Was macht ihr da? Was soll das?«

»Wir schmeißen seine Sachen aus dem Fenster. Misch dich nicht ein.«

Ich stoße das Fenster auf, Ludovik ergreift den Lederkoffer, der an der Wand steht, und wuchtet ihn in hohem Bogen aus dem Fenster.

Rums!

Ich packe das Surfbrett, schleudere es hinterher.

Rums!

Igors Gesicht läuft rot an. Er wirft sich auf Ludovik, Ludoviks Faust schießt ihm unbeholfen entgegen. Igor schlägt ihn nicht, er stößt ihn nur beiseite, als würde er eine Fliege vom Tisch wischen. Ludovik kullert gegen die Wand. Igor kommt auf mich zu.

»Jetzt hab ich die Nase voll von euch und eurem Zynismus! Ihr werdet mich nicht länger vergiften …«

Ich weiche zurück.

»Warte, Igor! Was ist los mit dir?«

»Ich will in Ruhe mein Hühnchen essen, du kommst herein, machst einen Aufstand und fragst, was mit *mir* los ist …? Was hat er euch denn getan?«

»Er nervt, er stört die Ruhe, er macht den Innendekorateur auf unsere Kosten. Wirf doch mal einen Blick auf die Einkaufsliste, das geht in die Hunderte …«

»Na und?! Hast du bisher auch nur einen Cent davon bezahlt?«

Ludovik hat sich aufgerappelt.

»Wieso verteidigst du ihn überhaupt? Was weißt du schon über ihn? Nichts! Er redet ja nur über Zeug wie wo was hingehört und welcher Abfall in welchen Sack kommt und was wie vitaminhaltig ist. Er raucht nicht, trinkt nicht, isst kein Fleisch und glaubt nicht an einen personalen Gott. Weißt du, was das ist? Das ist die Definition eines Nazis, die waren alle so drauf. Er ist ein verkappter Nazi, verstehst du? Ich wette, er ist tierlieb ...«

»Er war der Erste, der sich um uns gekümmert hat, der uns gesagt hat, dass es mit uns so nicht weitergehen kann, dass wir an unsere Zukunft denken sollen.«

»Das ist es ja! Bevor er kam, haben wir uns nie Gedanken gemacht, heute tun wir nichts anderes mehr ... Er hat uns mit Angst angesteckt!«

Ich lege die Hand auf Igors Arm.

»Merkst du denn nicht, wie er alles kaputt macht? Weißt du nicht mehr, wie unbeschwert wir früher waren? Wie viel Zeit wir früher hatten? Wie einfach alles war? Wir hatten Träume, wir waren frei, wir konnten tun und lassen, was wir wollten, niemand redete uns in unsere Angelegenheiten rein. Wir waren ... wie sagtest du doch gleich, Kretin?«

»Freibeuter.«

»Genau, Freibeuter!«

»Du hättest ihn vorhin hören sollen. Er hat mich gefragt, wie ich die Ecke hier unter dem Fenster einrichten würde. Ich, verstehst du? Ich! ›Wo würdest du das Bett hinstellen, Igor?‹, hat er gefragt. ›Und wie fändest du diesen Platz für die Stehlampe?‹, hat er gefragt. Und dann hat er es genauso gemacht, wie ich es vorgeschlagen habe. Er hat sich meine Ideen gemerkt, er respektiert mich, verstehst du? Nicht so wie ihr! Er hat mir gesagt, er liebt Russland.«

»Respekt? Weil er dich umsonst für sich schuften lässt? Bist du vielleicht ein Zeuge Jehovas?«

Igor zieht ein paar zerknüllte Geldscheine aus seiner Hosentasche.

»Er hat mich bezahlt ... Hier! Früher hatten wir Träume, sagst du, das mag sein, aber jetzt haben wir ein Einkommen! Dafür kannst du dir was kaufen! Er wirft mir kein ›Trink was,

Igor‹ hin, wie ihr das tut. Wie man einem Hund einen Knochen hinwirft. Er legt mir die Hand auf den Arm, wenn ich zur Flasche greife, und ich stelle sie wieder hin. So ist er!«

»Mir hat er auch was gegeben«, sagt Amir leise.

Er steht in der Tür. Wir starren ihn an.

»Er ist auf dem Dachboden auf meine Bilder gestoßen, zufällig. Er hat sie entlang der Wand aufgestellt und eine Ewigkeit vor ihnen gesessen und sie betrachtet, ich weiß es, ich war dabei. Dann zog er einen Schein heraus und kaufte mir alle ab.«

Amir öffnet seine geballte Faust. Ein zerknüllter Fünfziger.

»Und jetzt hängen sie hier.«

Ich sehe mich um. Tatsächlich, die Dachschräge links und rechts ist mit Amirs Bildern behangen, alle schön gerahmt, alle im gleichen Abstand zueinander. Amir grinst breit.

»Ich hätte sie ihm auch für einen Zehner gegeben …«

»Er hätte vielleicht auch das Zehnfache dafür gezahlt«, grunze ich, um ihm die Laune zu verderben, und zucke mit den Schultern.

»Also gut, wenn wir uns nicht einigen können, dann stimmen wir eben ab.«

»Ihr mit euren beschissenen Abstimmungen!«, schreit Igor, rot vor Wut. »Und wenn der Zug da oben morgen entgleist und uns alle plattmacht, was haben uns dann eure beschissenen Abstimmungen genützt?«

»Was hat *das* damit zu tun?«

»Das ist Demokratie, Igor«, murmelt Ludovik, »das verstehst du nicht, du bist Russe.«

»Nimm das zurück, du Sau!«

»Das ist genau der Punkt, Igor. Du musst davon ausgehen, dass der Zug nicht entgleist …«

»Alle Züge entgleisen irgendwann. Das liegt in ihrer Natur.«

Es ist sinnlos zu streiten, wir stimmen ab. Ich fauche Ludovik an, er stellt sich zu mir. Er hat sein Hemd ausgezogen und betastet den blauen Fleck an seiner Schulter. Zwei gegen einen. Amir schüttelt den Kopf, er will mit der Sache nichts zu tun haben, ihm sei es schnuppe, ob Albert bleibe oder gehe, obwohl man ihm lassen müsse, dass er verdammt gut koche. Er will nicht den Ausschlag geben.

Und damit stellt er sich zu Igor. Als gäbe das nicht auch den Ausschlag.

»Zwei gegen zwei, also muss er gehen«, sage ich schnell.

»Wieso?«, schreit Igor. »Bei Gleichstand bleibt alles beim Alten. Das ist beim Boxen genauso.«

Ich erwidere nichts. Einen Versuch war es allemal wert.

»Hey, seht euch das an!«

Ludovik lehnt sich aus dem Fenster. Wir springen hinzu, und es verschlägt uns die Sprache. Unter uns liegt Alberts Koffer. Der Deckel ist aufgesprungen, Büstenhalter, Damenslips, Miniröcke, hochhackige Schuhe, ein Handtäschchen liegen verstreut im Gras.

»Nicht möglich!«

»Wer hätte das gedacht?«

»Jetzt fliegt er raus, die schwule Sau.«

Igor nickt demoralisiert. Diesmal gibt es keine Fragen, keine Einwände, solche Ferkeleien fehlen uns gerade noch, man hat schließlich noch seine Würde, wenn man auch sonst nichts hat. In diesem Augenblick hören wir ein Motorengeräusch, zwischen den Birkenzweigen schimmert ein vorbeifahrender Wagen hindurch. Der Wagen hält. Die Tür geht auf, und im Gestrüpp erblicken wir zwei schlanke Beine in grünen Schuhen.

7

Wir stehen da, starr vor Schreck. Albert hat die Heckklappe geöffnet und zieht einen Pappkarton heraus, Sibylle, es ist tatsächlich Sibylle, hält den Regenschirm über ihn. Als sie zum Haus blickt, ducken wir uns weg.

»Ihr musstet ja den Koffer rauswerfen …«, zischt Igor. »Und wenn es *ihre* Sachen waren?«

»Mist! Die Fotos!«

Wir stürzen die Treppen hinunter, reißen die Fotos im ersten Stock von den Wänden. Wir zögern einen Moment, ob wir es noch ins Erdgeschoss schaffen, dann rennen wir los. Wir sind fast unten, als die Eingangstür aufgeht und Sibylle vor uns steht. Igor bleibt wie angewurzelt stehen, wir laufen auf ihn auf, und er lässt vor Schreck den ganzen Stoß Bilder fallen. Die Blätter flattern zu Boden, gleiten von Stufe zu Stufe und ergießen sich vor Sibylles Füßen.

Sie hebt den Blick, verblüfft.

»Was ist das?«

Sie macht einen Schritt zurück, damit wir die Fotos vom Boden aufklauben können. Wie aufgescheuchte Ameisen krabbeln wir vor ihren Füßen herum. Albert lugt hinter dem Karton hervor.

»Freunde, das ist Sibylle. Sibylle, das sind meine Freunde. Fern, Amir, Igor, Ludovik … Die Jungs schwärmen für dich, wie du siehst.«

Wie banal das aus seinem Mund klingt, wie ein Scherz. Sibylles Blick streift uns flüchtig, nicht wirklich interessiert. Sie reicht uns die Hand, lange, schlanke Finger, warmes Frauenfleisch, ein Ringfinger ohne Ring. Sie schüttelt ein paar Regentropfen aus ihrem Haar, ihr Duft macht mich schwindeln.

»Die Bilder hängen oben«, sagt Albert. »Geht voraus, seid meine Gäste!«

Oben am Treppenabsatz zwischen den beiden Türen, seiner eigenen und der Tür zum anderen Ende des Dachbodens, stellt Albert den Karton ab.

»Könnt ihr die Tür öffnen?«, wendet er sich an uns.

Amir zückt seinen Dietrich und kniet sich vor das Schloss, aber Igor schubst ihn beiseite. Er macht einen Schritt zurück und tritt gegen die Tür. Sie fliegt auf, eine Staubwolke schwappt uns entgegen, das Geräusch huschender Füßchen, die moderige Luft von Jahrzehnten. Schmutzig und düster gähnt uns der Dachboden mit seinem schwarzen Balkengeflecht an.

»So sah das Haus früher aus«, sagt Albert mit leuchtenden Augen und dreht sich um die eigene Achse. »Und so wird es in Zukunft aussehen …«

Wir treten ein, wo wir vor ein paar Minuten noch waren, aber die Veränderung fällt mir erst jetzt ins Auge. Es ist nicht mehr die versiffte Rumpelkammer von einst, es ist ein gemütliches, elegantes Zimmer geworden. Sibylle schlüpft aus ihren Schuhen und schreitet barfuß über den gelben Teppich, verstört folgen wir ihr mit unseren Blicken, die Luft brennt lichterloh. Sibylle bleibt vor einem von Amirs Bildern stehen. Albert hat sie gerahmt. Amir stellt sich sofort zu ihr.

»Gefällt es Ihnen?«, fragt Amir.

Sibylle nickt und wendet sich an Albert.

»Hat das Bild einen Titel?«

»Variationen eins bis sechs«, erwidert Albert. »Sibylle möchte für die Reihe ›Künstler in der Region‹ eine Sendung über mich machen.«

Amir fällt die Kinnlade runter. Er sieht sich entrüstet nach uns um, aber wir grinsen nur hämisch. Durch das offene Fenster hört man das eintönige Prasseln des Regens, die Birken säuseln, Nebelschwaden ziehen träge vor der Öffnung vorbei. Aber im Zimmer herrscht eine geheimnisvolle Helligkeit, als gäbe es irgendwo eine versteckte Lichtquelle. Vielleicht liegt es an den pastellgelben Wänden, vielleicht an den luftigen butterfarbenen Vorhängen, vielleicht am gelben Teppich, der sich wie stoffgewordener Sonnenschein über den Boden ergießt. Eine kleine lichte Raumkapsel im großen schwarzen Universum. Jetzt Albert durch die Luke ins All hinausstoßen und mit Sibylle ewig in der Erdumlaufbahn kreisen, das wäre es.

Eine schöne Vorstellung, ein schöner Traum.

Stattdessen schnippt Albert, und wir machen uns daran,

seine Stereoanlage zusammenzusetzen. Soll Sibylle nur sehen, was wir draufhaben. Albert geht nach unten, um eine Kleinigkeit zu essen zu machen. Sibylle umkreist uns, während sie von Bild zu Bild geht und vor jedem lange verharrt. Auf dem Boden kauernd folge ich der schönen Linie ihrer Beine bis zu der Stelle, wo sie unter dem engen grünen Rock verschwinden. Wir stupsen Amir an, er solle ihr die Wahrheit über die Malereien sagen. Amir zögert, er bringt es nicht über sich. Sibylle scheint uns längst vergessen zu haben.

»Was hat das eigentlich mit den Fotos von mir auf sich?«, fragt sie plötzlich.

»Fotos?«

Ach, die!

Wir lächeln verlegen. Nur so, das habe nichts zu bedeuten.

»Wir können uns gern duzen«, sagt Igor scheu.

»Ich habe euch schon in der Stadt gesehen«, sagt Sibylle.

»Is' wahr?«, fragen wir begierig.

Wir sind ganz Ohr, aber sie schweigt.

»Und?«

»Nichts weiter.«

»Nichts weiter?«

Sie sieht uns von der Seite an, und irgendwie auch von oben, das rührt daher, dass sie so groß ist.

»Um ehrlich zu sein, ich musste jedes Mal, wenn ich euch sah ... ihr werdet jetzt sicher lachen ... an die vier Reiter der Apokalypse denken. Ihr habt mir irgendwie leidgetan.«

Wir lauschen erstaunt. Wieso leidgetan, wieso das?

»Na ja, ihr seht so ... vernachlässigt aus ... irgendwie verwahrlost. Ist es euch egal, was die Leute denken?«

»Wir sind nicht verwahrlost.«

»Es geht uns prima.«

»In uns drinnen sieht es gut aus. Es gibt nämlich ein Innen und ein Außen.«

»Wieso, was denken die Leute denn?«, fragt Ludovik kalt.

»Die denken ... die denken, dass ihr arme Schweine seid.«

»Für uns sind sie reiche Schweine. Rassisten. Luxus ist Rassismus. Der einzige echte.«

Sibylle blickt ihn erstaunt an.

»Wie meinst du das?«

»Die Feindbilder sind künstlich. Der Hunger ist echt.«

Albert kehrt zurück, Tablett in den Händen, Tee, Kuchen, Erdbeeren mit Sahne auf dem Tablett. Das Tablett ist für zwei gedeckt. Die Anlage ist angeschlossen, großartig! Chopin sei das Passende bei diesem Wetter. Er schiebt eine CD hinein. Dann bemerkt er den grünblauen Bluterguss an Ludoviks Arm und hat sofort eine Tube zur Hand. Sieht ihm ähnlich. Ludovik schüttelt den Kopf, er lasse keine Medikamente an seinen Körper. Calendula-Creme sei ein reines Naturprodukt, erwidert Albert, aber Ludovik schüttelt nur den Kopf, nein, Produkte lasse er schon gar nicht an sich heran.

Dann legt Albert den Arm um Amirs und Igors Schulter und komplimentiert uns unter großspurigem Geschwätz, wie toll wir seien, hinaus. Ich sehe noch, wie er sich auf den flauschigen weißen Vorleger wirft. Erst aus dieser Stellung heraus würden sich einem die Bilder wirklich erschließen, sagt er zu Sibylle, und sie legt sich neben ihn. Sie liegen Seite an Seite wie Mann und Frau im Bett.

Ein Stockwerk tiefer fläzen wir uns auf den Boden und versuchen, Karten zu spielen. Es hat keinen Sinn, wir schmeißen lustlos hin. Amir starrt mit gläsernem Blick vor sich hin, er ist am Boden zerstört. Das komme davon, wenn man mit dem Drecksack Geschäfte mache, sage ich. Wir lauschen, aber das Geklimper des Klaviers übertönt ihre Stimmen. Sie flüstern wohl. Ich drehe mich auf den Rücken, mir ist zum Heulen zumute. Ich stelle mir Sibylle vor, wie sie über unseren Köpfen bäuchlings auf dem Boden liegt, wie ihre Brüste tief in den weichen Teppich einsinken, ihre nackten Füße in der Luft baumeln, ihre Hinterbacken sich wie ein Paar wunderbare toskanische Hügel erheben. Ich spüre einen unwiderstehlichen Drang, auf eine Leiter zu steigen und die Decke zu streicheln, zu lecken, wie eine kalkgeile Kuh. Noch bevor der Abend vorbei ist, wird er sie besteigen, werden seine widerlichen blonden Haare auf ihre braunen Locken fallen und sie besudeln. Wenn ich mir vorstelle, dass wir sie entdeckt haben und er sie einfach pflückt.

Wir schlurfen nach unten, um das Geflüster, das lüsterne Geraschel und Gestöhne, das jetzt folgen wird, nicht mit anhören zu müssen. Ich hole mit Ludovik den Koffer wieder herein, wir putzen die Kleidungsstücke vorsichtig, drücken die Gesichter in sie und atmen ihren Duft ein. Es ist, wie am Paradies zu schnuppern. Dann stellen wir den Koffer ordentlich neben die Eingangstür.

Das Surfbrett lassen wir draußen liegen.

Es ist längst dunkel, als sich oben plötzlich Stimmen erheben, nein, es ist nur Sibylles Stimme, sie schreit. Wir schnellen hoch, um ihr zu Hilfe zu eilen, doch schon kommt sie die Treppen heruntergerannt. Die Tür lässt sie offen, den Koffer nimmt sie mit. Wir tauschen Blicke, dann klatschen wir uns ab: eine fantastische Frau, sie hat ihn kalt abserviert. Die ist keine, die jedem Dahergelaufenen ihre Büchse hinhält wie einen Klingelbeutel. Was hat er sich auch eingebildet, der blöde Lackaffe, eine Prinzessin wie Sibylle anzumachen?

8

Seit Sibylles Besuch liegen wir ständig auf der Lauer, umschleichen und beobachten einander, jeder will die beste Ausgangsposition haben, sollte Sibylle unverhofft auftauchen. Auf einmal gibt es wieder einen Grund, sich zu waschen und zu rasieren. Amir hat sich von dem Geld für seine Bilder zwei weiße Hemden gekauft und sogar bar bezahlt. Er wird immer spießiger. Er schlägt vor, dass auch wir unsere Zimmer streichen, in denselben Farben wie Albert, das habe Sibylle gut gefallen. Außerdem gefalle ihm unser Palmenstrand nicht mehr, das Meer rausche nicht mehr so recht. Ludovik schnaubt verächtlich. Wozu etwas verändern? Es veränderte sich alles schon von selbst. Aber Amir hat recht, es rauscht nicht mehr, nichts rauscht mehr, nichts ist mehr, wie es war.

Sibylle kommt nicht.

Eines Morgens weckt mich Igor in aller Früh. Er wirkt aufgewühlt, er müsse sofort in die Stadt, Albert habe eben angerufen, er hätte eine *repräsentative* Arbeit für ihn gefunden. Er läuft Hals über Kopf aus dem Haus.

»Du brauchst gar nicht zurückzukommen!«, brülle ich ihm hinterher.

Am Mittag sitzen wir wie immer auf unserer Bank. Frauen tragen die neue Frühjahrsmode spazieren, früher hätten wir uns die Augen an ihnen wund gesehen, jetzt würdigen wir sie keines Blickes, keines Kommentars, wir sitzen nur stumm da wie beim Casting für eine Autisten-Show. Unsere chronisch gute Laune ist wie weggeblasen. Und dann passiert es, Igor marschiert um die Ecke. Aber nicht der Igor, den wir kennen, sondern ein Igor im mausgrauen Anzug, mit weißem Hemd und schwarzen Schuhen. Lässig überquert er den Marktplatz, nicht etwa am Rand, im Schatten, sondern in der Mitte. Er macht auch noch einen Bogen um eine Wasserpfütze, der feine Pinkel. Wir folgen ihm mit ungläubigen Blicken, bis wir den Hals nicht mehr weiter drehen können.

»Hey, Igor! Bist du's?«

»Was ist los mit dir? Bist du krank?«

Igor dreht sich um, er hat uns tatsächlich nicht bemerkt.

»Mann, du siehst aus wie ein Sparkassenazubi.«

Er wischt sich über die Stirn, seine Hand zittert, obwohl er nüchtern zu sein scheint. Er sinkt auf die Bank und strahlt, als wäre er eben zum Mister Universum gewählt worden. Er komme gerade vom Vorstellungsgespräch, alles gutgegangen. Wir sollten die Ohren jetzt sperrangelweit aufmachen: Die *Schlemmerstube* werde von Samstag an Russische Wochen veranstalten, und er werde an der Theke mit den russischen Delikatessen stehen. Die Idee stamme von Albert, er habe ihn dem Chef empfohlen. Es werde eine Riesensache, die Presse werde auch da sein.

Wir schweigen, weniger als schweigen geht nicht. Noch gestern hätten wir uns über die Vorstellung krummgelacht, aber so, wie Igor jetzt aussieht, bleibt uns das Lachen im Halse stecken. Ich nehme seine Krawatte zwischen Daumen und Zeigefinger und fahre vom Knoten bis zur Spitze hinunter. Sie ist grau wie die Jacke. Woher er die Klamotten habe? Am Vormittag gekauft, mit Albert, er habe ihm etwas vorgeschossen. Er müsse sich jetzt schnell umziehen, seine neuen Kleider für Samstag schonen. Als er sich erhebt, erhebt sich auch Amir. Er stellt seine Bierdose behutsam auf die Bank und blickt in die Runde.

»Ich gehe mit«, sagt er leise.

»Warum die Eile? Trink doch wenigstens dein Bier aus.«

»Ich habe nachgedacht ... Ich will malen ...«

»Tu's doch, aber trink erst dein Bier aus.«

»Nein, eben nicht, das ist es ja gerade ... Ich meine, ich hätte nie gedacht ... Bis Albert und Sibylle kamen ... hätte ich nie gedacht, dass ich etwas draufhaben könnte, dass es wirklich Kunst sein könnte, was ich mache, dass es anderen gefallen könnte. Ich habe einfach drauflosgemalt, aber vielleicht ist es genau das, was man ... Genie nennt. Man tut etwas ohne Grund, aus dem einen Grund, weil man es tun muss, weil die Konspiration kommt ...«

»Die *In*spiration, Amir. Du redest Scheiße.«

Er schüttelt den Kopf.

»Nein, ich werde mich nicht beirren lassen. Albert hat mir von einem berühmten Maler erzählt, der bis zu seinem siebenundzwanzigsten Lebensjahr Apotheker war und dann eine Vision hatte, dass es seine Bestimmung wäre, ein großer Maler zu werden. Er ließ alles stehen und liegen und wurde tatsächlich ein berühmter Maler. Sein Name ist mir entfallen ...«

»Du bist kein Apotheker, Mann, also setz dich hin.«

»Wieso gibst du dich überhaupt mit Albert ab? Hast du schon vergessen, dass er dich übers Ohr gehauen hat?«

»Er hat sich dafür entschuldigt. Er habe einen schweren Fehler begangen und werde es wiedergutmachen. Die Bilder würden natürlich mir gehören, sie wären der Grundstock für mein Lebenswerk. Ich hätte schon viel zu lange Schindluder mit meinem Talent getrieben, hätte mich ablenken lassen, statt das zu tun, was meine Bestimmung sei: zu malen. Da draußen würde ein gigantischer Kunstmarkt auf neue Talente warten. Meine Art zu malen, mit dem Sand und so, das hätte etwas Besonderes, ich solle auf ihn hören, er würde sich auskennen.«

»Wo der sich überall auskennt, der Hochstapler!«

»Nur soll ich den Sand nicht mehr von Spielplätzen klauen, sondern kaufen, ganz ordentlich, und die Rechnung aufheben, das könnte ich dann bei der Steuererklärung am Jahresende geltend machen.«

»Steuererklärung! Bist du von allen guten Geistern verlassen?!«

»Aber da ist noch etwas«, flüstert Amir zitternd vor Aufregung. »Albert sagt, mein Zwang ... Ihr wisst schon ... Das wäre nur ... Der käme nur von meinem unbefriedigten Drang, zu malen. Wenn ich malen würde, würde er sich automatisch verflüchtigen und ich würde genesen ... Versteht ihr jetzt, warum ich keine Zeit habe, das Bier auszutrinken?«

Ich lehne den Kopf zurück, schließe die Augen.

Stunden später zu Hause: Alles schwimmt in Staub. Amir hat das Zimmer am nördlichen Ende des Hauses aufgesperrt, beide Fenster aufgestoßen und schleudert den Abfall hinaus. Zerschlissene Matratzen, Stapel vergilbter Zeitungen, kaputtes Spielzeug fliegt aus dem Fenster. Er ist wie elektrisiert, dort werde er fortan arbeiten, das werde sein Hotelier sein.

Der aufgewirbelte Staub flimmert. Als er sich wieder gelegt hat, steht Albert da. Er beklopft die Wände, blickt aus den Fenstern, dann bittet er Amir, auch die drei Zimmer nach hinten aufzusperren. Gedankenverloren geht er von Zimmer zu Zimmer, er scheint sich an ihnen gar nicht sattsehen zu können. Als sähe er in ihnen mehr als nur eine Reihe schmutziger, nackter, baufälliger Räume.

9

Amir hat sich in sein Atelier zurückgezogen und mit weißer Kreide *Nicht stöhren!* an die Tür gekritzelt. Wenn wir klopfen, antwortet er nicht.

Ich beuge mich zum Schlüsselloch hinunter.

»Ich zähle jetzt bis drei, und wenn du bis dahin nicht aufgemacht hast, gehe ich zur Ausländerbehörde und zeige dich an. Eins ... Das nächste Mal werden andere klopfen ... Zwei ... Dann kannst du zusehen, wo du mit deinen Händen bleibst, dann ist es vorbei mit der Kunst ... Drei ...!«

Keine Reaktion.

Igor rührt keinen Alkohol mehr an, er ist nur noch ein Schatten seiner selbst. Wir stellen ihm abends eine Flasche Moskovskaya hin, seine Lieblingsmarke, aber er schüttelt den Kopf, er könne nicht, er dürfe nicht, er müsse am Wochenende Russland repräsentieren. Außerdem wolle er nicht. Wie, er wolle nicht? Er rede schon wie Albert. Er sei schließlich Alkoholiker, er könne nicht einfach so aufhören. Doch, das könne er, habe es schon getan. Nur ein Gläschen, ein einziges, für Ludovik und mich, aus alter Freundschaft, wir seien doch noch Freunde, oder nicht? Wir ziehen die Flaschenöffnung langsam an seiner Nase vorbei, lassen ihn schnuppern und flüstern suggestiv *Wokda, Wokda, Wokda*. Seine Augen leuchten auf, aber er schüttelt den Kopf.

Seine Matratze bleibt tagelang leer, wir entdecken ihn schließlich auf einem Feldbett bei Albert. Er schläft so tief, dass wir ihn nicht wach rütteln können. Ludovik dreht den Anrufbeantworter auf volle Lautstärke. Als Alberts Stimme erklingt, springt Igor auf und beginnt Hals über Kopf, sich anzuziehen. Wir beruhigen ihn, klopfen ihm auf die Schulter, es sei alles gut, alles in Ordnung, er sei nicht beim Militär, er habe nur schlecht geträumt.

»Was machst du hier oben, Mann?«

»Albert meint, ich bräuchte jetzt Ruhe, um mich auf meine Aufgabe zu besinnen …«

»Ruhe? Bei *dem*? Bist du verrückt geworden? Ruhe kannst du bei uns haben, so viel du willst.«

Igor setzt sich an den Rand des Feldbetts, er wirkt erschöpft.

»Albert sagt, ich müsste am Samstag das gute, fröhliche, gastfreundliche Russland verkörpern … Das Problem wäre nämlich, dass die Leute bei Russland immer an Stalingrad und Sibirien und solche hässlichen Sachen denken würden, aber am Samstag hätte ich nun die Chance, ihnen das wahre Russland zu zeigen.«

Er schwadroniert weiter, findet kein Ende, und wir spüren, dass ihn die Last seiner Verantwortung förmlich erdrückt.

Am nächsten Morgen schüttelt mich Ludovik und zerrt mich ans Fenster. Albert und Igor kommen aus dem Haus, sie tragen brandneue blaue Trainingsanzüge. Sie gehen in die Liegestützstellung. Igor sinkt nach drei, vier Liegestützen zu Boden, aber Alberts straffer, gerader Körper hebt und senkt sich wie ein Kolben. Sieben, acht, neun, es beginnt zu tröpfeln, der erste ICE saust vorbei, Albert ist immer noch dabei, wir haben längst aufgehört mitzuzählen. Plötzlich hält er inne, bleibt aber in Position. Er bricht nicht ab, im Gegenteil, er stößt sich jetzt nach jedem Liegestütz vom Boden ab und klatscht schnell in die Hände.

Wir wenden uns angewidert ab.

Als wir wieder hinsehen, stehen sie sich Auge in Auge gegenüber und machen Gymnastik, Albert vor, Igor nach.

Hüftdrehungen, Kniebeugen, Kreisen mit den Armen, im Spreizstand Knöchel über Kreuz berühren, zweimal links, zweimal rechts. Zum Schluss trotten sie in den Morgennebel davon. Ich falle wieder ins Bett. Ludovik steht am Fenster und bläst den Rauch seiner Zigarette in den grauen Dunst. Meine Lider schließen sich, es wird dunkel, alles ganz gleichmäßig dunkel. Armer Igor.

Igor wird mit jedem Tag angespannter, in sich gekehrter, kleinlauter. Am Freitag ist er ganz verschwunden. Am Abend pochen wir an Amirs Tür. Er öffnet einen Spalt, blickt uns mit übernächtigten Augen an. Wir suchten Igor, Igor sei weg. Amir deutet zur Decke, dort oben habe er Geräusche gehört. Ludovik und ich rennen hinauf, öffnen die Tür. Ein fahler Lichtstreif kriecht über die Dielen. Unter dem Schrägdach erblicken wir Igors gekrümmte Silhouette.

»Igor?«

»Ich kann es nicht ...«

»Was machst du da? Die Ratten werden dich auffressen!«

Wir schleppen ihn nach unten. Er ist blass, sein Gesicht eingefallen.

»All die vornehmen Leute ... Was soll ich mit denen nur reden?«

»Das sind alles Trottel, Igor, denk nicht daran. Trink einen Schluck, das tut gut.«

Er schüttelt den Kopf.

»Na los, lass dich nicht bitten, früher warst du nicht so pingelig! Du wirst sehen, gleich geht es dir besser. Und morgen bist du der beste russische Türsteher in ganz Deutschland.«

»Wieso Türsteher?«

»Dann eben Kulturattaché, ist doch scheißegal, wie man das nennt.«

Igor fixiert in einem fort die Weinflasche, als hätte er sich irgendwo auf dem Etikett verirrt und fände nicht mehr herunter.

»Also gut. Einen Schluck, nicht mehr. Damit ich morgen gut drauf bin.«

»Du hast es erfasst. Nur runter damit, das hilft immer.«

Igor leert das Glas in einem Zug. Er schließt die Augen, bis alles unten angekommen ist. Ludovik schenkt nach. Igor schiebt das Glas von sich. Zieht es wieder zu sich hin.

»Herr Pongratz hat mich nach Sibirien befragt, er träumt schon seit langem von einer Kreuzfahrt auf der Lena. Er hat mich gefragt, ob ich auch schon an der Lena gewesen bin. Ich wusste nicht, was ich antworten sollte, wie hätte ich ihm auch erklären sollen, dass die Lena weiter von mir zu Hause weg ist als Moskau von hier? Die Leute haben keine Vorstellung, wie groß Russland ist …«

Er trinkt.

»Herr Pongratz ist ein echter Gentleman, er hat mir gesagt, ich wäre genau der richtige Mann für den Job, ich hätte so eine kulinarische Figur. Wie Buddha. Das werde den Appetit der Kundschaft anregen …«

Wir nicken, schenken ihm nach und geben ihm zu essen, er müsse auf seine Figur achten, damit er seine Kulinarität nicht verliere. Igor stopft alles in sich hinein und kippt ein Glas nach dem anderen hinunter. Ja, er fühle sich schon besser, fühle sich der Aufgabe wieder gewachsen, immer gewachsener. Fast hätte er alles hingeworfen. Er schleudert sein Glas hinter sich.

Klirr!

Er schüttelt die Flasche und trinkt sie leer. Er atmet tief durch und sieht sich zufrieden um.

Stille. In der Stille plötzlich das Ticken der Uhr. Diese gottverdammte Uhr, die gottverdammte Zeit, sie soll uns nicht länger terrorisieren. Ich schnappe mir die Flasche und pfeffere sie gegen die Uhr, verfehle sie aber um eine Handbreit. Igor springt auf, packt seinen Stuhl bei der Lehne und stellt sich unter die Uhr.

»Du musst das so machen, dass du nicht danebentreffen *kannst*!«

Er holt aus und zerschmettert alles mit einem Schlag. Die Uhr explodiert, Glasscherben, Federn, Splitter rieseln zu Boden. Er setzt sich wieder.

»Siehst du?«

Ja, jetzt ist es gut, jetzt ist es still, jetzt hört man wieder das Summen der Fliegen, die die Glühbirne umschwirren. Durch das offene Fenster schaut die schwärzeste Nacht herein, ein Zug ist heute nicht mehr zu erwarten.

»Warum sprichst du eigentlich ständig von *Herrn Pongratz*«, sagt Ludovik, »warum so höflich? Früher hattest du mehr Stolz.«

Igor nickt. Er springt auf und tritt vor seinen Anzug, der an der Schrankwand hängt. Mit einer abrupten Bewegung zerreißt er die Schutzhülle von oben bis unten.

»Zeig's ihm, Igor! Worauf wartest du noch?«

»Hör mal, Pongratz ... Ich lasse mich nicht mehr von dir herumschubsen ... Ich habe die Schnauze voll von dir ... du ... du ...«

Er wankt, ringt um das richtige Wort. Wir johlen und feuern ihn an, er solle es ihm ordentlich geben. Igor packt die neue Weinflasche und schlägt mit der Flaschenöffnung in Richtung des Anzugs, Rotwein spritzt über das Hemd und die Jacke.

»Und jetzt holen wir Amir«, schreie ich, »er soll wieder bei uns sein! Wir verbrennen seine Bilder, damit er wieder normal wird.«

Wir wenden uns der Tür zu, weichen jedoch sofort zurück. In der Tür steht Albert und runzelt die Stirn. Er scheint die Situation nur langsam zu begreifen. Unter unseren Schuhsohlen knirschen die Scherben, von Igors weißem Hemd rinnt der Wein hinunter und sammelt sich in einer dunklen Pfütze am Fuß des Schranks. Igor verzieht sich sofort hinter Ludoviks Rücken, nur sein Schluckauf ist zu hören.

»Du hast getrunken, Igor.«

»Hab ich nicht! ... Und selbst wenn, was kümmert es dich? Aber ich habe nicht ...«

»Ja, was geht es dich an?«, schreie ich Albert ins Gesicht. »Fast hättest du ihn zugrunde gerichtet, jetzt geht es ihm wieder gut, jetzt ist er wieder glücklich. Stimmt's Igor?«

Albert fixiert mich mit seinem unauslotbaren Blick. Ohne jeden Vorwurf, ohne jede Feindseligkeit. Ein Schauder läuft mir über den Rücken.

»Er wird sich ein Leben lang hassen, wenn er wieder zu sich kommt«, sagt er leise, seine Stimme voll Trauer.

»Das wird er nicht ... Er wird nicht zu sich kommen!«

»Ist es das, was ihr wollt?«

»Bis zum Morgen ... bin ich wieder voll da ...«, stammelt Igor.

»Es *ist* bald Morgen, Igor.«

Einen Moment steht Albert ratlos da, geschlagen. Wir betrachten ihn triumphierend. Im nächsten Moment blickt er auf seine Uhr.

»Igor, geh nach oben, leg dich schlafen! Du musst in ein paar Stunden zur Arbeit antreten.«

Igor schlüpft durch die Tür, er wirkt irgendwie erleichtert.

»Jetzt brauche ich eure Hilfe«, flüstert Albert. »Wenn euch etwas an Igor liegt, dann helft mir.«

10

Wir gehen nach oben, in Amirs Atelier, Albert besteht darauf. Amir öffnet und lässt uns anstandslos hinein. Albert hält eine kleine Ansprache, ich erinnere mich im Nachhinein nicht mehr daran, was er sagt, ich weiß auch nicht, warum wir ihn überhaupt ausreden lassen. Ich erinnere mich nur an die seltsam geladene Atmosphäre, die Bilder, die rings an den Wänden lehnen, den Geruch von Farbe und Terpentin, Amirs abwesenden Blick und Alberts eindringliche Stimme, seine Inbrunst, an Worte wie *Glück* und *Hoffnung* und *Zukunft* und *Erfolgserlebnis* und *Verwandlung* und immer wieder Igors Namen. Als Albert verstummt, nicken wir nur.

Am nächsten Morgen stehen wir um Punkt neun Uhr vor der Boutique, in der Igor sein Hemd und seinen Anzug gekauft hat, und kaufen alles ein zweites Mal. Ein paar Minuten nach neun ist Igor ganz der Alte, der alte Neue. Seine weinbesprenkelten Kleider, deren dunkelrote Flecken in Brusthöhe ein wenig wie Blutspritzer aussehen, lassen wir bei der Verkäuferin zurück. Sie stellt keine Fragen, aber ich schätze, sie ist froh, als sie die Tür hinter uns schließen kann.

Am anderen Ende der Fußgängerzone flattern schon die Wimpel der *Schlemmerstube*. Vor dem Laden steht ein festlich geschmückter Stand. Igor sieht sich betroffen um.

»Können wir nicht kurz auf einen Drink …?«

»Das geht jetzt nicht, Igor.«

»Ich könnte wirklich was vertragen.«

»Nicht jetzt, später.«

Wir marschieren die Fußgängerzone hinunter, stützen Igor diskret von beiden Seiten. Jedes Mal, wenn er in die Knie zu gehen droht, klapsen wir ihm auf den Hinterkopf. Alles klar, Igor? Nicht schlappmachen! Er nickt, alles klar, die klare Luft bekomme ihm gut, wecke seine Lebensgeister, sein Schritt werde schon fester. Gut so. Auf halber Höhe bleiben wir stehen, von dort muss er allein weitergehen, Herr Pongratz würde ihn sofort feuern, wenn er ihn in Begleitung von solch heruntergekommenen Existenzen wie uns erblicken würde.

»Schaffst du es?«

Wir richten ihn aus, geben ihm einen Stupser, und er schlingert los.

»Halt die Ohren steif! Pass auf, wo du hintrittst!«

Er sieht sich kein einziges Mal um, er würde vermutlich bei der geringsten Körperdrehung umfallen. Wir bleiben unter einer Arkade stehen, halten den Atem an. Am Stand kommt ihm Albert mit unverwechselbarer Geste entgegen, dann stößt auch ein grau melierter Mann in feinem Anzug dazu. So sehen sie immer aus, die Typen, die den Profit einstreichen für die Arbeit, die andere geleistet haben. Der Handschlag gelingt. Wir zünden uns Zigaretten an und entspannen uns allmählich. Das Getümmel wird größer, Kameras blitzen, man posiert mit dem Bürgermeister vorm Eingang und verschwindet dann im Laden.

Igor ist nicht zu sehen, vermutlich schläft er längst in der Besenkammer.

Das ist der Moment, in dem wir auf die beiden Handwerker aufmerksam werden, die an unserer Bank zu hantieren beginnen. Wir sehen ihnen eine Weile zu, dann legen wir einen gewaltigen Spurt hin. Sie lösen gerade die letzte Schraube aus dem Beton. Die Bänke würden ausgewechselt, sagt der eine, es kämen neue hin, welche aus Metall. Aber anderswohin, diese Löcher würden zugemacht. Unter gewöhnlichen Umständen hätte ich die Nerven nicht verloren, aber jetzt kann ich kaum an mich halten, sie möchten die Bank sofort wieder hinstellen, hinschrauben. Sie ignorieren uns, am Bahnhof gebe es genügend Bänke für unseresgleichen. Ludovik zerrt mich weg, die Typen könnten nichts dafür, die wahren Täter, die Drahtzieher, säßen wie immer in den Hinterzimmern, die bekomme man nie vors Gesicht, das sei absichtlich so eingerichtet.

»Halt endlich den Mund!«

Wir hocken uns auf den Boden und starren in die Leere, die einst unsere Bank war. Die Sonne scheint, die Café-Terrassen füllen sich mit Menschen, die heimlich zu uns herüberschielen. Ludovik schnippt seinen Zigarettenstummel nach einem Passanten. Ich schüttele den Kopf.

»Alle sind sie weg. Mette-Marit und Amir und Igor … und jetzt die Bank.«

Ludovik blickt mich mit seinen irren blauen Augen an.

»Wundert dich das? Das ist der Lauf der Dinge.«

»Ich hab dich nicht nach deiner Meinung gefragt!«

Als sich die Aufregung gelegt hat, versuchen wir, durch

das Schaufenster der *Schlemmerstube* einen Blick auf Igor zu werfen, aber die elektronische Tür springt auf, und wir suchen das Weite.

11

Igor legt uns die neueste Ausgabe von *Cappuccino* auf den Tisch, er hat ein Dutzend Exemplare davon eingeheimst. Wir beugen uns über die aufgeschlagene Seite und staunen. Igor mit ernster Miene und geschwellter Brust hinter einer Theke, die vor Köstlichkeiten förmlich überbordet, in Hochglanz wie einst Sibylle. Das Bild muss eine Montage sein. Igor kauft große Briefumschläge und schickt die ausgeschnittenen Bilder an seine Kameraden in Nowosibirsk.

Igor ist wie ausgewechselt. Er hat sich einen Wecker angeschafft und begonnen, danach zu leben. Er geht jeden Abend um zehn ins Bett, nachdem er noch seinen Anzug aufgehängt und sauber abgebürstet hat, und steht jeden Morgen um halb sieben auf, damit noch Zeit für die Gymnastik bleibt. Im Stadttheater von I. werde demnächst eine Russische Nacht veranstaltet, dort hätten sie auch einen Stand, das Theater stelle ihm eigens eine Kosakenuniform zur Verfügung. *Wir von der Schlemmerstube*, sagt er ständig, das habe etwas mit *Corporate Identity* zu tun.

Ich lasse ihn stehen, bevor er mir den Begriff erläutern kann. Schon der Klang hat etwas Böses.

Und eines Tages ist auch Ludovik weg, das hätte ich mir denken können. Ich gehe mittags durch das Haus, alles ist leer, alles verlassen. Der Klodeckel ist zu, die Plastikblumen blühen, ich bin allein. Amir ist in seinem Atelier, er ist da und doch nicht da. Er will nur noch für die Kunst leben, jetzt hat auch er sein Placebo gefunden. Am Abend stelle ich Ludovik zur Rede. Ich will wissen, wo er sich den ganzen Tag herumtreibt, er erwidert, an keinem bestimmten Ort, er streune zur Zeit eben viel herum. Er lügt natürlich.

Am Morgen schleicht er sich aus dem Haus, schwingt sich auf sein Fahrrad und strampelt die Anhöhe hinauf. Er wähnt mich noch im Tiefschlaf. Ich folge ihm, er soll sein blaues Wunder erleben. Es ist mir ein Rätsel, was er dort oben auf der Ebene, wo es nichts als Wald und Heide und Bauernhöfe gibt, vorhaben könnte. Es ist ein milder Tag, der Fahrtwind im Gesicht tut gut. Ludovik rollt über die gewellte Hochebene, rauf und runter, rauf und runter, eine kleine Gestalt mit einer großen Seitentasche. In der Ferne gleitet ein Zug über die Ebene, eine überfressene rote Raupe. Am anderen Ende der Anhöhe geht es wieder bergab. Eine ungute Ahnung beschleicht mich. Dort gibt es einen Bauernhof, der letztes Jahr zu einer Freizeitanlage ausgebaut worden ist. Tatsächlich, Ludovik biegt in die Einfahrt ein und rollt direkt bis zur Minigolfanlage vor. Ich kann es nicht glauben.

Ich bleibe hinter einer Linde stehen, er bemerkt mich nicht, lehnt sein Fahrrad gegen den Zaun, sperrt mit einem Schlüssel die Anlage auf. Er öffnet die Holzbude am Eingang, stellt ein paar Tafeln für Speiseeis heraus und schließt die Tür der Bude hinter sich.

Ich lasse mein Fahrrad ins Gestrüpp kippen, werfe mich daneben. Ich schließe die Augen, ich will nichts mehr sehen. Die Ohren kann ich nicht schließen, ich höre das Rauschen der Blätter über meinem Kopf. Hinter meinen Lidern flimmert das Sonnenlicht. Ein Kind läuft durch das kniehohe Gras, es will davonlaufen, aber ich packe es, werfe es in die Luft, bis es sich vor Lachen schüttelt. Ich solle das Gesicht auf die Erde legen, so, und jetzt links und rechts mit den Händen abschirmen, so. Und bis fünfzig zählen. Aber nicht gucken. Und ganz laut zählen. Eins, zwei, drei … Ich spüre den Wind an den Wangen, das Kitzeln der Grashalme in der Nase, rieche den seltsam neutralen Geruch der Erde und zähle immer weiter.

… fünfzig!

Ich öffne die Augen. Statt eines verwilderten Gartens erblicke ich eine umzäunte Minigolfanlage. In der Mitte steht ein Spieler, fixiert den Boden vor seinen Füßen und macht eine tippende Bewegung. Als er mich bemerkt, läuft er mir entgegen. Er trägt ein beigefarbenes T-Shirt mit V-Ausschnitt und eine luftige weiße Hose. Es ist Ludovik, er sieht bizarr aus.

»Ach, du!«, ruft er, und es klingt fast enttäuscht. »Ich dachte, Kundschaft.«

»Wo hast du die Verkleidung her?«

»Der Bauer meinte, ich solle etwas Helles, Heiteres anziehen …«

»Du arbeitest hier?«

»Hm.«

Dank Albert.

Natürlich, wem sonst.

Die Anlage gehöre dem Bauern, der Pongratz mit Eiern beliefere. Er habe letzten Montag im Laden erzählt, dass Schmalz, der Aufseher seiner Golfanlage, tags zuvor einen Herzinfarkt erlitten habe. Ludovik zeigt auf eine zerrupfte Trauerweide. Dort, am Loch 17, sei Schmalz zusammengebrochen und gestorben. Eines der schwierigsten Löcher, im Grunde reine Glückssache. Den Platzrekord halte er aber immer noch, Schmalz, achtzehn Löcher mit nur dreiundzwanzig Schlägen, drei davon allein am Loch 17. Das habe ihn einfach nicht mehr losgelassen. Ludovik senkt den Blick. Er selbst habe auch schon zu üben begonnen, das müsse man fast zwangsläufig. Unter der Woche sei es manchmal furchtbar einsam hier oben. Zum Glück habe er noch seinen Safe.

»Noch immer nicht aufgegangen?«

»Noch nicht, aber das ist nur eine Frage der Zeit. Und dann werdet ihr staunen.«

Ich senke den Kopf, schweige.

»Der Bauer ist eine Wucht, ein echter Freund. Siehst du den Traktor da im Graben? Das ist gestern passiert, nachdem wir stundenlang Selbstgedrehte geraucht hatten. Er ist pfeilgerade hineingefahren … Ich hätte ihn warnen müssen.«

»Was zahlt er dir?«

»Vierhundert im Monat. Aber das ist noch nicht alles. Mach die Augen zu.«

Als ich die Augen öffne, steht eine Reihe gläserner Sammelbüchsen im Fenster der Bude, alle sauber etikettiert.

»Da kommt im Laufe eines Wochenendes auch einiges zusammen«, sagt er. »Wenn die Klientel kommt, begutachte ich sie aus der Ferne, meist genügt ein Blick aufs Auto, und dann stelle ich die passende Büchse auf. Die hier, *Zur Erhaltung des Nationalparks*, ist für Familien, die *Amnesty International* für Studenten. Homos kriegen die *Stoppt-Aids*-Büchse, Senioren die *Für die Restaurierung der St.-Bonifaz-Kapelle*. Die fragen immer, wo die stehe. Ich schicke sie dann meistens in diese Richtung, manchmal aber auch in die ...«

Er stockt.

»Du verachtest mich jetzt, was?«

»Wegen der Büchsen?«

»Quatsch, weil ich arbeite.«

»Tu, was du nicht lassen kannst.«

»Es ist eine Chance für mich, Fern! Stell dir vor, seit einer Woche habe ich mich noch kein einziges Mal verspätet, meinen Schlüssel verloren, mich bei der Abrechnung verzählt oder vergessen abzuschließen. Ich hatte noch keine Handgreiflichkeiten mit den Gästen. Im Gegenteil, ich habe richtig freundliche Leute kennengelernt. Die Menschen sind gar nicht so monströs, wenn sie allein oder in kleineren Gruppen unterwegs sind. Ein Ehepaar fand mich so nett, dass es mir gleich Trinkgeld geben wollte. Ich habe natürlich abgelehnt. ›Sie sollten das Geld in die Büchse werfen‹, habe ich gesagt.«

Er senkt den Blick.

»Du ahnst nicht, wie gut es tut, dazuzugehören und eine Aufgabe zu haben. Wir haben Albert ganz falsch eingeschätzt, er meint es ernst, es liegt ihm echt am Herzen, was aus uns wird. Ist das wirklich so seltsam? Mit ihm ist es etwas anderes als mit uns. Er ist ein Siegertyp. Wenn du dich ihm anschließt, wirst du selbst zum Sieger, verstehst du? Du und ich und Igor und Amir, wir haben kein Sieger-Gen, wir ziehen einander nur runter.«

»Was heißt schon runter? Früher hast du immer gesagt, es gibt kein Vor und Zurück, kein Oben und Unten, keine Sieger und Verlierer, das wären nur sprachliche Hilfsmittel. Das ist alles nur ein Mythos, ein Placebo, hast du immer gesagt. Und jetzt kommst du mir mit Sieger-Genen.«

Ludovik legt einen Ball auf den Punkt am Ende der Bahn.

»Siehst du? Früher dachte ich, es wäre egal, ob ich ins Loch treffe oder nicht. Das dachte ich aber nur, weil ich noch nie getroffen hatte und nicht wusste, wie geil es ist, zu treffen. Heute weiß ich, dass es nicht egal ist. Treffe ich, bin ich zufrieden, treffe ich nicht, bin ich enttäuscht.«

»Nur dann, wenn du hineintreffen *willst*, du Armleuchter! Verstehst du das nicht? Wenn du nicht willst, ist es dir auch egal, ob du triffst oder nicht, du könntest genauso gut reinscheißen. Oder eine Blume reinpflanzen. Oder eine Handgranate reinstecken. Du musst bloß aufhören zu wollen und dich entspannen. Es ist nur das ewige Wollen, das dich kaputtmacht.«

»Dasselbe habe ich auch Albert gesagt, als er hier war. Und was macht er? Er hört mich ruhig an, dann legt er einen Ball auf den Boden, konzentriert sich und trifft ins Loch. ›Ein Ass!‹, jubelt er und ballt triumphierend die Fäuste. Das war seine Antwort.«

»Und was hat er davon? Jetzt ist sein Traum vom Treffer ausgeträumt, und er muss sich ein neues Spiel suchen. Und bald gibt es nichts mehr, was ihn noch befriedigt, er hetzt von Ziel zu Ziel und Spaß zu Spaß. Stress, Hektik, Zeitnot und ein Herzinfarkt mit vierzig ... Und wozu das alles? Um vor seinem Nachbarn eine gute Figur abzugeben, den Erfolgstypen zu markieren.«

Ein Wagen hält, Leute steigen aus. Ludovik bringt die Sammelbüchsen zum Verschwinden, zögert kurz zwischen

Naturpark und Kapelle. Ich betrachte ihn, ich merke, dass ich für ihn gar nicht mehr da bin. Soll es das gewesen sein? Ich senke den Kopf und trotte davon. Wenn ich jetzt per Knopfdruck den Himmel zum Einstürzen bringen könnte, würde ich die Taste betätigen.

Plötzlich höre ich Ludoviks Stimme hinter mir, drehe mich blitzschnell um.

»Fast hätte ich es vergessen, Albert hat wieder einen anderen Job. Er kutschiert jetzt einen alten Herrn in dessen Cabrio herum. Ein weißer Straßenkreuzer, so was hast du noch nie gesehen, ein Wohnzimmer auf Rädern. Sooooo groß …«

Er breitet die Arme aus, um die Größe anzudeuten.

12

Ich gehe stadtauswärts, balanciere den Seitenstreifen entlang. Ich bin der Hochseilartist, der nächste Leitpfosten ist immer das Ende des Seils. Unter mir gaffende Gesichter und der Zeremonienmeister mit der Peitsche und weit und breit kein Netz. So schwebe und wanke ich über den Abgrund. Die Autos rasen vorbei, sie pfeifen auf meinen ausgestreckten Daumen. In Afrika hätte man mich längst mitgenommen, dort, wo man nichts hat, hat man ein Herz.

Ich lasse die letzten Häuser hinter mir, die Tankstelle, versetze dem Ortsschild zum Abschied einen Tritt. Die Landstraße ist frisch asphaltiert, wie jedes Jahr, der Wald ringsum in Wahrheit ein Forst, Nutzholz. Die Welt ist ein Fake, ein Placebo, nun auch Ludovik, auch er. Es sei geil, dazuzugehören, hat er gesagt. Sicher ist es das, sonst säßen die Krähen auch nicht gemeinsam auf der Stromleitung, Federkleid an Federkleid. Als wüsste ich nicht, dass es geil ist, dazuzugehören, als hätte ich nicht einst auch zu etwas dazugehört, bevor alles zu Ende ging. Als hätte ich den Job nicht auch machen können, wenn Albert mich dafür vorgeschlagen hätte.

Es geht auf einer langen Geraden bergab, unten in der Senke steht eine Bushaltestelle an einer Kreuzung. Ich werfe meinen Rucksack ab, es riecht nach Bier. Ich strecke mich auf der Bank aus, mein Hemd ist durchnässt. Ein Bus hält, ich habe ihn gar nicht kommen sehen. Der Fahrer öffnet die Tür und blickt mich fragend an. Ich erkundige mich nach der Uhrzeit, aber er schließt nur die Tür und fährt davon.

Ich liege reglos da, sammele Kraft für die bevorstehende Reise. Irgendwann erscheint etwas oben am Ende der Straße, riesengroß und blendend weiß. Es gleitet den Berg herunter, kommt näher und näher, ein Cabriolet. Ich starre es an. Es setzt den Blinker, bremst, es will mich mitnehmen, endlich ein Afrikaner! Steige ich ein, gibt es kein Zurück mehr. Als hätte es je ein Zurück gegeben, als wäre nicht jeder Schritt, jeder Atemzug unwiderruflich. Ein leichter Luftzug, langsam und schattengleich rollt der weiße Riese heran und vorbei an der Haltestelle, das Heck will kein Ende nehmen. Sechs Meter cremeweiße Karosserie, rougerote Ledersitze, rote Nummernschilder. Der Motor tuckert leise, die hintere Tür geht auf. Ich zähle die Köpfe, eins, zwei, drei, vier, für einen fünften Mann ist kein Platz mehr. Keine Ahnung, was sie von mir wollen.

Ich rühre mich nicht. Auf der Heckklappe Buchstaben: *O-l-d-s-m-o-b-i-l-e*.

»Zum Ersten … zum Zweiten … zum Dritten!«

»Fahren wir, Reisende soll man nicht aufhalten!«

Die Tür schließt sich, der Wagen setzt den Blinker, *tick*, *tick*, *tick*. Ich werfe meine halbvolle Bierflasche zu den anderen leeren Flaschen und sprinte dem Schlitten hinterher. Die Tür geht wieder auf. Ich klettere auf den Rücksitz.

Sie fixieren mich von allen Seiten. Amir und Ludovik von links, Igor vom Beifahrersitz aus, Albert durch den Rückspiegel und seine modische Sonnenbrille. Er gibt Gas, wir schweben durch Licht und Schatten, alle reden auf einmal.

»Was hast du dir dabei gedacht, Mann?«

»Wir haben dich stundenlang gesucht. Du kannst uns jetzt

für die Ausfallzeit entschädigen, das wird dich eine schöne Stange Geld kosten.«

»Wo wolltest du eigentlich hin?«

»Er wollte abhauen, der Verräter.«

»Du hättest dich wenigstens verabschieden können.«

»Ein Glück, dass ihn keiner mitgenommen hat.«

»Wer würde schon einen wie ihn in sein Auto lassen?«

Albert blickt mich über die Schulter an.

»Die Jungs waren außer Rand und Band, als sie deinen Abschiedsbrief fanden. Sie haben alles stehen und liegen lassen und keine Ruhe gegeben. Ich musste den Wagen des alten Herrn ausleihen.«

Ich höre nicht hin, ich blicke in die Landschaft hinaus, in die gelb glühenden Rapsfelder, die immerzu an uns vorbeiziehen, in Wahrheit sehe ich nichts als ein großes, konturloses, nie enden wollendes Gelb. Spatzen flattern vom Asphalt hoch, zu dritt, zu viert, in kleinen Schwärmen auch sie. Wir fahren, fahren irgendwohin. Da Albert am Lenkrad sitzt, wird es schon nicht nirgendwohin sein. Weiße Wolken treiben am Himmel, kleine trunkene Schiffe im großen Blau, wenn ich die Augen schließe, ist mir, als säße ich auf einer von ihnen.

Albert kennt in der Nähe einen schönen Fleck mit einer grandiosen Aussicht. Die Jungs hätten ein Geschenk für mich, eine Überraschung, dort oben könne ich es auspacken. Es sei im Kofferraum.

13

Der Frauenberg. Ein weitläufiger Bergrücken mit Aussicht in alle Himmelsrichtungen. Das Cabriolet ist fast breiter als die Straße, die zum Plateau hinaufführt. Oben reißt Albert das Lenkrad herum, wir dümpeln querfeldein durch vergilbtes Gras auf den rot-weißen Windsack zu, der den äußersten Punkt der Ebene markiert. Es ist Sonntagnachmittag,

Spaziergänger mit Hunden, Kinder mit Drachen, Punkte in der Landschaft, der Himmel ein Wolkenchaos.

Wir steigen aus, stapfen durch das Gestrüpp bis zum Rand. Ketten blauer Hügel verblassen zum Horizont hin, unten schlängelt sich ein Flüsschen durch ein sonnendurchflutetes Tal, Schafe ziehen weidend über den Hang. Albert bleibt auf dem äußersten Felsvorsprung stehen und hebt die Arme, als wolle er die ganze Welt auf einmal umschlingen oder zur Bergpredigt ansetzen.

»Ist das nicht fantastisch?!«, ruft er.

Der Windsack über unseren Köpfen flattert, bläht sich auf und sackt wieder in sich zusammen. Die anderen kichern, räuspern sich.

»Na los, Fern! Der Schlüssel steckt. Ran ans Geschenk!«

Ich betrachte sie argwöhnisch, klappe den Kofferraumdeckel hoch. Erst erkenne ich nichts, dann nackte Haut, einen Schenkel, ein Gesicht, eine Stimme.

»Hallo.«

»Maria!«

Sie klettert rückwärts heraus und blickt sich um. Sie versucht ein Lächeln, aber sie sieht mich nicht wirklich an, immer nur an mir vorbei. Sie zieht eine karierte Decke aus dem Kofferraum und breitet sie, ohne ein Wort zu verlieren, auf dem Boden hinter dem Wagen aus. Albert schaut verwundert zu uns herüber. Die anderen kichern immer alberner.

»Halt dich ran, Fern, alles im Preis inbegriffen!«

»Wir gucken auch nicht, versprochen!«

Maria kniet sich auf die Decke und nimmt mich bei der Hand.

»Na, komm schon, Süßer.«

Ihre Stimme ist emotionslos, eine Automatenstimme. Ich sehe sie zum ersten Mal bei Sonnenlicht. Sie wirkt älter als damals in der Abenddämmerung, gröber und abgenutzter. Ich ziehe meine Hand weg, ich erkenne sie nicht wieder. Die anderen buhen mich aus.

»Sei nicht kindisch, Fern!«

Ich rühre mich nicht. Albert beobachtet uns schon die ganze Zeit, seine Miene verzieht sich immer mehr zu einem Ausdruck blanken Staunens. Ching, Chang, Chong, sie knobeln. Wenn nicht ich, dann eben sie, der Reihe nach. Schere gegen Blatt gegen Blatt. Igor strahlt in die Runde und geht auf Maria zu. Albert spurtet ihm hinterher.

»Was soll das? Ich verstehe nicht ...«

Ludovik flüstert mir ins Ohr.

»Wir haben ihm weisgemacht, Maria sei deine verflossene große Liebe und jetzt gebe es die langersehnte Versöhnung zwischen euch.«

Sie stehen am Heck des Autos und diskutieren, Albert gestikuliert wild, Igor blickt immer wieder hilfesuchend zu uns herüber. Maria lehnt sich gegen den offenen Kofferraum und wartet gleichgültig, als ginge sie das alles nichts an. Sie zündet sich eine Zigarette an, und ich merke plötzlich, dass ihre Hand zittert. Albert tritt an sie heran und beginnt, leise auf sie einzureden.

»Was habt ihr euch dabei gedacht?«, schreit er uns plötzlich an. »Ist das eine Art, mit einer Frau umzugehen?«

»Wieso? Wir haben sie anständig bezahlt.«

»Bezahlt, bezahlt! Wovon redet ihr eigentlich? Ihr glaubt am Ende noch, es macht ihr Spaß, euch zu Willen zu sein!«

»Arbeit ist nie ein Vergnügen.«

»Arbeit? Das nennt ihr Arbeit? Sie ist eine Frau!«

»Was sonst?«

»Ich möchte sehen, was ihr dazu sagen würdet, wenn eure Schwestern und Mütter, die Frauen, die ihr liebt, so ausgebeutet würden? Sie war mal ein kleines Mädchen mit Zöpfen, ein süßes kleines Mädchen mit Zöpfen und Träumen. Die ganze Freude und Hoffnung ihrer Eltern ... Und was macht ihr aus ihr?«

»Sie war schon vor uns so.«

»Es ist ja nicht so, dass wir sie umbringen.«

»Glaubt ihr wirklich, eine Frau will mit einem wildfremden Mann ins Bett? Was eine Frau will, ist ein Mann, der ihr zuhört, dem sie ihr Herz ausschütten, ihre Sorgen und Ängste mitteilen kann, der sie versteht. Ein Mann fürs Leben, den sie lieben, mit dem sie ein Kind haben, eine Familie gründen, ein Nest bauen und gemeinsam alt werden kann. Mit Fremden zu kopulieren ist das Allerletzte, woran ihr Herz hängt.«

»Wer hat was von Herz gesagt?«

»Ihr habt von Frauen wirklich keine Ahnung.«

»Nun mal langsam!«

»Du machst dich lächerlich, Albert, merkst du das nicht?«

»Das ist nicht wahr!«, fährt Maria dazwischen.

Wir starren sie an.

Albert legt den Arm um sie, drückt sie an sich. Sie wischt sich mit ihrem Ärmel den Schweiß oder sonst was vom Gesicht ab, das muss vom Kauern im Kofferraum gekommen sein.

Im nächsten Moment sind die beiden hinter dem Wagen abgetaucht.

Igor kehrt zu uns zurück, blickt sich immer wieder um.

»Ist das die Möglichkeit? Diese hinterlistige Sau!«

»Er ist wirklich mit allen Wassern gewaschen.«

Wir hocken uns an den Rand des Abhangs und bewerfen die Schafe mit Steinchen, bis sie loslaufen. Und plötzlich ist auch der Schäfer da und fuchtelt mit seinem Stock in unsere Richtung. Wir bewerfen auch ihn, bis er damit aufhört. Es vergeht eine halbe Stunde, vielleicht mehr. Die Stille hinter dem Wagen wird immer unheimlicher.

»Was zum Teufel macht er da mit ihr?«

»Kannst du es dir nicht denken?«

»Ob er was Japanisches draufhat?«

»Kann gut sein.«

»Die können es hundertsechzig Mal, ohne zu kommen.«

»Klingt nach Knochenarbeit. Dann schon lieber auf dem Bau schuften.«

»Sie stöhnt gar nicht ... Hey, seid ihr noch da?«

Keine Antwort.

Wir pirschen uns an den Wagen heran. Erst hören wir Marias Stimme, dann erblicken wir ihre Köpfe. Seite an Seite sitzen sie gegen die Wagentür gelehnt, Maria erzählt etwas, Albert hört ihr zu, sie erzählt, er hört zu.

14

Als wir aufbrechen, eilt Albert voraus und öffnet Maria höflich die Beifahrertür. Sie errötet. Wir zwängen uns zu viert auf den Rücksitz, es ist unglaublich, wie wenig Sitzfläche der Schlitten bietet. Die endlose weiße Motorhaube fährt uns voraus wie die Schnauze einer Jacht. Wir biegen auf die Autobahn, mit flatternden Haaren in die Sonne hinein. Wir bleiben auf der rechten Spur. Die Insassen der Autos, die uns überholen, kleben mit ihren Blicken an uns wie Fliegen an einem Leimstreifen. Vielleicht halten sie uns für ein Filmteam auf Drehortsuche. Wir ignorieren sie, sie sind zu viele. Maria breitet die Decke auf ihrem Schoß aus, als schämte sie sich ihrer nackten Beine. Ab und zu blickt sie zu Albert hinüber, um sich zu vergewissern, dass er noch da ist.

Er ist. Sein Blick im Rückspiegel, hinter einer Sonnenbrille.

»Na, wie fühlt es sich an, als Sieger durchs Land zu fahren?«

Er will unbedingt die Leopoldstraße hinunterfahren. Es ist Frühling in der Großstadt, die Leute flanieren oder bevölkern die Cafés entlang der großen Pappelallee. Es ist merkwürdig, Ludovik fletscht nicht die Zähne, wie er es sonst getan hätte, von wegen, dass er das Gesocks am liebsten mit einem Flammenwerfer auslöschen würde oder dergleichen, er scheint die Ausfahrt zu genießen. Und auch ich empfinde eine seltsame Befriedigung, das Gefühl dazuzugehören, zu was auch immer. Wir umfahren die Stadt auf dem Mittleren Ring und biegen wieder auf die Autobahn nach Süden. Blassblau zeichnen sich vor uns die Berge ab.

Irgendwann stupst mich Amir an. Wir stehen auf dem Parkplatz einer Gaststätte im Grünen. Ich steige aus. Der Abend dämmert. Albert geht voraus, wir folgen ihm wie die Kinder dem Rattenfänger. Hinter dem Haus liegt eine Terrasse, hinter der Terrasse ein See, umringt von schwarzen Tannenwäldern. Der Wirt ist ein alter Freund von Albert, Albert verschwindet, um ihn zu begrüßen. Ein Kellner weist uns einen Tisch auf der Terrasse an und entfernt die Reservierungskarte. Er trägt ein weißes, gebügeltes Hemd und behandelt uns mit ausgesuchter Höflichkeit. Schwer zu glauben, dass er wirklich uns meint. Die Bedienung komme gleich.

Sie kommt, blond, mit süßen Grübchen in den Wangen und einer verwaisten Strähne auf der Stirn. Wir sitzen sofort aufrecht da. Sie teilt die Speisekarten aus und zündet die Kerze in der Tischmitte an. Ich lehne mich vor, um das Flämmchen gegen den Wind abzuschirmen, in Wahrheit aber, um ihre Hand zu berühren, doch Amir kommt mir zuvor. Manchmal habe ich das Gefühl, dass Amir Gedanken lesen kann, vielleicht haben wir aber auch nur immer die gleichen.

Ich vergrabe mich in ihr Dekolleté oder wie das Ding heißt.

»Was darf es zu trinken sein?«

Wir tauschen Blicke. Die Wahrheit ist, wir sind es nicht gewohnt, auszugehen, geschweige denn Bestellungen aufzugeben. Wir öffnen die Speisekarten und tun so, als studierten wir sie. Zum Glück taucht Albert auf und bestellt für uns. Wir möchten den Abend genießen, sagt er feierlich, alles gehe auf ihn. Wir hätten es uns redlich verdient, Arbeit und Vergnügen gehörten zusammen wie Sonne und Regen, bla, bla. Nur Alkohol solle an diesem Abend nicht sein, aus Solidarität mit Igor, bald würde aber auch Igor wieder Wein trinken können wie jeder andere kultivierte Mensch auch. Wir hätten getrunken, weil unser Leben nüchtern nicht zu ertragen gewesen sei, jetzt, da unser Leben lebenswert sei, müssten wir auch nicht mehr trinken.

Albert isst nur Salat, der ihm auf einer großen Platte serviert wird, wir essen alles, nur keinen Salat. Er erzählt in einer Tour von Maria, wie sie Gärtnerin gelernt habe, nur eben nicht zu Ende, wie sehr sie Pflanzen liebe und wie lange sie schon auf einen kleinen Schrebergarten am Stadtrand spare. Und wie verrückt es sei, wie wenig wir voneinander wüssten. Wir wohnten Haustür an Haustür und doch auf verschiedenen Planeten.

Wir nuckeln unsere Erfrischungsgetränke, nicken ab und zu. Maria verschlingt eine Zigarette nach der anderen. Später bestellt uns Albert Eis und wieder später einen Espresso, alles, wie es sich gehöre. Ich erinnere mich noch heute an die wundersame Harmonie jenes Abends, das Geklirr des Bestecks, das friedliche Gemurmel der Stimmen an den Nachbartischen. Nach dem Espresso gehen wir mit Albert zum See hinunter. Er hat zwei Laternen dabei. Er hängt sie an den Bug zweier Ruderboote und steigt mit Maria und Igor in eines der Boote. Ich steige mit Amir und Ludovik in das andere.

Es ist ein magischer Moment, als wir auf den mondscheinhellen See hinausgleiten. Die Welt scheint den Atem anzuhalten, die Wälder schweigen, der See ist ein blanker Spiegel, von oben blickt der Mond hinein. Wir treiben dahin, ziellos, zwecklos, nur weil es schön ist. Die Boote schaukeln, die Wellen plätschern kaum lauter als das Wasser in einer Badewanne. Albert betrachtet die Lichter des Gasthauses am Ufer, er tut das schon die ganze Zeit, ich beobachte ihn.

»Es kann doch eigentlich keine Kunst sein, ein solches Lokal zu führen, was meint ihr?«, ruft er uns plötzlich über das Wasser zu.

Er ergreift die Ruder und lenkt das Boot an unseres heran. Plötzlich wirkt er erregt.

»Eine Pension mit fünf, sechs Gästezimmern und einem Gartenlokal. Nichts Weltbewegendes, nur das, was wir mit vereinten Kräften führen könnten.«

»*Wir?* Wieso wir?«

»Vierhundert im Monat sind besser als nichts, sicher. Aber was sind vierhundert im Monat im Vergleich zu vierhundert am *Tag*! Na, was sagt ihr?«

Es ist nur eine Frage, aber es fühlt sich wie ein Stromschlag an.

»Was starrt ihr so? Glaubt ihr, ihr hättet es nicht nötig? Im Moment vielleicht nicht. Aber wer sich auf seinen Lorbeeren ausruht, wird sich nie mehr von ihnen erheben. Noch habt ihr nichts erreicht. Fern ist noch immer arbeitslos, Igor wird es bald wieder sein, und auch Ludovik kann von einem Tag auf den anderen auf der Straße landen. Jetzt kann es euch egal sein, aber auch ihr werdet älter. Und wenn ihr einmal sabbernd, mit Zahnschmerzen und triefenden Nasen unter der Brücke steht und in Pappkartons schlaft, wenn ihr kein Geld für eine Brille, ein Hörgerät oder die nächste Insulinspritze habt, wenn ihr von gelangweilten Jugendlichen, die sich in einem Videospiel wähnen, halb totgeprügelt werdet, dann werdet ihr euch an diesen Maiabend erinnern, als ihr noch jung wart und die Chance auf eine gesicherte Zukunft hattet, auf Wohlstand und Würde, auf die Geborgenheit einer Frau, einer Familie und nicht zuletzt auf eine Rente … aber die Chance verstreichen ließt!«

Wir betrachten ihn mit offenem Mund. Das Boot dreht sich, Alberts Gesicht dreht sich mit, aus dem Schatten ins Licht, und plötzlich wird uns klar, dass es ihm ernst ist. Die sechs Zimmer im ersten Stock als Gästezimmer, murmelt er, die Wohnküche als Frühstückszimmer, in der Diele die Rezeption. Draußen vor dem Eingang eine kleine Terrasse mit drei Tischen links und drei rechts des Weges, macht sechs. Später könnte ein Wintergarten dazukommen. Und als Besonderheit ein Kleinzoo, etwas Besonderes müsse schon sein. Und natürlich Solarzellen auf dem Dach.

»Die brauchst du in Shanghai nicht. Wenn, dann eine Windanlage.«

Wir wehren uns mit Händen und Füßen, Albert merkt es nicht. Wir sollten uns bloß auf ihn verlassen, er wisse in dem Metier Bescheid. Den Bürgermeister habe er schon kennengelernt. Das Haus gehöre der Stadt und sei nur deshalb nicht längst abgerissen worden, weil in das Viertel nicht investiert werde, nicht einmal in einen Abriss. Wenn es gelinge, einen Kredit von der Bank zu bekommen. Man müsse die Pension eben als Startschuss für eine Neubelebung des Viertels verkaufen.

»Man muss nur vorpreschen, Leithammel sein, die Herde zieht schon nach. Und im Winter könnte das Haus als Glühweinstation entlang der Langlaufstrecke auf der Ebene dienen. Und in ein, zwei Jahren machen wir Profit.«

Er redet, und je länger er redet, umso mehr entfacht er auch meine Fantasie. Der Funke springt über, plötzlich erscheint mir alles möglich. Ich sehe das schmucke Häuschen, höre die dankbaren Gäste, die versprechen, nächstes Jahr wiederzukommen, spüre die Schwere der Geldscheinbündel, die wir an langen Abenden des Nichtstuns zählen. Albert legt seine Hand auf die Bootsränder, hält mit den Fingern beide Boote zusammen.

»Schlagt ein!«

Igor legt seine Hand sofort auf Alberts Handrücken. Das wär's, denke ich, aber es geschieht das Unfassbare: Ludovik schlägt ein. Das ist nicht mehr der alte Ludovik, aber vielleicht sind wir in diesem Augenblick alle nicht mehr das, was wir mal waren. Amir rührt sich nicht. Sie sehen mich an. Aus dem Dunkel löst sich eine Bushaltestelle, leere Bierflaschen auf einer Sitzbank. Ich lege schnell meine Hand auf Ludoviks Hand, um das böse Bild zu bannen.

Amir schüttelt den Kopf.

»Ich kann nicht, ich muss malen. Aber ich stelle euch gern meine Bilder zur Verfügung, fürs Frühstückszimmer.«

Albert packt ihn an den Schultern.

»Wie kannst du so was sagen?! Deine Bilder gehören in Galerien, nicht an die Wände von Lokalen! Schlag ein, und ich verspreche dir deine erste Ausstellung noch in diesem Jahr!«

Ich spüre sofort Amirs Hand auf meiner, spüre die Wärme der vielen Hände, den gemeinsamen Pulsschlag, die hindurchströmende Kraft.

Auf der Heimfahrt, am tiefsten Punkt eines Tals, saust in der dunklen Nacht eine erleuchtete Bushaltestelle an uns vorbei, aber ich wende den Blick ab, bevor die Erinnerung erwachen kann. Zu Hause angekommen, kann ich es kaum glauben, dass ich statt der hübschen, frisch renovierten Pension unsere Burg vorfinde.

15

Noch am selben Abend ziehen wir auf den Dachboden hinauf. Nicht in Alberts schönes Zimmer nach Süden, sondern in den dunklen, schmutzigen Raum nach Norden. Alles ist fingerdick von Staub bedeckt, das Fenster am oberen Ende mit Brettern vernagelt. Wir schwirren aus, tragen in Minutenschnelle den Abfall hinunter, wischen den Raum feucht aus und legen unsere Matratzen auf den Boden. Igor hängt seinen Anzug, den er mit einer neuen Schutzfolie überzogen hat, an einen Nagel, Amir verstaut seine Zeichnungen und sein gestohlenes Malzubehör in einer Ecke, wo er sie immer im Auge hat.

So liegen wir unter dem schwarzen Balken des Schrägdachs, Seite an Seite, zu einem Lazarett fehlen nur ein paar Schwestern in Weiß. Das Dach ist nicht isoliert, die Kälte des Alls stürzt ungedämmt auf uns herab. Aber durch die offene Tür schimmert warmes grünes Licht aus Alberts Zimmer, seine Lampe ist wie ein Leuchtturm in der Nacht. Noch lange höre ich, träume ich vielleicht auch, wie Albert, der Leuchtturmwärter, durch das Haus geht, stöbert, nach dem Rechten sieht.

Am nächsten Tag steht ein klappriger Kleinlaster vor dem

Haus. Holzbordwände, orangefarbene Plane, Kippbrücke. Er habe ihn vom Onkel des Freundes einer Bekannten geliehen, das würde uns die Containermiete sparen, erklärt Albert. Er führt uns durch das Haus, erklärt, gestikuliert, sein Plan steht bereits. Phase 1: Beide Stockwerke entrümpeln, Tapeten abziehen, Risse in Wänden und Decken vergipsen, Fußbodendielen abschleifen. Nur das Klavier darf bleiben, ein Klavier sei eine Zierde für jedes Zimmer. Phase 2: Alles streichen, und zwar gelb, ein weiches Pastellgelb.

Das war der Anfang. Ich habe das Bild noch heute vor mir. Wir stehen in der Diele und zögern, keiner von uns rührt sich vom Fleck. Die vielen Worte sind plötzlich Wirklichkeit, wir müssen an die Arbeit. Aber erst wollen wir uns ausruhen, um Kraft zu sammeln. Albert stellt sich zu uns. Na, alles klar? Er grinst breit, er freue sich schon auf das Richtfest, das werde ein rauschendes Fest, er könne es kaum abwarten. Jetzt wollten wir aber loslegen.

Er vielleicht, unser Elan ist verflogen.

Aber nur für einen Moment. Im nächsten legen wir Hand an.

Und es geschieht, was keiner für möglich gehalten hätte, wir arbeiten und denken uns nichts Böses dabei. Mit der Zeit denken wir gar nichts mehr. Die Arbeit erlaubt es nicht. Wir versinken in einem tranceartigen Arbeitsrhythmus, die Handgriffe werden mechanischer, der Kopf immer tauber. Auch wenn Albert nicht dabei ist, haben wir ihn vor uns, hallen uns seine aufmunternden Rufe im Ohr: *Weiter so, entrümpeln, ausmisten, anpacken, durchstarten!* Und wir leisten Folge, so etwas geht ins Blut über. Wir wissen ja, wofür wir uns abschuften, die Bilder unserer fertigen Pension schweben uns vor Augen, das rauschende Richtfest, unsere glänzende Zukunft, und wir vergessen ganz, dass wir in einem halbverfallenen Haus Schimmel von den Wänden schrubben.

Albert hat sich ausgeklinkt. Er müsse sich um die Logistik kümmern. Auch so ein Ausdruck von ihm. Er kündigt seine

Stelle bei Pongratz, im Gegenzug will er in unserer Pension gratis für die *Schlemmerstube* werben. Pongratz ist ihm nicht böse, nie scheint jemand Albert böse zu sein. Er hängt einen Bürokalender an die Küchentür. Wenn wir wenigstens das Ende der Sommersaison und die Herbstsaison mitnehmen wollten, müssten wir bis spätestens Ende Juli fertig werden.

»Die Zeit läuft!«, sagt er, und diese Tatsache scheint ihm Genugtuung zu bereiten.

Wir nicken und trotten zurück an die Arbeit.

Albert sitzt den ganzen Tag an seinem Laptop oder läuft mit dem Handy am Ohr herum. Sein Klingelton ist ein markerschütternder Tarzan-Schrei. Früher hätten wir dem Ding nach spätestens drei solchen Schreien den Garaus gemacht, jetzt stört es uns nicht einmal, wir haben für solche Mätzchen keine Zeit. Albert vergleicht Preise, kauft, bestellt, sucht nach Schnäppchen. Er ist immer einen Schritt voraus, organisiert und koordiniert alles so, dass die Arbeit auch nicht für eine Sekunde ruht. Alles geschieht gleichzeitig, eine Aufgabe geht fließend in die nächste über. Kaum haben wir die sauber abgewaschenen Wände ausgebessert, beginnen wir schon mit dem Abschleifen der Fenster- und Türrahmen, und bevor wir damit fertig sind, werden schon die Schleifmaschinen für die Böden geliefert. Er habe einen Sonderpreis für die Maschinen ausgehandelt. Natürlich. Wir stöpseln uns die Ohren mit nassem Klopapier zu und schieben und zerren die vier zentnerschweren Schleifmaschinen über die Dielen, die mit einer dicken dunkelbraunen Farbschicht bestrichen sind, bis das helle Holz zum Vorschein kommt. Während die frisch versiegelten Böden trocknen, stapelt sich in der Diele schon die Wandfarbe in Eimern, ein zartes Pastellgelb, eigens von Albert ausgesucht. Er reißt einen der Eimer auf und rührt die Farbe um, ein wunderbares Gelb, flüssige Sonnenstrahlen, schwärmt er.

Und wir stehen wie blöd da und laben uns an der flüssigen Sonne.

Damit vergehen die ersten Wochen.

Jeden Tag wartet er mit irgendeiner grandiosen Neuigkeit auf. Einmal wedelt er mit dem Kreditvertrag der Sparkasse, dann wieder mit dem Kaufvertrag des Hauses. Nun gehöre es ihm. Alles laufe wie am Schnürchen, wir seien voll im Plan. Er hat einen pensionierten Spenglermeister aufgegabelt, der sich die Sanitäranlagen ansehen soll. Sie trinken ein paar Bier zusammen, und Albert lässt sich alles erklären, fragt, notiert, listet auf, hört dem Meister ehrfurchtsvoll zu, bis der sich bei seiner Ehre gepackt fühlt und sich bereiterklärt, alles in die Hand zu nehmen. Zwei Tage später stehen zwei rumänische Arbeiter vor der Tür, frisch vom Schwarzen Meer. Er habe eben ein Netz von Adressen – Freunde, Studenten, Ein-Euro-Jobber –, auf die er zurückgreifen könne, eine Bekanntschaft ergebe die andere, keine eben keine andere, belehrt er uns. Alles streng legal, Schwarzarbeit gebe es bei ihm nicht, man sei nicht nur für sich allein, man sei für das große Ganze verantwortlich.

Die fertigen Böden sind mit Plastikfolie abgedeckt, tagelang pinseln wir von morgens bis abends Alberts Sonnenstrahlen an die Wände, und noch bevor die Farbe getrocknet ist, machen wir uns schon daran, die Türen und Fenster frisch zu lackieren. Hat er eine freie Minute, legt auch Albert Hand an, hilft, schleppt, bringt den Müll weg, er ist sich für nichts zu schade. Mit stummer Entschlossenheit, um nicht zu sagen Verbissenheit, spulen wir unser tägliches Arbeitspensum runter. Und am Abend begehen wir gemeinsam mit Albert das Haus, um das Tagewerk zu begutachten und die Aufgaben und arbeitstechnischen Herausforderungen, die es am folgenden Tag zu überwinden gilt, gedanklich durchzugehen. Es ist eine Wonne, mitzuverfolgen, wie sich das Chaos Stück für Stück in Ordnung, unsere Bruchbude in eine schmucke Pension verwandelt.

Danach fallen wir völlig entkräftet, aber zufrieden auf unsere Matratzen.

Albert geht nicht zu Bett. Er duscht in der neu installierten Dusche im Erdgeschoss und kleidet sich zum Ausgehen.

Keiner würde auf die Idee verfallen, dass er gerade von einer Baustelle kommt. Wir tun so, als sähen wir nicht, dass er weggeht. Mit wem er sich trifft, wollen wir schon gar nicht wissen.

16

Eines Tages steht Maria im Garten und pflanzt Rosen entlang der Hauswand. Sie bleibt nur ein paar Stunden und verschwindet dann genauso unbemerkt, wie sie gekommen ist. Das nächste Mal bleibt sie länger, bestaunt die brandneuen Gartengeräte, den Rechen, die Schaufel, den Spaten mit dem roten Blatt, die unversehens an der Hauswand lehnen, dreht sie behutsam hin und her und begutachtet sie. Dann beginnt sie, Ludoviks zerstörtes Hanfbeet zu bepflanzen. Albert taucht auf, sie schwatzen unter den Birken, nur mit ihm scheint ihr eine Unterhaltung nicht schwerzufallen.

Fortan kommt sie täglich, arbeitet den ganzen Nachmittag versonnen vor sich hin, jätet, pflanzt, gießt. Sie trägt gewöhnliche Hosen und T-Shirts und ist auch sonst kaum wiederzuerkennen. Ihr blondiertes Haar ist wieder naturbraun, der Lack von ihren Nägeln, jeder Klimbim von ihrem Körper verschwunden, und Albert findet das wunderbar. Wir reißen gemeinsam die Reste des Maschendrahtzauns heraus und setzen einen hölzernen Rankgitterzaun an seine Stelle. Auch an ihm sollen Rosen emporklettern, der ganze Garten soll zu einem Rausch in Rosa und Rot werden. Den Rest dürfe Maria nach eigenem Gutdünken gestalten, sie habe ein phänomenales Gespür für so etwas.

Unser Elan erlahmt nicht, wir schuften, bis unsere Muskeln wehtun oder ein Krampf uns niederstreckt, das Bewusstsein, dass wir mit jedem Handgriff dem großen Ziel näher kommen, verleiht uns Flügel. Und wenn einer von uns vor Erschöpfung zusammenklappt und sich partout weigert weiterzumachen, gönnen wir ihm eine Ruhepause, kochen ihm einen Kaffee und wecken ihn dann gewaltsam, rütteln ihn oder stoßen ihn so lange mit den Füßen, bis er zu sich kommt. Auch nur ein paar Minuten Schlaf können Wunder wirken. Wir müssen uns regelrecht zurückhalten, damit wir nicht das Maß aus dem Blick verlieren und grob zueinander werden. Ich komme mir vor wie in einer Wochenschau aus den fünfziger Jahren, in der über die Arbeit an irgendeinem gewaltigen Bau oder monumentalen Projekt, einem Riesendamm oder einer neuen U-Bahn-Strecke, berichtet wird und alle begeistert an einem Strang ziehen, ohne Rücksicht auf Verluste und die Meinung miesepetriger Kritiker, und zu einem Meer begeisterter Gleichgesinnter werden.

Nur ganz manchmal übermannt uns noch die Erinnerung an die Zeit, als wir auf den Treppen Schlitten fuhren und frei und unbekümmert in den Tag hinein lebten, für den Augenblick, weil es etwas anderes nicht gab.

Die Tage fließen ineinander, aus Mai wird Juni, aus Juni Juli, ich verliere die Zeit. Es ist im Grunde so wie früher, mit dem Unterschied, dass in der Zeitlosigkeit jetzt etwas beständig Gestalt annimmt. Das Innere des Hauses ist fertig und nicht mehr wiederzuerkennen. Hell und geräumig. Wir irren durch die leeren buttergelben Räume, das alles hat was. Was es auch sein mag, wir können uns seinem Zauber nicht entziehen. Im Garten ranken sich die Rosen am Holzzaun, in den Beeten leuchten die schönsten Blumen. Maria hat sie alle benannt, aber wir haben nicht wirklich zugehört, für so was reicht die Zeit momentan nicht. Über dem Eingang wölbt sich der Bogen des Zauns, links und rechts stehen Oleander.

Albert hat sich auf die Suche nach der passenden Einrichtung gemacht. Billig müsse sie sein, vor allem aber Klasse haben, Stil sei keine Frage des Geldes. Er durchstöbert die Angebote im Internet und in den Zeitungen, telefoniert und ist den ganzen Tag im geliehenen Wagen einer Freundin unterwegs. Die Lieferungen lassen nicht lange auf sich warten. Das Frühstückszimmer bestückt er mit leichten hellen Tischen und Stühlen aus einer Behindertenwerkstatt, zum Schnäppchenpreis, versteht sich. Das Gartenmobiliar schafft er gegen Abholung aus dem Keller einer Brauerei heran: schmiedeeiserne Gartenstühle und Tische, hoffnungslos verrostet, aber stilvoll, passend zur Umgebung, man müsse sie ja nicht unbedingt zusammenklappen können. Die komplette technische Einrichtung des Frühstückszimmers, die Theke, die Auslage, die Getränkemaschinen, die Kasse, nimmt er einem gerade aufgelösten Café ab. Den Handel macht er auf der Stelle perfekt, um einen Mitinteressenten auszustechen, es gebe im Leben Momente, die Sekundenentscheidungen verlangten. Der Lastwagen hält, Albert hupt, wir lassen alles stehen und liegen und machen uns ans Ausladen. Wir reichen die Dinge in einer Kette von Hand zu Hand weiter, das tun wir ausschließlich für Albert, er liebt das, im Miteinander liege die Kraft, bla, bla.

Mitte Juli.

Eine Freundin von Albert, die als Hotelfachfrau arbeitet, hat in der Diele eine kleine Rezeption eingerichtet, mit einem Pult, einem Hocker, einem Schlüsselbrett, einem Gästebuch und einer Lampe mit dem gleichen grünen Schirm wie bei Albert oben. Auch die Küche nimmt Gestalt an. Eines Abends, als wir allein sind, führt uns Amir zu einem der großen Küchenschränke. Wir sollen uns bücken und hineinschauen. Der Schrank ist leer. Amir schiebt die Rückwand zur Seite. Dahinter klafft eine Öffnung in der Wand, die einst wohl Teil eines Kamins war. Falls wir mal unerwartet von der Polente Besuch bekommen, sagt er und lächelt. Das Versteck scheint ihm große Erleichterung zu verschaffen.

Obwohl die Einrichtung der Gästezimmer noch fehlt, bestimmt Albert den 31. Juli, einen Samstag, zum Tag der feierlichen Eröffnung. Sie soll um 15 Uhr beginnen, zur besten Kaffee-und-Kuchen-Zeit. Er verschickt Einladungskarten an die Presse, den Bürgermeister, den Citymanager, den Tourismusmanager, den Festausschuss und sämtliche Honoratioren der Stadt und stellt alles ins Internet. Die Zeit bis dahin sei knapp bemessen, aber wir würden es schon schaffen, unter Druck erbringe der Mensch seine größten Leistungen. Es gebe ohnehin nur noch eine Kleinigkeit zu erledigen. Er habe eine Firma ausfindig gemacht, die bereit sei, und zwar aus reiner Freundschaft zu ihm, uns für das Wochenende gratis ein Gerüst zur Verfügung zu stellen. Wir müssten es aber bis Montagmorgen sechs Uhr wieder zurückgebracht haben. Er sieht sich begeistert um. Wir hätten also zweieinhalb Tage, um das ganze Haus außen neu zu streichen.

Wir nicken. Sicher, das sei ein gute Idee. Wir würden es schaffen.

Und wir schaffen es. Am Freitagnachmittag errichten wir das Gerüst und fallen von drei Seiten über das Haus her. Die ohnehin zugewachsene Rückseite soll im alten Zustand belassen werden, das erspart uns ein Viertel der Arbeit. Das Wochenende verlangt uns alles ab, aber am späten Sonntagabend ist es so weit: Das Haus erstrahlt in frischem Weiß, wie ein Palast aus Eis. Mit letzter Kraft bauen wir das Gerüst ab und fahren es zurück zum Firmengelände.

Am nächsten Tag torkeln wir schlaftrunken aus dem Haus. Da steht es, schneeweiß, geheimnisvoll, stolz. Das Haus, das einst unsere Bruchbude war. Als wir Albert erblicken, bekommen wir sofort ein schlechtes Gewissen, denn wir haben verschlafen. Aber Albert lobt unsere Leistung und gibt uns den Tag frei. Wir stehen verwirrt herum, wir sind nicht mehr auf Ausspannen geeicht. Wir tun den ganzen Tag keinen Schritt von unserem Grundstück. Wozu umherschweifen, wenn die Gedanken doch bei der Arbeit sind?

Albert nimmt Amir beiseite. Sie tuscheln, besehen sich die Fassade. Amir nickt immer wieder, von der Schwelle blickt er uns noch einmal rätselhaft an. Es ist schwül, die Müdigkeit kehrt zurück, wir finden gerade noch Kraft, uns nach oben zu schleppen.

17

Am selben Abend weckt uns Amir. Er wirkt verwirrt, winkt uns, ihm zu folgen. Es riecht nach Alkohol, früher hätten wir uns nichts dabei gedacht, aber jetzt fällt es auf. In Alberts Zimmer, auf Alberts Bett liegt ein bärtiger Mann in einem löchrigen Unterhemd, in einer Duftwolke aus Alkohol und Schweiß. Er liegt auf dem Bauch, sein rechter Arm und rechtes Bein hängen auf den Teppich herunter, als habe er das Bett gerade noch erreicht. Neben dem Bett das übliche Bündel Plastiktüten.

Sprachlos stehen wir vor dem Anblick. Der Mann ist wie eine Gestalt aus einem bösen Traum. Wir sind verstört, dann nur noch empört. Wir rütteln ihn, erst leicht, dann mit Nachdruck, dann klapsen wir ihm auf die Wangen. Seine Lider öffnen sich, wässrige Walaugen richten sich auf uns.

»Wer seid ihr …? Was wollt ihr?«

»Na los, steh auf, das ist kein Obdachlosenheim.«

»Seit wann das? Ich hab schon oft …«

Seine Lider schließen sich wieder. Wir ziehen ihn an Arm und Bein, er rumpelt zu Boden. Wir helfen ihm auf die Beine. Ludovik legt ihm den Arm um die Schulter.

»Sieh dich mal gründlich um. Willst du behaupten, dass du schon einmal in diesem Zimmer warst?«

Der Mann kratzt sich den struppigen Bart.

»Siehst du? Du hast dich in der Hausnummer geirrt. Das hier ist privat, du kannst hier nicht einfach eindringen, das ist Hausfriedensbruch. Wenn die Pension fertig ist, kannst du dich einmieten.«

Wir geleiten ihn die Treppen hinunter. Vor der Eingangstür stemmt er seinen Fuß fest auf den Boden.

»Ihr habt kein Recht, mich rauszuwerfen!«

Wir schubsen ihn sanft, er touchiert den Türpfosten, der Drall befördert ihn ins Gras. Er landet auf allen vieren, dreht sich, tastet um sich, seine Tüten, seine Tüten seien weg! Ich bringe ihm seine mit Stricken verschnürten Plastiktüten aus dem Haus. Wir drängen ihn zum Gartentor hinaus.

»Wenigstens eine Nacht ... Wo soll ich um die Zeit denn hin?«

Er will nicht gehen, er will wieder hinein. Igor versetzt ihm einen Stoß, nicht fest, aber der Mann verliert das Gleichgewicht und stürzt auf den Asphalt. Er rappelt sich auf, starrt entsetzt seine Hand an. Sie blutet, er hält uns die Wunde entgegen.

»Schweine seid ihr ... herzlose Schweine!«

»Schleich dich, bevor es eine Tracht Prügel gibt! Na los, pack dich!«

Er spuckt aus, aber die Spucke bleibt an einem Schleimfaden hängen und schwingt sich auf seinen Mantel. Und plötzlich fliegt ein Stein. Ich weiß nicht, wer ihn geworfen hat, es würde mich nicht wundern, wenn ich selbst es war. Der Mann hat Glück, dass er sich gerade bückt, um seine Tüten aufzuheben. Er läuft los, obwohl er kaum stehen kann. Steine prasseln auf ihn nieder, kleine Steinchen, wir wollen ihn ja nicht verletzen, nur klarmachen, dass er sich hier nie wieder blicken lassen sollte. Fehlt gerade noch, dass solche Vogelscheuchen unsere Gäste belästigten.

18

»Jetzt!«, ruft Amir, und dann dürfen wir kommen.

Es ist der Abend des 30. Juli. Eine Woche lang hat Amir auf einer zwischen zwei Stehleitern hängenden Planke gestanden und sein Bild auf die Hausfassade gepinselt. Wie Michelangelo in der Sixtinischen Kapelle, meint Albert. Aber statt der Schöpfungsgeschichte prangt jetzt eine satte zitronengelbe Sonne mit verschnörkelten, sich wie Flammenzungen nach allen Seiten windenden Strahlen mitten auf der Fassade. Einer der Strahlen geht nach links in das

Wort *Zur*, ein anderer nach rechts in *Sonne* über. Das glühende Gelb sticht vom kalten Weiß des Hintergrunds ab, als würde sich die Sonne gleich von der Wand ablösen. Zugegeben, das Bild hat was, aber das würden wir nie zugeben.

Amir hatte Sonne mit einem n geschrieben, dafür haben wir ihn so lange geneckt, bis er mit dem Farbeimer nach uns spritzte, worauf wir die Farbkleckse vom Gras spülen mussten. Doch nun ist weder von der Ausbesserung an der Fassade noch von der Verschmutzung des Grases etwas zu sehen, alles ist gut. Es ist ein seltsamer Moment, wir spüren eine gewisse Feierlichkeit, ja Rührung. Das muss das Gefühl sein, von dem Albert immer gesprochen hat, das sich einstellt, wenn man zum ersten Mal der eigenen Schöpfung von Angesicht zu Angesicht gegenübersteht. Das Gefühl nach dem Treffer am Loch 17.

»Das war's«, haucht Albert.

Er atmet tief ein und bläst die Luft wieder aus.

»Ja, wir haben es geschafft ... Es hat sich gelohnt, der Kampf ...«

Er wiederholt es, als könnte er es noch immer nicht glauben. Er sieht uns mit diesem tiefen, beschwörenden Blick an, der einen nur verwirrt, weil man nicht weiß, was er beschwören will.

»*Ihr* habt es geschafft, ihr blöden Hunde!«, ruft er euphorisch. »Ihr allein, durch eurer bloßen Hände Arbeit!«

Leer, abgemagert, ausgelaugt stehen wir vor ihm, nicken.

»Und was jetzt?«, fragt Ludovik.

»Wie?«

»Es ist geschafft, also sind wir wieder arbeitslos.«

»Im Gegenteil, jetzt geht's erst los!«

»Was? Sollen wir noch eins bauen?«

Albert schüttelt den Kopf.

»Was ist los? Freut ihr euch nicht?«

»Wir sind müde.«

»Müde? Jetzt, wo es geschafft ist? Ihr müsstet vor Begeisterung fliegen ...«

Er rennt ins Haus, kehrt mit zwei Sektflaschen zurück, die Korken knallen, der Sekt sprudelt hoch und läuft über, ein Fest auch für die Fliegen, für alle.

Wir schütteln den Kopf. Albert lässt sich nicht beeindrucken, er drückt uns Gläser in die Hand, wir seien doch keine Puritaner.

»Auf die Sonne!«

Wir schlürfen den Sekt, der Geschmack ist wie ein Anruf von Übersee, eine lang herbeigesehnte Stimme am Ende der Leitung: Erst ist man sprachlos, dann kann man gar nicht genug von ihr kriegen. Im Nu ist die Flasche leer, wir verlangen nach mehr. Albert tänzelt vor Freude. Und auch wir werden lebhaft, versuchen es ihm gleichzutun, und mit einem Mal explodiert unsere Freude, unsere Erleichterung. Wir schütteln uns gegenseitig und klatschen uns ab, und im nächsten Augenblick, ich weiß nicht genau, wie es dazu kommt, packen wir Albert an Armen und Beinen und heben ihn hoch, werfen ihn in die Luft, werfen ihn, und ich empfinde nicht einmal ansatzweise den Wunsch, angesichts seines niedersausenden Körpers einen Schritt nach hinten zu tun und die Hände auf dem Rücken zu verschränken. Plötzlich drängt sich auch Maria zwischen uns, will Albert werfen und auffangen, ihn berühren, vielleicht fürchtet sie aber auch nur, wir könnten ihn versehentlich fallen lassen, aber da liegt sie falsch, ganz falsch. Einmal, zweimal, dreimal …

Es kracht. Ein Windstoß hat einen der Sonnenschirme umgeblasen, der kippende Schirm einen der Tische umgerissen. Albert ist schnurstracks wieder auf den Beinen und zückt seinen Notizblock, um das Problem zu notieren. Dann blickt er sich zufrieden um, ganz nach Gutsherrenart.

»Auf geht's! Jetzt wollen wir unsere Prinzessin besichtigen.«

Unser Haus. Helligkeit, Sauberkeit, wohin man blickt. Die Dielen, die Treppe, das Geländer leuchten in frischem Glanz, die Tische im Frühstückszimmer sind gedeckt, in den Zimmern wölben sich die Daunenbetten. Helles Holz, beigefarbene Vorhänge und Lampenschirme, angenehmes Ambiente, Farben, die unmöglich nicht gefallen können. Wir schreiten von Zimmer zu Zimmer, und in jedem zeigt uns Albert die dazugehörigen Fotos, die er vor der Renovierung geknipst hat, endlose Detailaufnahmen von Schäden und Löchern und Schmutzflecken und Brandspuren und Zerrissenem und Kaputtem.

Wir trauen unseren Augen nicht.

Im Frühstückszimmer schließlich Alberts neueste Anschaffung. Anstelle der zerschmetterten Uhr hängt jetzt eine Kuckucksuhr über der Tür, Touristen liebten nun mal das Urige. Er zieht sie auf, schiebt den Minutenzeiger auf die Zwölf, und der Vogel streckt seinen Kopf heraus und kräht. Nicht vorzustellen, dass wir uns das jetzt im Stundentakt anhören sollen, aber wir entgegnen nichts, wer wollte schon in einem solchen Augenblick herummäkeln.

Wieder draußen. Der Himmel ist indigoblau, Blumenduft und Bienengesumm erfüllen die Luft. Unsere Blumen leuchten in allen Farben, die geöffneten Sonnenschirme erinnern an Fliegenpilzhüte. Als wären plötzlich alle Farben kräftiger, greller, als leuchtete das ganze Universum intensiver. Über Marias Beeten rauschen die Birken, sie steht mittendrin und wässert die Blumen mit dem Schlauch, das brauche sie nicht, sagt Ludovik plötzlich, es werde bald ein Gewitter geben.

Wir blicken zum Himmel, weit und breit keine Wolke zu sehen.

19

Es ist ein seltsamer Abend. Schwül und still, die Luft hat sich aufgeladen. Auch Albert ist ein seltsamer Anblick, wie er stundenlang allein und gedankenverloren auf der dunkelnden Terrasse sitzt und nichts tut. Dass er nichts tut, ist geradezu unheimlich. Wir hocken uns in einiger Entfernung um ihn herum, nicht direkt zu ihm. Die Birken rauschen über uns, am Bahndamm raschelt das Gestrüpp, der Wind wird stärker.

»Jetzt gibt es kein Pardon mehr«, sagt Albert plötzlich. »Für Ausreden und Selbstmitleid gibt es jetzt keinen Platz mehr in eurem Leben. Ihr wisst nun, wozu ihr in der Lage seid …«

Das klingt hässlich nüchtern, wir lauschen beunruhigt.

»Das Wunder ist geschafft, die Heldentat vollbracht. Ihr habt es allen gezeigt, diese Leistung kann euch keiner mehr nehmen … Aber das war nichts, verglichen mit dem, was uns jetzt erwartet …«

»Und was soll das sein?«

»Der Alltag. Die Normalität. Ein Wunder zu vollbringen, für die gute Sache den Heldentod zu sterben, ist das Werk eines Augenblicks. Tag für Tag zu bestehen, die tausend belanglosen Momente des Glücks und der Trauer zu durchleben, sich im wahren Leben zu bewähren … den Alltag zu ertragen, die Pflicht zu tun, das ist das Schwerste überhaupt … fast nicht machbar. Immer weiterzumachen, wenn … wenn man alles nur noch hinschmeißen … sich übergeben möchte von der schieren Sinnlosigkeit …«

Er verheddert sich und bricht ab. Wir starren ihn mit offenen Mündern an. Seine Stimme hat sich regelrecht überschlagen, als hätte ein anderer aus ihm gesprochen. Ein Zug saust vorbei, Albert räuspert sich verlegen.

»Wenn morgen früh die Sonne aufgeht, schlagen wir alle ein neues Kapitel auf. Wir werden uns umgewöhnen müssen, es wird uns vielleicht schwerer fallen, als wir glauben. Und dem einen oder anderen wird vielleicht die Kraft fehlen …«

Er zieht ein Foto aus seiner Tasche und legt es auf den Tisch. Es ist ein Schnappschuss, ein kleines Mädchen mit einer angeschnittenen Geburtstagstorte vor sich, ein breites Lachen auf dem Gesicht, der Mund mit Tortencreme verschmiert. In der Torte stecken sieben Kerzen.

Albert starrt geistesabwesend auf das Bild.

»Na gut, dann hatte sie eben keine Zöpfe«, murmelt er. »Aber Träume hatte sie sehr wohl … Und das hier, das ist sie auch. Ihr Vater hat es gedichtet.«

Er reicht uns einen Zeitungsschnipsel, eine Geburtstagsgratulation von der Sorte, über die wir uns immer köstlich amüsierten, wenn uns eine Zeitung in die Hände fiel. Es ist das Foto eines hübschen blonden Mädchens, daneben die Zahl »16« und ein Gedicht. Albert liest es vor, langsam und traurig, als wäre es ein Nachruf:

»Liebe Maria,
die Sonne möge dir stets scheinen
und deine Augen niemals weinen.
Alles, was du machst, möge dir gelingen
und jede Stund nur Freude bringen.
Das Glück soll immer dich begleiten,
heute und für alle Zeiten.
Das wünschen dir von ganzem Herzen,
Papa, Mama und dein Bruder Sven.«

Wir starren auf das Foto.

»Das soll …?«

»Habt ihr sie erkannt? Vor ein paar Wochen gab sie in derselben Zeitung unter der Chiffre *Schluckspecht* diese Anzeige auf …«

Wir sehen nicht hin. Wir läsen solche Anzeigen nicht, sagt Amir.

Wir läsen überhaupt keine Zeitung.

Stille.

»Auch für Maria beginnt morgen ein neues Leben, und ich bitte euch, sie bei diesem Schritt zu unterstützen. Ab morgen arbeitet sie in unserer Pension, ihre Vergangenheit ist Vergangenheit. Sie hat mir nächtelang ihr Herz ausgeschüttet. Es hatten sich Berge von Unausgesprochenem in ihr aufgestaut. Sie kann nicht fassen, wie sie ihr kostbares

Leben, ihre Gesundheit, ihren Körper, ihre Seele bisher so hat verschwenden können ...«

Albert verstummt. Plötzlich springt er auf, rennt wie von Sinnen zum Gartentor und blickt zwischen den beiden Oleandern hinaus. Der Hang, sagt er entgeistert. Die Abfälle. Eine mit Abfällen übersäte, ungemähte Wiese! Das müsse sofort weg. Unsere Gäste hätten für so was kein Verständnis. Und schon rennt er, um die Sense zu holen, uns bleibt nur, ihm entsetzt hinterherzuschauen.

Wir sind selber schuld, warum mussten wir uns auch zu ihm setzen?

Albert kommt mit der Sense und einem Stapel Bananenkartons zurück. Wir folgen ihm gesenkten Hauptes, Argumente nützen nichts. Wir haben ohnehin nichts anderes vor. Was sollten wir schon vorhaben? Bis zum Einbruch der Dunkelheit klauben wir Abfälle, jahrzehntealten Müll auf, tragen ihn in den Kartons weg und werfen ihn auf den Kleinlaster. Wir grasen den Hang ab, Albert folgt uns mit der Sense, mäht mit kräftigen, gleichmäßigen Bewegungen, als hätte er zeitlebens nichts anderes getan, als Wiesen zu mähen.

Er wirkt erleichtert, wieder anpacken zu können.

Mit Einbruch der Dunkelheit brechen wir ab und taumeln auf unseren Dachboden. Albert hat sich irgendwie eine Taschenlampe auf dem Kopf befestigt und setzt die Arbeit fort. Die Nacht ist dunkel, nur ein einsamer Lichtstrahl irrlichtert durch das Geäst der Birken. Hin und her, hin und her, es liegt etwas Fanatisches in diesem Hin und Her, vielleicht aber auch nur ein großer Ordnungssinn.

»Er ist wahnsinnig ...«, flüstert Amir.

»Ja, er ist irre.«

»Er wird bald aufhören müssen«, flüstert Ludovik. »Es wird bald zu regnen beginnen. Und die feierliche Eröffnung wird ins Wasser fallen ... Ich wittere es schon seit Tagen, ich wollte euch nur nicht die Laune verderben.«

»Das tust du auch, wenn du nichts sagst, also halt's Maul!«

Ich schlafe sofort ein. Irgendwann werde ich wach. Ich spüre einen Druck in der Brust, den ganzen Tag schon, auch der Schlaf hat daran nichts geändert. Ich denke an morgen, an das, was werden wird. Es raschelt links und rechts, die anderen finden auch keinen Schlaf. Früher lagen wir nie wach, wir wussten, dass nichts werden würde, und um nichts brauchte man sich auch keine Gedanken zu machen. Durch den Spalt unter Alberts Tür dringt ein Lichtstreif. Er ist noch wach. Böen heulen um das Haus, quietschen durch die Risse und Fugen des alten Daches. Die gefangene Luft wirbelt über unseren Köpfen und lässt unsere frisch gebügelten weißen Hemden, die auf Kleiderbügeln an einer Leine hängen, tanzen. Die Hemden flattern und blähen sich wie Segel. Ich liege da und betrachte die flimmernden Formen über mir und stelle mir vor, dass wir am Boden eines Bootes liegen und über das nächtliche Meer gleiten. Lautlos. Weg.

20

Den Rest der Nacht schlafe ich wie betäubt durch. In den Morgenstunden entlädt sich die aufgestaute Spannung, aber ich werde nicht wach. Nicht als die ersten Tropfen fallen, nicht als sie immer heftiger gegen die Fenster peitschen, nicht als das Wasser in der Wanne unter der undichten Stelle im Schieferdach zu plätschern beginnt, nicht als Igors Wecker zu piepen anfängt und piept und piept, bis die Batterie erlahmt, und dann nicht mehr. Ich werde erst wach, als mir Igor im Schlaf ins Gesicht schlägt und ich reflexartig zurückschlage, woraufhin er wach wird, aber da ist es schon nach zehn.

Wir schnellen hoch.

Es regnet. Ein regelrechter Wolkenbruch.

Ludovik hat sich nicht getäuscht. Das Fußende meiner Matratze ist klatschnass, auch das hat mich nicht geweckt. Ludoviks Pritsche ist leer. Wir treffen ihn unten an. Die

Eingangstür ist sperrangelweit offen, Ludovik sitzt auf der Schwelle vor dem grauen, bleiernen Regenvorhang und lächelt wie ein Zwölfjähriger.

Alberts Stimme aus dem Frühstückszimmer: »Einen wunderschönen guten Morgen allerseits!«

Sein Gesicht strahlt, er krempelt sich gerade die Ärmel hoch.

»Die gute Nachricht vorweg: Der Schauer zieht ab …«

Schauer? Ich sehe keinen Schauer, ich sehe den Einbruch der Regenzeit.

»Und die schlechte?«

»Schlechte? Es gibt nur eine gute und eine noch bessere. Und die lautet: Generalprobe!«

Wir machen uns bereit, stellen uns im Frühstückszimmer auf, gekämmt, rasiert, uniformiert, weiße Hemden, schwarze Bügelfaltenhosen, schwarze Schuhe. Maria kommt aus dem Regen, sie bringt Pizzen mit, ein Hauch von Nostalgie weht durch den Raum. In ihrer blütenweißen, gerüschten Bluse und ihrem halblangen schwarzen Rock mit weißer Schürze ist sie der Inbegriff einer aparten Kellnerin. Sie senkt den Blick, als Albert vor ihr stehen bleibt, schweigend vor ihr verharrt und ihr dann etwas zuflüstert, von wegen wunderschön und Königin … Als sie den Blick hebt, erinnert mich ihr verklärter Gesichtsausdruck an Johannes den Täufer im Bach, als er Jesus erkennt, in einem dieser Monumentalfilme.

Wir beginnen mit der Probe. Ein Kellner müsse neben einer gewissen Geschicklichkeit vor allem eines haben, schwafelt Albert. Würde. Die Würde eines Kellners sei angeboren. Igor etwa besitze sie und Maria auch, also würden wir in dieser Konstellation anfangen, später sollten aber alle alles beherrschen, Würde sei nämlich auch erlernbar. Wie alles andere auch. Ludovik postiert er hinter der Theke, mich an der Rezeption in der Diele, die jetzt plötzlich ein Foyer geworden ist. Amir ist gleich von sich aus in der Küche verschwunden, als Künstler habe er mit alledem sowieso nichts zu tun.

Wir gehen in Stellung und simulieren die Bewirtung, spielen alle Abläufe durch, nur der Gast bleibt jedes Mal gleich: Albert. Dann üben wir Kleinigkeiten wie den richtigen Gebrauch eines Eisportionierers und das Abtragen von vielen Tellern auf einmal. Kompliziertes wie das geräuschlose Öffnen von Sektflaschen komme im Laufe der Jahre von selbst dazu, sagt Albert.

Im Laufe der Jahre … Wie das schon klingt.

Ich betrachte die Rezeption um mich herum. Ein einen Meter mal zwei Meter langer Gang zwischen Wand und Pult, selbst eine Gefängniszelle ist geräumiger. Die kleine bauchige Lampe auf dem Pult ist wie eine ungleiche Schwester der langen schlanken Lampe neben Alberts Bett, nur ihr smaragdgrünes Licht ist das gleiche. Ich stelle mir vor, wie es wäre, mein Leben hier zu verbringen, breche die Vorstellung aber ab. Nach der Probe eilt Albert hin und her, legt noch einmal letzte Hand an, schiebt etwas an seinen Platz zurück, was er eben erst verschoben hat. Es hat sich eingeregnet, die Tropfen tanzen auf den Tischen, aber Albert scheint es nicht zur Kenntnis nehmen zu wollen. Der Regen werde schon aufhören, bisher habe jeder Regen irgendwann aufgehört. Wir müssten uns nur gedulden, Geduld sei die höchste Tugend, im Grunde die einzige. Bla, bla. Wir flüchten vor seinem Geschwätz. Aber wohin sollen wir gehen? Alles ist derart sauber, derart gepflegt, derart jungfräulich, dass man nichts berühren möchte, nicht einmal in unserem geschniegelten Zustand.

Was bleibt, sind der Dachboden, unsere Matratzen, Dreck und Elend. Wie eh und je.

Die Letzten werden die Letzten sein.

Wir fläzen uns auf unseren Matratzen, gähnen und vertreiben uns die Zeit mit Ching, Chang, Chong. Dann wird uns auch das langweilig, es ist doch immer dasselbe.

»Psst!«

Wir verstummen.

Mitten im Geplätscher des Regens ist ein Klavier zu hören. Leise, voller Wehmut fallen die Töne, als regneten sie vom Himmel.

»Albert …«, flüstert Ludovik.

»Na und? Komisch wäre es, wenn er es *nicht* könnte, oder?«

Wir schleichen hinunter. Das Frühstückszimmer ist fast dunkel, Alberts Rücken ein weißer Fleck am anderen Ende des Raumes. Die Töne werden langsamer, die Pausen länger, das Ende ist kaum zu hören.

Stille. Albert lässt die Hände sinken.

»Chopin«, sagt er, ob zu sich oder zu uns, weiß niemand. »Das Prélude in e-Moll … Das traurigste Stück Musik, das je …«

Er verstummt. Wie auf einen Wink hin blicken wir alle zum Fenster.

Und da passiert es. Etwas, das ich bis heute nicht begreife, da es auch nichts daran zu begreifen gibt, da es nichts als ein banaler, bedeutungsloser Zufall war. In jenem Augenblick, unter jenen Umständen aber auch eine Ungeheuerlichkeit, schlicht und einfach Zauberei.

Das Zimmer hellt sich auf. Licht durchflutet die Dunkelheit. Es scheint nicht aus einer bestimmten Richtung zu kommen, es ist auf einmal da, ganz gleichmäßig verteilt, als würde im Zimmer langsam, ganz langsam eine unsichtbare Lichtquelle aufgedreht. Betört stehen wir da, völlig entwaffnet, ich denke mir, das kann nur unsere Sonne sein, die nun endlich aufgegangen ist, Amirs Sonne an der Wand. Der Raum scheint sich zu öffnen wie eine Knospe, er scheint vor lauter Licht und Helligkeit gleich platzen zu wollen.

Albert, der Hurensohn, dieser gottverdammte Zauberer!

Der Regen hat tatsächlich aufgehört, an allen Ecken und Enden reißt der Himmel auf. Aber Alberts Gesicht verdüstert sich plötzlich, er schnellt hoch wie von der Tarantel gestochen.

»Die Fenster«, haspelt er, »wir haben vergessen, die Fenster zu putzen …«

Sekunden später reckt er sich schon mit nacktem Oberkörper und wallendem Haar am linken Fenster und bringt die Scheibe zum Blinken.

21

Hätte es nicht aufgehört zu regnen, wäre alles vielleicht nicht passiert. Wir hätten den Nachmittag mit Nichtstun verbracht, die feierliche Eröffnung wäre verschoben worden, der Tag ereignislos zu Ende gegangen und ein genauso ereignisloser angebrochen. Im Verlauf der nächsten Wochen wären die ersten Gäste eingetrudelt, und wir hätten wie geplant den Betrieb aufgenommen.

Aber es hat aufgehört, und wir laufen einander vor lauter Eifer über den Haufen. Wir trocknen die Tische und Stühle ab, stellen die Eiskarten und Aschenbecher wieder auf die Tische und nehmen im Frühstückszimmer die Folien vom kalten Büfett ab. Alles verläuft nach Plan, der Himmel ist stahlblau, wir versammeln uns erwartungsfroh im Garten. Punkt halb drei trifft der Musiker ein. Er stellt seine Elektroorgel neben dem echten Klavier auf. Nach den ersten Klängen macht sich sofort die entspannte Atmosphäre eines Kurortes breit. Ein Zug zieht einen roten Streifen am Himmel, frisch gewaschen auch er, die ganze Welt scheint durch die Waschanlage gegangen und erfrischt, gereinigt herausgekommen zu sein.

Wir lassen uns im Schatten des Hauses nieder und warten. Igor steht vor dem Gartentor, um die Biegung der Straße im Auge zu behalten, aber dort tut sich nichts. Noch nichts. Albert ist ruhig, die Leute bräuchten eben Zeit, um sich nach dem Mittagessen und dem Schauer in Schale zu werfen, und die Presse müsse an Wochenenden von Veranstaltung zu Veranstaltung hetzen. Er hat eine kleine Dankesrede vorbereitet und feilt daran. Eine Gruppe Spaziergänger kommt vom Berg herunter, Touristen. Sie sind nicht eingeladen, dennoch ist es komisch, wie desinteressiert sie an uns vorbeilaufen. Als wären wir gar nicht da. Als hörten sie die klasse Melodien nicht, als sähen sie das schimmernd weiße Haus nicht, die gemütliche Terrasse, die Blumenpracht, als röchen sie die Rosen nicht, als juckte es sie nicht im Geringsten, was hier vor sich geht, was wir in den letzten Monaten auf die Beine gestellt haben, als wäre das alles nichts, ein Klacks.

Dann bleibt doch einer stehen, einen Hund an der Leine. Der beschnüffelt unsere Oleandertöpfe, den linken, den rechten, trabt wieder los, kehrt noch einmal um, geht in die Hocke und setzt einen Streifen Kot mitten zwischen beide Töpfe. Er schaut uns dabei an und scheint zu grinsen. Wir sehen ihm zu, wie paralysiert. Und dann liegt er da, der Batzen, und der Mann am anderen Ende der Leine macht sich von dannen. In der Stadt hätte er sofort die Tüte gezückt, hier oben hält er das nicht für nötig. Er kommt wohl extra deswegen hierher, damit sich sein Köter ungehemmt entladen kann.

Wir knobeln, wer den Dreck beseitigen muss, Amir zieht das große Los.

»Verdammter Cockerspanier, das nächste Mal, wenn er sich unseren Holländern nähert, drehe ich ihm den Hals um.«

Er flucht, aber er geht. Er muss. Er hat verloren. Drei ist vorbei, lautlos verstrichen, wir trauen uns kaum mehr, auf die Uhr zu schauen. Wir lockern unsere Kleidung, knöpfen unsere Hemdkragen auf, die schwüle Luft und die Erwartung treiben uns den Schweiß ins Gesicht. Es kann sich jetzt nur noch um Minuten handeln. Wir schlendern ziellos umher. Alberts Stimme hallt durch das Fenster, er telefoniert, seine Stimme klingt erregt. Der Musiker legt eine Pause ein. Er bleibt an der Türschwelle stehen und süffelt sein Bier, es ist ihm wohl unheimlich, in einem leeren Saal vor sich hin zu musizieren. Aber da muss er jetzt durch.

Es ist plötzlich still im Haus, so ohne Musik. Nur die Uhr

tickt. Halb vier, vier, nichts tut sich. Der Musiker ist an sein Instrument zurückgekehrt, aber seine Musik klingt jetzt wie Hohn in unseren Ohren. Es wird fünf, er macht wieder eine Pause, um sechs schalte ich unsere Lichtergirlande an, ich tue es, um etwas zu tun, die Dämmerung ist noch lange nicht angebrochen. Geheimnisvoll winden sich die roten, grünen, gelben Birnchen zwischen den Blättern, sie sind der letzte Tupfer, der noch zur vollkommenen Schönheit unseres Hauses und unseres Gartens gefehlt hat. Jetzt ist alles perfekt, nur eben niemand da, der es würdigen könnte. Vielleicht werden die Lichter jemanden anlocken, denke ich, es muss doch irgendwo in diesem beschissenen Nest ein Liebespaar geben, das ein romantisches Ambiente sucht, wo es sich befummeln kann, Kinder, die ein Eis schlecken wollen, einen Wandersmann, der sich einfach mal ausruhen will, Menschen, die noch nicht vor dem Fernseher verkäst sind.

Ich höre ein Motorengeräusch. Es dauert einen Moment, bis es in mein Bewusstsein dringt, die anderen ziehen schon ihre Jacken an, knöpfen ihre Kragen wieder zu, Ludovik ist mit einem Satz am Tor. Der Wagen hält, es bleibt ihm auch nichts anderes übrig, die Straße ist zu Ende. Der Fahrer setzt zum Wendemanöver an, doch Ludovik verstellt ihm den Weg. Ich laufe auf ihn zu, höre Wortfetzen ... Eröffnung ... nur hereinspaziert ... alles gratis ...

Von wegen, von gratis war nie die Rede gewesen!

Es ist beschämend, wie er sich bei dem Typen anbiedert.

Das Wort »gratis« scheint den Mann vollends misstrauisch zu stimmen. Sehr gern ... ein andermal ... Termin ... viel Spaß noch. Er hat es auf einmal eilig.

»Lass ihn in Ruhe, Kretin!«

Ludovik schüttelt den Kopf, als hätte ihn der Mann nur nicht richtig verstanden, er redet übertrieben ruhig auf ihn ein. Alles, was wir wollten, sei, ihn zu bewirten, er möge unser Gast sein, bei uns essen, trinken, sich wohlfühlen, auf Kosten des Hauses ... Es gebe auch Mädchen ... Gras, er könne alles haben, was er wolle ...

Ich halte Ludovik fest, er hat sich nicht mehr unter Kontrolle. Das Wagenfenster schließt sich surrend, verwischt das panische Gesicht. Der Wagen heult auf und stößt zurück.

»Was hat er denn?«, zischt Ludovik.

»Angst, was glaubst du denn?«

»Schon gut, nimm die Hände weg!«

Ich lasse ihn los. Er stürmt an mir vorbei, auf das Haus zu.

»Albert, wo bist du?!«

Er bleibt vor der offenen Eingangstür stehen, tritt aber nicht ein. Er schreit auf die Dunkelheit ein.

»Jetzt verkriechst du dich, was? Wo sind die Gäste, die du eingeladen hast? Wo ist die Presse? Komm raus!«

Albert erscheint in der Tür. Er trägt einen dunkelblauen Anzug, ich habe ihn noch nie so elegant gesehen. Er lächelt mild, als habe er von alledem nichts mitbekommen.

»Und? Wo sind jetzt unsere beschissenen Gäste?«, brüllt ihn Ludovik an.

»Wir sind nicht angewiesen auf Gäste, die nicht kommen wollen. Ich bin in einer halben Stunde zurück, vielleicht auch etwas später. Und dann bringe ich einen Gast mit, der es wert ist, bedient zu werden. Dann könnt ihr zeigen, was ihr draufhabt. Seht her!«

Er zieht ein Etui aus seiner Jackentasche und klappt den Deckel hoch.

Wir beugen uns darüber. Auf rotem Samt zwei goldene Ringe.

»Was soll das?«

»Zeig die Gravur.«

»Lasst euch überraschen!«

Er lächelt geheimnisvoll. Greift sich an die Stirn.

»Übrigens, ich habe euch bei einer Partnerbörse für Singles im Internet angemeldet. Eure Hobbys und dergleichen müsst ihr noch eintragen, aber dafür haben wir in den nächsten Tagen noch Zeit … Ihr seid mir die richtigen Junggesellen!«

Er grinst und klapst uns aufmunternd auf die Schultern. »Bis gleich, ich verlasse mich auf euch!«

Seine Schritte verhallen, und plötzlich beschleicht mich der Verdacht, dass das das Letzte gewesen ist, was wir je von ihm gesehen haben.

22

Und dann packt auch der Musiker. Das Ganze ist ihm sichtlich peinlich, man merkt, dass wir ihm leidtun, so schön, wie alles hergerichtet worden sei, und dann doch für die Katz. Er verabschiedet sich wortreich, er müsse weiter, eine Privatfeier begleiten. Er lügt natürlich. Wir könnten ihn aufhalten, aber warum sollten wir das. Hat er denn nicht recht? Sind wir nicht wirklich bemitleidenswert?

Wir bleiben allein.

Die Dämmerung setzt ein.

Ludovik sitzt am Fuß des Bahndamms und löst sich langsam in Nacht auf. Seit Alberts Weggang raucht er eine Selbstgedrehte nach der anderen, eigentlich müsste er schon einen Meter über dem Boden schweben. Igor hat sich ins Haus verzogen. Er hockt auf dem geschlossenen Klodeckel in unserer neuen Toilette, eine drei viertel leere Wodkaflasche in der Hand, sternhagelvoll. Ich setze mich in den Flur, leere den Rest aus, Igor hat noch eine zweite. Er ist froh, dass ich bei ihm bin, was Wunder, wer säuft nicht lieber in Gesellschaft als heimlich allein.

Vielleicht hat mir nur dieser Schluck gefehlt, um klarzusehen. Wir haben umsonst gewartet, einen Gast würden wir hier nie zu Gesicht bekommen. Wie konnten wir je glauben, dass sich auch nur ein einziger Mensch auf diesem Planeten auch nur für eine Sekunde für uns interessieren könnte? Dass sich für uns je etwas ändern könnte? Die letzten Monate waren eine schreckliche Täuschung gewesen, und jetzt bekamen wir die Quittung dafür. Der Sommer ging zu

Ende, und was hatten wir davon gehabt? Früher hätten wir uns bei diesem Kaiserwetter an Nacktbadeweihern getummelt, wären mit Frauen um die Wette geschwommen. Wir hätten glücklich und frei gelebt. Ohne Angst, dass etwas schiefgehen könnte. Denn es hätte nichts gegeben, das hätte schiefgehen können. Wir hätten am Ende des Sommers nicht mehr gehabt als am Anfang, aber das hatten wir jetzt auch nicht und die fetten Tage dazwischen ebenso wenig.

Die Flasche in der Hand, machen wir uns auf die Suche nach Amir. Igor lallt sein Lied von den Hügeln der Mandschurei. Amir schläft in den duftenden Laken eines Bettes in einem der Gästezimmer. Die Vorhänge bewegen sich, leicht wie Schmetterlingsflügel. Ein Bild des Friedens, aus einem Märchenbuch für Kinder. Igor will ihn wach rütteln, um den Wodka mit ihm zu teilen.

»Lass ihn, Mann. Siehst du nicht, dass er glücklich ist? Er lächelt, er träumt was Schönes ...«

»Von einem Harem, was?«

»Gut möglich ... Wahrscheinlich.«

Igor küsst die Flasche.

»Schlaf gut, Harem besser, Wokda am besten ...«

Der Vorhang weht hoch, weht mir ins Gesicht, ich streife ihn beiseite. Amir bewegt seinen Kopf hin und her, murmelt unverständliche Worte und schnellt auf einmal hoch. Er stöhnt auf, er habe einen grauenvollen Alptraum gehabt, Albert habe ihn mit einer Machete gejagt. Er habe eben zum Schlag ausgeholt.

»Trink ihn weg, den Alptraum ... Weg damit!«

Wir lassen die Flasche herumgehen. Dann ist auch sie leer, und wir taumeln nach unten. Amir holt unser Transistorradio unter der Rezeption hervor und schiebt Barry White hinein. Die Grillen zirpen, die Käfer hüpfen auf den bunten Birnen. Erst sehen wir nur das rote Auge seines Glimmstängels, dann kommt uns Ludovik aus der Dunkelheit entgegen, seine Stimme hat wieder diesen unheilvollen Unterton.

»Wie lange sollen wir eigentlich noch warten?«

Amir nickt.

»Er hat recht, wir machen uns nur lächerlich.«

»Ich meine, wo ist er, der gute Albert? Er sprach von einer halben Stunde, jetzt sind es schon drei oder vier. Wollt ihr die Wahrheit hören? Natürlich nicht, ich sage sie trotzdem. Er ist längst über alle Berge. Aber selbst wenn er zurückkäme, was wäre dann? Habt ihr schon mal darüber nachgedacht?«

Stille.

»Was glaubt ihr, warum er das alles auf sich genommen hat? Er hat das Haus gekauft. Schön still und heimlich. Für ein Butterbrot. Wir haben es ihm hergerichtet. Zum Nulltarif. Seine private Null-Euro-Job-Brigade. Darauf können wir stolz sein. Und das war erst der Anfang. Von nun an dürfen wir sieben Tage die Woche für ihn malochen, während er das große Geld einstreicht. Mucken wir auf, fliegen wir raus. Und wohin hat uns die Schufterei gebracht? Schlafen wir in den hübschen Betten, frühstücken wir im Salon? Nein, wir hausen wieder auf alten Matratzen, im Staub, im Dunkeln, zwischen Kakerlaken unter einem undichten Dach. Das helle Haus, die Prachtbetten, die sauberen Toiletten, die sind nicht für uns, die sind für andere gedacht, für solche, die zahlen. Wir sind nur die Türsteher. Die Lakaien. Er hat uns nur benutzt. Wir hätten ihn gleich erschlagen sollen! Sein Glück, dass er nicht zurückkommt!«

Igor tritt vor, um etwas zu sagen, aber er strauchelt. Er greift nach dem Sonnenschirm, um sich daran festzuhalten, stößt ihn aber nur um und stolpert darüber.

»Es liegt nicht an ihm …«, stöhnt er, während er sich aufzurappeln versucht, »es liegt an uns … Wir machen etwas falsch … Weiß nur nicht, was …«

»Wir *machen* nichts falsch, wir *sind* es! Zur falschen Zeit am falschen Ort in der falschen Haut.«

»Wir wären an jedem Ort zu jeder Zeit falsch. Die Leute merken das. Habt ihr nicht gesehen, wie froh der Musiker war, hier heil rauszukommen? Und der Autofuzzi. Findet ihr das normal?«

»Und das Haus, der Garten, die piekfeinen Gästezimmer, ist das alles nichts? Das haben *wir* geschafft ...«

»Piekfein?« Ludovik lacht auf. »Was für dich piekfein ist, Igor, ist für andere schäbig, billig, bemitleidenswert. Das war keine Renovierung, das war Stümperei, Stückwerk ...«

Er schnappt sich einen Stuhl und wuchtet ihn gegen die Hauswand. Verputz bricht weg, poröses Gestein rieselt, ein Sonnenstrahl liegt zerbröselt am Boden.

Amir steht der Mund offen. Im nächsten Moment stürzt er sich auf Ludovik, drückt ihn gegen die Wand.

»Lass mein Fresko in Ruhe! Das Haus ist vielleicht Stückwerk, aber mein Werk ist Kunst!«

Er würgt ihn. Ludovik versucht, seine Arme wegzudrücken.

»Kunst ...«, röchelt er, »du bist ein popeliger Asphaltmaler ... Selbst wenn du gut wärst ... hättest du keine Chance ... Dann erst recht nicht ... Er hat dich mit seinem Gefasel genauso verrückt gemacht wie uns alle ...«

Er verstummt. Wir hören ein Geräusch hinter uns. Eigentlich ist es kaum zu hören, aber wir drehen uns alle instinktiv um. Dort, im Dunkel hinter dem Zaun, bewegt sich etwas. Im nächsten Moment tritt eine grauhaarige alte Dame durch unseren Torbogen. Amir reagiert am schnellsten, er streift seine zerzausten Haare zurück und zieht einen Stuhl für sie heraus.

»Nur hereinspaziert! Setzen Sie sich, heute ist alles gratis!«

Seine Stimme flattert vor Aufregung. Igor stellt das Radio aus, vielleicht ist das nicht der richtige Augenblick für Barry White. Die Alte kommt näher, immer näher ans Licht. Ein grauer, farbloser Umhang, weiße orthopädische Schuhe, vielleicht auch Turnschuhe, ein aschgraues Gesicht. Ich erschaudere, als hätte mich eine kalte, glitschige Hand angefasst. Worauf wir denn warten würden, murmelt sie, ohne einen von uns anzusehen, hier gebe es nichts zu erwarten. Hier könne man kein Restaurant eröffnen, hier könne man keine Musik spielen, das sei eine schlechte Gegend, sie habe einen schlechten Ruf, die Leute in der Stadt wollten mit den Bewohnern dieser schlechten Gegend nichts zu tun haben.

Wir würden auch niemanden erwarten, faucht Ludovik und geht auf sie zu, Schaum vor dem Mund. Wir würden die Musik für uns spielen, ausschließlich für uns, es sei eine geschlossene Veranstaltung, sie solle jetzt sofort verschwinden, sonst ließen wir die Hunde raus.

Und wer das Haus so verhunzt habe. Die Alte deutet auf die Fassade, wedelt mit ihrem gichtigen Zeigefinger. Diese Sonne, so sehe die Sonne gar nicht aus, so klobig und hässlich, die Strahlen sähen wie hässliche Schlangen aus.

Ich packe Ludovik von hinten, bevor er sie zu Boden schlagen kann.

»Lass doch die alte Schreckschraube!«

Wie lange wir uns noch von der Hexe anpöbeln lassen wollten, wir sollten sie auf die Gleise schnallen, für den nächsten ICE! Die Alte macht eine abfällige Geste und wendet sich ab, sie scheint sich ausgelästert zu haben. Ihre tippelnden Schritte verhallen, und alles ist wieder still.

23

Wie versteinert stehen wir da. Keiner von uns sagt etwas, keiner sieht dem anderen ins Gesicht. Ich spucke aus, aber die Bitterkeit bleibt. Alles ist verpufft.

»Habt ihr sie erkannt?«, wispert Amir.

Er ist ganz blass, als müsse er sich gleich übergeben.

»Die Alte, habt ihr sie erkannt?«

»Deine Mutter vielleicht?«

»Es war der Tod.«

»Red keinen Scheiß. Es war eine geisteskranke Oma.«

»Der Tod sieht anders aus.«

»Ach ja? Wie denn?«

»Wie ein Mann.«

»Ich hau ab«, sagt Amir kopfschüttelnd, »ich hab die Nase voll.«

Einen Moment herrscht Stille, dann siegt die längst überfällige Einsicht.

»Ja, nichts wie weg hier!«

»Dieses Haus bringt Unglück. Dieses Tal ist der Tod.«

Mit einem Mal ist uns allen klar, dass es sein muss, genau so sein muss. Dass wir weitermüssen, dass wir viel zu lange schon sesshaft waren, dass sich das früher oder später rächen musste. Wir reden alle durcheinander, schmieden Pläne und verwerfen sie sofort wieder, keine Pläne mehr, das ist der Fluch der schlechten Gewohnheit. Wir werden den Laster mit den Köstlichkeiten beladen und verschwinden, das ist alles. Zum ersten Mal im Leben werden wir legal im Land unterwegs sein. Dank Albert. Und an einem hübschen Fleck werden wir dann unser eigenes Fest feiern, eines, bei dem wir die Gäste sind. Wir wissen gar nicht mehr, wie das geht, feiern und fröhlich sein, es wird Zeit, es wieder zu lernen. Wir klatschen uns ab, maßlose Erleichterung macht sich plötzlich breit, ein Hauch von Euphorie. Es funkt wieder, und ich spüre, wie der Funke von einem zum anderen überspringt, der Strom zu kreisen beginnt, Fontänen von Kraft in mir aufsteigen.

Wir stürmen ins Speisezimmer, um auszuräumen.

In der Tür stellt sich uns Maria in den Weg.

Maria. Natürlich.

Wir haben sie ganz vergessen. Stundenlang hat sie auf einem Hocker hinter der Theke gesessen und gewartet, auf die Sonne, auf einen Gast, auf Albert, gewartet wie wir, nur ist sie des Wartens noch nicht müde geworden.

Sie stemmt sich uns entgegen, breitet die Arme aus.

»Was wollt ihr, was habt ihr vor?«

Wir schieben sie beiseite. Sie springt zurück, stellt sich schützend vor das Büfett.

»Rührt das ja nicht an! Das ist für die Gäste!«

»Es wird genug übrig bleiben … für die Gäste, die da kommen werden.«

»Macht nicht alles kaputt, bitte!«

»Es ist schon kaputt, wir reparieren es! Es muss repariert werden!«

»Ihr seid betrunken …«

»Nie nüchterner gewesen.«

Wir schubsen sie zur Seite.

»Bitte, lasst das stehen … Warum müsst ihr immer alles kaputt machen? Es ist so schön …«

»Gerade darum. Es ist zu schön, um wahr zu sein.«

»Es ist wahr … Ihr müsst nur etwas Geduld haben.«

»Du klingst wie Albert. Geh aus dem Weg!«

»Wenn ihr unbedingt etwas wollt … nehmt mich! Habt ihr gehört?«

Sie verstummt. Schluckt einmal.

»Wenn ihr versprecht, nichts anzurühren, gehe ich mit euch hinauf und mache alles, was ihr wollt. Jetzt gleich … Ich bin gut, nicht wahr, Ferdi? Aber ihr müsst alles stehen lassen, damit Albert alles vorfindet, wenn er mit seinem Gast kommt.«

Ferdi. Wie das schon klingt. Wie sie sich bei mir anbiedert, nur um Alberts Werk zu schützen. Sie denkt nur an ihn, als gäbe es nichts Schöneres, als Albert zu dienen, den Scheiterhaufen für ihn zu besteigen.

»Wartest du noch immer auf ihn? Dein Ritter in der schillernden Rüstung ist weg, abgehauen. Verstehst du?«

»Versprochen? Ihr rührt nichts an! Kommt, wir wollen uns amüsieren …«

Sie greift uns an die Hosen, allen auf einmal, links und rechts, in schnellem Wechsel. Ich spüre das beglückende Spiel ihrer Finger, die anderen wohl auch, wir sind einverstanden.

»Versprochen?«

»Versprochen!«

Alles geschieht in Windeseile. Ich stiefele mit Igor und Amir nach oben, auf der Treppe knobeln wir. Amir gewinnt. Das wird ihn für die Hundekacke entschädigen. Er folgt Maria in eines der Zimmer nach hinten. Igor hockt sich vor die Tür, er hat es wohl eilig. Ich setze mich aufs Fensterbrett im Zimmer gegenüber. Unten sehe ich gerade Ludovik durch das Gartentor laufen. Ein Motor brummt, Scheinwerfer leuchten auf. Ich kann nichts erkennen, nur die Bewegung der Scheinwerfer, ein Stück vor, dann im Neunzig-Grad-Winkel zurück. Immer weiter zurück, auf unseren Garten zu. Jetzt verschwinden die Rückleuchten, sie sind am Zaun, im nächsten Moment kracht es. Knirschend bricht das Holz, lautlos vergehen die Blumen unter den Reifen. Ich schließe schnell das Fenster, um Igor nicht zu beunruhigen, wir wollen keinen Streit mehr. Der Laster steht mitten im Garten und prustet wie ein Ungeheuer, blinkt links, blinkt rechts, dann mit allem, was er hat, Ludovik sucht nach dem richtigen Schalter. Endlich beginnt die Ladefläche sich zu heben, zu kippen, und inmitten einer explodierenden Staubwolke ergießt sich der ganze Schutt und Müll der letzten Wochen über Marias Beeten.

Amir kommt heraus, zwinkert uns zu.

Igor ist schon drinnen, wir brauchen gar nicht zu knobeln. Ich öffne das Fenster und lehne mich hinaus. Die Staubwolke steigt und breitet sich aus und setzt sich langsam wieder, ein hässlicher, weißer Ausschlag befällt den ganzen Garten. Die Ladefläche senkt sich summend. Amir und Ludovik kommen aus dem Haus, sie schleppen das Büfett, so wie es ist, mit allem, was daraufsteht. Sie steigen auf den Schutthaufen und schieben es auf die leere Ladefläche. Ich beobachte sie eine Weile, immer wieder laufen sie rein und raus, tragen Kisten und Kartons, zuletzt den Schaukasten mit allen Torten und Süßwaren.

Plötzlich höre ich Schreie, Schritte, Gerangel. Ich laufe aus dem Zimmer. Amir liegt auf halber Höhe der Treppe und strampelt, er will nach oben.

»Meine Bilder, ich muss meine Bilder abhängen …«, keucht er.

Ludovik hat sich von hinten auf ihn geworfen, umklammert ihn wie ein Panther sein Opfer, drückt ihn nieder.

»Vergiss deine Bilder, sie sind nichts wert! Nichts wert, verstehst du? Schund! Albert hat alles nur erfunden! Er hat uns gefoppt, dich, mich, uns alle!«

»Sie sind kein Schund … ich weiß es …«

Sie ringen verzweifelt miteinander. Amir kann sich nicht aus Ludoviks Umklammerung lösen, seine Bewegungen ermatten, er bleibt erschöpft liegen. Ludovik hilft ihm hoch, führt ihn nach unten, und Amir folgt wie ein gezähmtes Wildpferd. Igor kommt aus Marias Zimmer, stupst mich mit einem Klaps auf die Wange durch die Tür. Das Zimmer duftet neutral, nach nichts, nach einem Hotelzimmer. Am Kopfende des Bettes brennt eine Halogenlampe und wirft ihr kaltes Sparlicht auf Maria im Bett. Sie liegt auf dem Rücken, ganz unverhüllt, die Beine gespreizt, das Gesicht zur Wand gedreht. Sie wartet.

Ich tue so, als hörte ich ihr Schluchzen nicht.

Ich suche nach dem Lichtschalter, finde ihn aber nicht. Es müsste dunkel sein, alles so sein wie beim letzten Mal. Ich ziehe mir das Hemd aus, streife im Stehen meine Schuhe ab, aber die Stimmung wird nicht besser.

»Hör auf zu flennen!«

»Na los, mach schon … Quatsch nicht …«

Weinende Frauen schüchtern mich ein, ich versuche, ihr etwas Liebes zu sagen, um sie aufzuheitern, es muss ja nicht ernst gemeint sein.

»Warum kommst du nicht mit uns? Wenn du willst, nehmen wir dich mit.«

»Ich warte auf Albert. Wir haben es ihm versprochen.«

»Er kommt nicht mehr zurück.«

»Ich weiß, dass er zurückkommt.«

»Am Sankt-Nimmerleins-Tag. So viel Zeit haben wir nicht.«

»Wie könnt ihr euer Versprechen brechen, nach allem, was er für euch getan hat …«

»Für uns getan! Einen Sommer unseres Lebens hat er uns geklaut, das hat er getan!«

»Was ist das für ein Lärm? Was geht da draußen vor sich?«

»Nichts, ich höre nichts.«

Ihre Stimme ist plötzlich kalt.

»Mach endlich, letztes Mal warst du nicht so gesprächig.«

Ich ziehe meine Hose aus. Letztes Mal war alles anders.

24

Im Frühstückszimmer und draußen sieht es wie nach einem Vandaleneinfall aus. Das kalte Büfett ist weg, die Flaschenwand abgeräumt, die Registrierkasse leer. Stühle liegen auf dem Boden, halb abgerissene Girlanden baumeln von den Ästen, das Gras ist übersät mit den Scherben geborstener Glühbirnen. Mitten im Beet brummt der Laster abfahrbereit. Ludovik rennt mit einer brennenden Papierfackel in der Hand auf das Haus zu. Auf der Türschwelle schlage ich ihm die Lunte aus der Hand.

»Lass das, Albert ist doch gar nicht drin …«

Der Kuckuck beginnt zu rufen, *kuckuck, kuckuck*. Ich spurte in die Küche, schnappe mir einen Stuhl und stelle mich drauf. Als er seinen Kopf wieder herausstreckt, packe ich ihn an der Kehle und reiße ihn aus seinem Kabuff. Ein Quietschen, ich feuere ihn in die Ecke. An der Eingangstür drehe ich das Schild um und knalle die Tür zu, dass es nur so scheppert: *Geschlossen.*

Ich steige ein, die anderen rutschen auf, Ludovik sitzt am Steuer, soweit ich mich erinnere. Mit einem Ruck sind wir aus dem Garten und rollen den Hang hinab. Die Fenster sind offen, der Fahrtwind schlägt uns ins Gesicht, er heißt uns wieder willkommen. Ich schalte das Autoradio ein, und auch das ist auf unserer Seite, spielt gerade »Mambo No. 5«. *A little bit of Monica in my life, a little bit of Erica by my side …* wir wippen sofort mit. Jemand reicht mir eine Flasche, ich trinke, reiche sie weiter.

Wir bleiben schön in der Mitte, die Fahrbahn ist schmal, gerade breit genug für zwei Autos, aber die Wege zweier Autos haben sich auf dieser Straße, solange wir da sind, noch nie gekreuzt. Links huscht der Bahndamm, rechts die tote Häuserzeile an uns vorbei. Wir gleiten in die langgezogene Rechtskurve … *a little bit of Sandra in the sun, a little bit of Mary all night long …* sachte, sachte, schon erkennt man vorne im Schein der Laterne die Biegung der Hauptstraße, und senkrecht darüber prangt der Mond. Rechts öffnet sich die Aussicht auf die nächtlichen Lichter der Stadt, ein letzter Blick zum Abschied, die Flasche erreicht das Ende der Kette und wandert aus dem Fenster … *a little bit of Jessica here I am …*

Peng!

Die Flasche zerschellt auf dem Asphalt, die Scherben klirren, im Schein der Laterne blitzt etwas auf, ein Scheinwerferpaar leuchtet uns ins Gesicht. Ein Auto rast heran, dicht am Fuß des Bahndamms, aber wir bleiben in der Mitte, als sähen wir es nicht, mir ist, als würden wir noch schneller fahren, direkt auf die Lichter zu, noch zwei, drei Sekunden … Mein Herz macht einen Sprung, ich höre die Schreie der anderen, ducke mich weg, als würde das helfen, meine Zähne knirschen, ich drücke die Augen zu … sehe gerade noch, wie die Lichter vor uns plötzlich ausscheren, das Auto schießt seitlich weg, nach oben, als würde es vor uns abheben. Dann kracht es, ein ohrenbetäubendes Geschepper hinter uns, aber nur ganz kurz. Wir werden nach rechts geschleudert und gegeneinandergedrückt, während der Laster in einer scharfen Linksdrehung mit quietschenden Reifen auf die Hauptstraße schlittert, knapp an der Tunnelwand vorbei.

Ich öffne die Augen, vollkommen betäubt, mein Körper zittert, mein Herz detoniert bei jedem Schlag. Ringsum Schwärze. Ich erkenne den Tunnel, den wir durchfahren, dessen Eckstein wir um Haaresbreite gestreift hätten, vielleicht sogar gestreift haben. Die anderen kauern entsetzt auf ihren Sitzen, der Schrecken ist ihnen ins Gesicht geschrieben. Schweigend entfernen wir uns, heilfroh, unverletzt geblieben zu sein.

Irgendwann, viel später, fragt doch einer von uns, womöglich sogar ich:

»Was war das?«

»Was?«

»Vorhin.«

»War da was?«

»Du hast nur schlecht geträumt. Schlaf weiter …«

»Gib Gas, sonst kommen wir nie an!«

»Wohin fahren wir?«

»Das sehen wir schon, wenn wir dort sind.«

Wir gondeln weiter, wie in alten Tagen, nur ist der Wagen diesmal nicht gestohlen. Ab und zu halten wir, Igor steigt aus und stürzt sich in den erstbesten Busch. Wir hören ihn reihern, dann fahren wir weiter. Ich fühle mich hellwach, halte das Lenkrad ruhig in den Händen. Die anderen werden später behaupten, ich wäre die ganze Zeit gefahren, von der Haustür an, das ist natürlich gelogen, sie haben sich gegen mich verschworen. Ich weiß, wer gefahren ist, und das genügt mir.

Im Morgengrauen, während wir auf einem Rastplatz ausschwirren, um uns am Waldrand zu erleichtern, fährt ein Streifenwagen langsam an den abgestellten Autos vorbei und hält just neben unserem. Wo sonst? Ich sehe mich um. Amir, eben noch neben mir, ist wie vom Erdboden verschluckt. Wir kehren zum Wagen zurück, Ludovik geht voraus, er gibt sich als der Fahrer aus, ich halte mich mit Igor diskret im Hintergrund. Ludovik kramt die Autopapiere hervor. Die Beamten begutachten die Papiere, dann den Wagen von allen Seiten. Was wir darin transportiert hätten? Nichts. Was wir denn transportieren *wollten*? Nichts. Wir führen nur so herum, nach Lust und Laune, freie Fahrt für freie Bürger, Spazierenfahren sei ja wohl legal. Der Beamte blickt auf seine Armbanduhr. Um sechs Uhr früh? Sicher, warum nicht? Sie seien ja auch unterwegs, oder nicht?

Sie lassen von uns ab. So ist das, hält man sich an die Gesetze, ist man unantastbar, und wenn man das größte Schwein auf Erden ist. Wir warten, bis sich der Streifenwagen verzogen hat, dann auf Amir. Endlich traut er sich aus dem Dickicht. Er blutet im Gesicht und an den Händen, er hat sich vor lauter Panik in die Dornen gestürzt, der arme Hund.

»Du kannst dich bald in Salzwasser auskurieren.«

Amir kriecht in den Wagen. Igor bleibt stehen, er will nicht hinein. Er hält mich fest, blickt mir tief in die Augen. Sein Gesichtsausdruck ist verstört.

»Es muss doch etwas passiert sein. Ich habe es nicht geträumt.«

»Was soll passiert sein?«

»Das weißt du genau!«

»Gar nichts weiß ich! Steig ein!«

»Uns kam ein Auto entgegen ... Hast du es nicht erkannt?«

»Wie soll ich etwas erkannt haben, was nicht da war?«

»Hinter uns hat es gekracht. Es muss etwas Schlimmes passiert sein!«

Ich senke den Blick.

»Aber wenn dem so war«, sage ich leise, »warum bist du dann nicht ausgewichen? Warum hast du nicht gebremst?«

»Ich? Was soll das heißen?«

»Oder du hättest dich gar nicht erst ans Steuer setzen dürfen. Hackedicht, wie du warst ...«

»Das habe ich nicht, das ist nicht wahr!«

»Siehst du? Das sage ich doch die ganze Zeit. Du hast es nur geträumt, Igor.«

Er sieht mich forschend an, ich halte seinem Blick stand. Und er atmet auf, murmelt etwas von Scheißalpträumen. Ich klopfe ihm auf die Schulter.

»Gegen Träume sind wir wehrlos, Igor, gegen die guten wie die bösen.«

III

DIE BLUME IM KNOPFLOCH

1

»Hey, Igor, wach auf!«

»Lasst mich in Frieden.«

»Wir sind da, Mann!«

»Ist mir egal, wo wir sind.«

»Hör mal ... Hörst du was?«

Igor liegt bäuchlings auf dem feuchten Boden der Ladefläche. Sein Kopf ist verdreht, ein Auge geöffnet, sein Blick gläsern, ein sterbender Wal. Er lauscht. Hinter der sonnenüberfluteten Plane des Lasters rauscht es, kreischen Möwen.

»Na, erkennst du's?«

Wir schlagen die Heckplane hoch. Licht fällt auf Igors Gesicht. Sein Auge erwacht zum Leben, er richtet sich auf.

»Mann, warum habt ihr das nicht gleich gesagt?«

Er taumelt hinaus, wir hinterher, wir laben uns an seiner kindlichen Freude. Er rennt los, wir folgen ihm, alle miteinander zu den Dünen. Ein Maschendrahtzaun versperrt uns den Weg. Diesseits des Zauns, parallel zur Küste, verläuft ein asphaltierter Spazierweg, der irgendwann sicher zu einem Eingang führt, aber wir haben keine Lust, parallel zum Meer zu laufen, wir wollen geradeaus hinein. Wir stürzen uns auf den Zaun, wippen ihn rhythmisch zu Boden und hüpfen hinüber, das Meer ist für alle da. Wir wetzen durch Dünengras und knöcheltiefen Sand auf die rauschende Brandung zu, werfen im Laufen Schuhe und Kleider ab.

Die Brise weht, die Sonne scheint, wir flitzen in die Fluten und versinken.

Wonne pur.

Wir schwimmen hinein und lassen uns wieder an Land spülen, werfen uns in die Brandung, mit tausend Frauenzungen leckt uns die salzige Gischt. Wir tauchen Igor unter, einmal das Meer sehen und sterben, aber er schießt immer wieder nach oben, wie ein Korken. Die Sonne steht im Zenit, Wolken werfen Schattenflecken auf die Wellen, und wir mittendrin. Endlich waten wir hinaus, blau vor Kälte, mit Büscheln von Seegras peitschen wir einander wieder rot. Ludovik steckt sich ein Riesenbüschel auf den Kopf, dessen Stränge ihm bis zu den Füßen hinabreichen, und jagt uns mit ausgestreckten Armen über den Strand, das Ungeheuer aus der Tiefe. Spaziergänger schlendern vorbei, Männer und Frauen mit Hund und aufgerolltem Hosenbein, sie begaffen uns, als hätten sie noch nie vier nackte Männer gesehen.

Erschöpft werfen wir uns in den Sand und dösen auf der Stelle weg. Irgendwann werde ich wach, liege halbbewusstlos da. Lautlos gleiten die Schatten der Möwen über uns hinweg. Ich lausche dem Plätschern der Wellen. Es ist wie der Widerhall einer vergangenen Zeit, eine Erinnerung an verflogene Sommer, an Umarmungen und Kinderlachen, einen verwilderten Garten mit einem gurgelnden Bach und flüsternden Linden, an damals, als wir noch zu zweit, zu dritt waren und es einen Sinn gab. Sie wird bald ihren sechsten Geburtstag feiern und dann nicht mehr ein kleines Kind, sondern ein richtig großes sein.

Ich höre die Stimmen der anderen, ich kann sie kaum auseinanderhalten.

»Klingt schön, das Meer, nicht?«

»Hm …«

»Tausend kleine Töne, tausend kleine Wellen, aber alle ergeben ein großes Ganzes. So müsste es immer sein. Das ist der Frieden.«

»So ist es aber nicht.«

»Weil wir nicht daran glauben. Man müsste nur Vertrauen haben, glauben können.«

»Woran? Wovon redest du?«

»Dass alles irgendwie ... zusammengehen kann. Zu einer Gemeinschaft.«

»Tut es doch. Nur wir sind rausgefallen ... Es ist wie mit dem Mann, der zum Arzt geht und klagt, er habe Schmerzen am ganzen Körper. Er drückt mit seinem Finger auf die schmerzenden Stellen. Der Arzt untersucht ihn überall. ›Sie sind vollkommen gesund‹, sagt er daraufhin, ›nur Ihr Finger ist gebrochen.‹ Dieser kranke Finger, das sind wir, der Westen, verstehst du? Wir sind zu alt, um glauben zu können. Wer aber alt ist, wird nie mehr jung. Er schlägt noch ein bisschen um sich, entfacht ein paar Kriege, vegetiert noch eine Weile auf Kosten der Jungen dahin, dann krepiert er an Altersschwäche. Das ist alles ...«

»Weißt du eigentlich, dass du asozial bist?«

»Denk nicht so viel nach, sonst kriegst du graue Haare.«

Das geht eine ganze Weile so, und während sie streiten, wandert die Sonne über uns hinweg. Ich richte mich auf. Weit draußen schimmern weiße Segel vor dem dunkelnden Himmel. Es ist wirklich friedlich, nichts zu hören außer dem immerwährenden Raunen der Brandung, dem Pfeifen der Abendbrise, den scharfen Schreien der Möwen. Unfassbar, diese Weite, dieses nicht enden wollende Blau und Grün, unfassbar, dass wir drei Jahre in einer engen, finsteren Schneise verbringen konnten und nicht alle den Verstand verloren haben, sondern nur Ludovik, und der war vorher schon so.

2

Wir rollen die Heckplane hoch und schieben unser Büfett ans Ende der Ladefläche, um beim Speisen das Meerespanorama genießen zu können. Was uns betrifft, könnte es genauso gut auf dem Balkon eines Sechs-Sterne-Hotels über der Bucht von Monte Carlo sein. Der Himmel im

Westen leuchtet in den grellsten Farben, Orange und Violett, dicke Quellwolken und schmale Streifenwolken, alles da. Wir verdrücken die letzten belegten Brote und leeren die letzten Flaschen Wein, nicht den üblichen, den wir in Zwei-Liter-Flaschen zu kaufen pflegten, sondern Alberts, den er eigens für unsere Gäste ausgesucht hat. Das letzte Segel kehrt in den Hafen zurück, alles wird still, immer stiller. Wir überlassen uns dem Zauber des Abends, des herrlichen Sonnenuntergangs.

Plötzlich ein gellender Tarzanschrei. Alberts Klingelton.

Erstaunt blicken wir einander an, dann alle Amir.

»Wo ist es?«

»Im Handschuhfach«, sagt er kleinlaut.

»Musste das sein? Jetzt haben wir den Störenfried wieder an Bord.«

»Ich verbuddele ihn nachher im Sand.«

Wir ignorieren das Geschrei, irgendwann verstummt es. Der Anruf kann ohnehin nicht für uns gewesen sein. Was sollte uns wer auch immer schon zu sagen haben?

»Jetzt müsste er uns sehen, der gute Albert!«

»Wo mag er wohl gerade sein?«

Stille.

»Na, wo wohl?«, sagt Amir schnell. »Er muss seine Pension schmeißen. Bedienen, dreckige Bettwäsche wechseln, weiche Eier für das Touristenpack kochen. Immer die Haltung wahren, zu allem eine gute Miene machen …«

Er springt auf und beginnt zu katzbuckeln.

»Jawohl, die Herrschaften … Zu Diensten … Ich bringe es sofort … Sonst noch einen Wunsch, Massa? … Und nie das tun, was man möchte, nämlich Massa ins Gesicht spucken, ihm ein paar runterhauen, so … und so …«

Er fuchtelt mit den Fäusten, linke Gerade, rechte Gerade, der Boden wippt unter seinem Gehüpfe.

»Und nie die Arbeit hinschmeißen, niemals so locker vom Hocker: Heute nicht, heute hab ich keinen Bock. Vielleicht morgen, mal sehen, ob mir danach ist …«

Er macht einen betont lässigen Schritt nach hinten und stürzt rücklings von der Ladefläche. Wir hören ein Winseln. Er kriecht wieder herein und nimmt Platz, johlend begrüßen wir ihn in unserer Mitte. Die letzten Sonnenstrahlen tauchen alles in ein rotes Licht, selbst der Wodka auf dem Tisch hat einen Stich, wir alle haben einen. Es ist unsere letzte Flasche, Igor hat Vorfahrt, aber er schafft es nicht, die Richtung des Schraubverschlusses zu finden. Ich reiße ihm die Flasche aus der Hand.

»Das Verrückte ist, ich vermisse ihn trotzdem«, murmelt Amir.

»Sicher, wisst ihr noch, wie fantastisch er gekocht hat …«

»Schade, dass er so weltfremd war.«

»So war er halt. Ihm war nicht zu helfen.«

»Wem ist das schon?«

Ludovik stellt sich ans Heck und erleichtert sich auf den Asphalt, jetzt darf er das wieder.

»Er hätte sich uns anschließen sollen«, sagt er über die Schulter, »statt zu versuchen, uns zu verbiegen.«

»Sicher, wir hätten ihn mit offenen Armen empfangen.«

»Haben wir ja auch! Er hätte es gut bei uns gehabt. Aber ihm fehlte es an Respekt.«

»Er wollte uns alles wegnehmen, was uns lieb und teuer war, darauf lief es doch hinaus! Nehmt Igor zum Beispiel. Er hat gern getrunken. Ist das ein Verbrechen? Tun das nicht alle, sich abends ein Gläschen genehmigen? Bei Igor war es eben ein Fläschchen, was soll's? Aber Albert sagte: Hier, sauf lieber Holundersaft, Igor! Aber dem Holundersaft ging etwas ab: das Gefühl, nicht mehr da, sondern weg zu sein, ein gutes Gefühl, hin und wieder. Aber Albert kannte das nicht, er wollte ja immer nur da sein. Er war immer so scheißbesonnen, so diszipliniert. Sagte, morgen mache ich das, und am nächsten Abend war es gemacht. Wir haben es im Grunde genauso gemacht, nur haben wir uns nichts vorgenommen, und am Abend war es dann auch nicht gemacht. Na und? War's nicht so, Igor? Sag doch was!«

»Ich glaube, er wollte uns helfen ...«

»Wie kommt er dazu? Haben wir ihn darum gebeten?«

»Er wollte allen Menschen helfen. Keiner sollte es schlechter haben als irgendein anderer. Er war ein ... Wie heißt das?«

»Gerechtigkeitsfanatiker.«

Ludovik steht noch immer mit dem Rücken zu uns am Heck, das Gesicht gen Westen, es ist, als spräche er zur Sonne.

»Menschen soll man nicht helfen. Einem Menschen zu helfen heißt, ihm die Ausreden zu nehmen, dass es an der Bosheit der Welt, an der Feindseligkeit der Menschen liegt, wenn es ihm schlechtgeht. Es heißt, ihm zu beweisen, dass es an ihm allein liegt, dass er allein schuld ist an seinem Zustand und an dem der Welt und nicht umgekehrt ...«

»Habt ihr kein besseres Thema als Albert? Geh mir aus der Sonne!«

Ich versetze Ludovik einen Tritt, dass er von der Ladefläche taumelt.

Es sind jetzt die letzten Augenblicke, Millimeter für Millimeter versinkt die Sonne hinter dem Horizont, noch rot wie eine Mohnblume, aber schon kraftlos, wehrlos gegen die Blicke, die sie tagsüber mit einem Blitz blenden würde. Und plötzlich ist sie erloschen, der Himmel nur noch ein großes, dunkles Etwas ohne irgendetwas anderem darauf. Es ist kalt, mit einem Mal irgendwie bedrohlich. Ich setze mich blitzschnell ans Steuer und parke den Wagen um, stoße vor und zurück, bis das Heck nach Osten, zum aufgehenden Mond ausgerichtet ist. Wir nehmen Platz, jetzt gibt es wieder etwas zu sehen, ein Ding auf dem leeren Etwas.

Schläfrig springen wir vom Wagen und schleppen uns über die Dünen. Hinter uns schreit wieder Alberts Mobiltelefon, wir lassen ihn schreien, den blöden Tarzan, morgen wird er ausgeschrien haben. Wir marschieren weiter, der Mond leuchtet uns den Weg. Als wir den Zaun erreichen, ist unsere Öffnung weg. Einfach verschwunden. Sie scheint ihre Position verändert zu haben. Wir machen uns daran, eine neue Öffnung in die Maschen zu reißen, da erblicken wir Amir, vierzig, fünfzig Meter weiter, gestikulierend, er hat das Loch gefunden. Wir klettern, stürzen, rollen hinüber, einer nach dem anderen, und torkeln zum Wasser hinunter. Die Brandung dröhnt jetzt, in den Pausen zwischen den Einschlägen höre ich, wie Igor von einer Hütte am Meer schwärmt, einer kleinen Burg in den Dünen und langen Sonnenuntergängen und Frieden bis ans Ende der Tage, aber Ludovik fällt ihm ins Wort, das Leben kenne kein *Immer*, nur ein *Noch-immer-nicht* und dann irgendwann ein *Nimmer*.

In einer Senke hinter einer mit Strandhafer bewachsenen Düne legen wir uns in den Sand. Der Fleck ist eine richtige kleine Muschel, landwärts geschützt, zum Meer hin geöffnet. Wir schweigen, überlassen uns dem aufgehenden Mond, der inmitten seines cremeweißen Hofes wie zerfließender Camembert aussieht. Kälte zieht herauf, aber wir merken es nicht, die Wärme in uns lässt sie nicht heran.

»Ich habe nachgedacht«, murmelt Amir irgendwann.

»Lass das!«

»Der Winter steht vor der Tür, und wir stehen wieder ohne alles da ... Nur haben wir diesmal nicht einmal eine Tür.«

»Sieh dich doch um, ist das alles vielleicht nichts?«

»Es ist herrlich, aber es ist nur ein Traum, ein Vater Morgana ...«

»Sei doch mal still!«

»Mir ist klargeworden, dass unser Problem nicht ist, dass wir immer abgehauen sind, sondern dass wir nie weit genug abgehauen sind. Wisst ihr, was dort drüben, jenseits des Wassers ist?«

»Österreich.«

»Schweden, Mann, Schweden! Ihr wisst vielleicht nicht viel über Schweden, aber ich. In Schweden gibt es viel Land und wenig Menschen, und weil sie nur wenige sind, bleibt für jeden mehr vom Kuchen. Wohlstand für alle. Wir könnten uns in Schweden als Arbeitslose niederlassen, dort hat man noch Verständnis für so was, die haben noch ein Herz, wo wir Hartz haben. Dort gibt es auch keine Kriminalität, alles ist offen, frei zugänglich. Die lassen ihre Zündschlüssel stecken, die Haustüren bleiben sperrangelweit geöffnet, das ist selbstverständlich dort. Könnt ihr euch das vorstellen?!«

»Ist das wahr?«

»Na, sicher.«

»Und was sollen wir in Schweden dann die ganze Zeit machen?«

»Das, was wir immer schon gemacht haben, nur bei höherem Lebensstandard. Oder wir könnten ein Lokal aufmachen. Aber diesmal auf eigene Faust. Wir wissen ja jetzt, wie das geht, wir brauchen keinen, der uns herumschubst ... Und im Sommer könnten wir Mette-Marit in ihrem Nest am Polarkreis besuchen, das wäre nur ein Katzensprung ...«

Nach und nach verstummen wir. Die Brandung verstummt nicht, sie rollt heran, Welle für Welle, es müsste einem vor dem brutalen Schwall angst und bange werden. Aber es ist ein gutes Gefühl, dass etwas Mächtigeres da ist, ein unbeirrbares Gesetz, an dem jedes Geschwätz abprallt. Über uns spreizt sich der Sternenhimmel, Wolken treiben dahin, der Wind pfeift, das Gras raschelt. Auch das lauter Unabänderlichkeiten. Müdigkeit befällt mich, ich gebe dem Druck nach. Nichts ist schöner als die bedingungslose Kapitulation vor der Trägheit deines Körpers, der Leere in deinem Kopf.

3

In tiefster Nacht oder schon gegen Morgen entferne ich mich anstandshalber ein paar Schritte von unserer Muschel und erleichtere mich in den Sand. Ein kühler Wind fegt über die Dünen und weht den Strahl gegen mein Hosenbein. Ich achte nicht darauf, ich fixiere den Steg, der unweit von uns ins Meer hineinragt. Vor dem silbrigen Wasserspiegel zeichnen sich die Umrisse einer Gestalt ab. Ich laufe auf den Steg zu, meine Schritte klopfen auf den Planken, der Wind hat das Meer geweckt, ganz schön einschüchternd, ein solches Brodeln unter sich.

»Was ist los, Igor, bist du mondsüchtig?«

Er dreht sich um. Sein Gesicht ist finster wie der Nachthimmel.

»Ich komme nicht mit nach Schweden. Ich fahre zurück.«

»Leg dich hin und schlaf deinen Rausch aus.«

»Kann nicht schlafen ... Das ist es ja. Es lässt mir keine Ruhe, verstehst du?!«

»Komm schon!«, ich versuche, ihn mitzuziehen. »Du ahnst nicht, was uns in Schweden erwartet. Hast du schon mal eine Schwedin gesehen? Von den Norwegerinnen will ich gar nicht erst reden. Da schnallst du ab! Mehr Frau geht nicht ... So wie du tanzt, kannst du die alle haben ...«

Er streift meine Hand ab.

»Ich muss wissen, was da oben passiert ist. Setz mich an der Bundesstraße ab, von dort komme ich schon per Anhalter weiter. Fahrt ihr ruhig voraus, nach Schweden, ich komme nach ... Ich finde euch schon.«

»Es ist kein Schwanz unterwegs um die Zeit ...«

»Dann gehe ich eben allein.«

Er trottet wirklich los, quer über die Dünen, wie ein Geistesgestörter. Ich packe ihn am Ärmel.

»Warte! Ich bring dich zur Straße! Aber ich will mich erst aufwärmen, ich krepiere noch vor Kälte.«

Wir setzen uns ins Fahrerhaus, ich drehe die Heizung auf. Das Gebläse läuft an, mein Gehirn läuft mit, ich muss Igor irgendwie aufhalten. Vorne auf der Straße tauchen zwei Lichtkegel auf. Als sie unsere Höhe erreichen, verwandeln sie sich in Punkte.

»Ich dachte, um die Zeit ist keiner unterwegs?«

Der Wagen ist abgebogen und nähert sich im Schneckentempo. Genau diese Langsamkeit ist es, was uns nervös macht.

»Mit dem würde ich an deiner Stelle nicht mitfahren.«

»Mach den Motor aus, das gilt schon als Fahren.«

»Stell dich schlafend!«

Wir rutschen tiefer in unsere Sitze, lehnen die Köpfe gegen die Fenster und schließen die Augen. Die Windschutzscheibe erstrahlt in grellem Licht. Eine Tür knallt, dann noch eine. Sie haben gehalten, ich wusste es. Ich zähle lautlos, es klopft an die Scheibe. Ich lasse das Fenster herunter, blinzele hinaus.

Guten Morgen, Führerschein und Wagenpapiere.

Das kann doch nicht sein, nicht schon wieder.

Igor kramt im Handschuhfach, ich strecke mich demonstrativ, während ich die beiden taxiere. Der Ältere wirkt halbwegs entspannt, der Jüngere ist untersetzt, sichtlich zu kurz gekommen, genau der Typ, dem so was Spaß macht. Igor reicht ihm den Fahrzeugschein. Was den Führerschein angeht, müsse ich passen, der liege zu Hause in der Schublade. Personalausweis? Den hätte ich auch nicht dabei. Der Ältere nimmt sein Funkgerät zur Hand und beginnt, die Daten durchzugeben, seine technische Überlegenheit scheint ihm keine Gewissensbisse zu bereiten.

»Der Wagen ist nicht geklaut«, scherzt Igor, und ich stimme in sein Gelächter ein.

Sie möchten einen Blick hineinwerfen. Wir steigen aus. Der Jüngere stellt pausenlos Fragen, ich erzähle alles, genauso wie es war, dass ich meinem Freund zum ersten Mal das Meer zeigen wollte, dass wir ein bisschen gefeiert und dann im Wagen geschlafen hätten. Er leuchtet auf die Ladefläche.

»Und wo sind die beiden anderen?«

Wir seien allein, mein Freund und ich, sage ich, ein wenig stockend.

Und die vier Stühle?

Die gehörten zum Tisch. An jede Seite einer.

Und die vier Gläser?

Er ruft seinem Kollegen etwas zu, ich kann es nicht verstehen. Und dann marschiert er los, in Richtung des Strandes, er will es wirklich wissen. Die Nacht zerrinnt, die ersten Formen lösen sich aus den Schatten, ich muss an Amir denken. Amir, arglos in der Mulde, mit eingerolltem Körper, den Kopf auf Gras gebettet, wie die Perle in der Muschel. Der Polizist springt über den niedergerissenen Zaun, mit einer pantherartigen Leichtigkeit, die mir das Blut in den Adern gefrieren lässt, im Stil eines Sonderkommando-Killers. Bleibt unten, bleibt unten, haucht eine Stimme in mir. Igor hüpft nervös von einem Bein aufs andere, unsere Blicke kreuzen sich stumm. Der Zwerg schreitet zwischen den Sanddünen dahin, er scheint sie passiert zu haben, denn er geht immer weiter nach rechts, weg von der Mulde.

Plötzlich richtet sich hinter seinem Rücken ein Schatten auf und rennt los. Nach links. Ich fahre zusammen. Der Polizist sieht mich an. Er macht sein Funkgerät aus und reicht mir den Fahrzeugschein. Wenn er sich jetzt umdreht, ist alles vorbei.

»Können wir jetzt fahren?«, frage ich. »Wir wollen weiter nach …«

Meine Stimme versagt, ich muss schlucken.

Er runzelt die Stirn. Ich höre förmlich das Quietschen seiner Gehirnräder. Ich müsste weiterreden, irgendetwas sagen, ihn ablenken. Plötzlich ein Schrei, Alberts Mobiltelefon schrillt im Handschuhfach, und unser Mann dreht sich um. Amirs Schatten huscht durch sein Blickfeld. Er stößt einen Schrei aus, und jetzt schaut auch der andere in unsere Richtung. Amir ist pfeilschnell, doch statt am Ufer entlang zu flüchten, will er über den Zaun, hinaus in die Freiheit.

»Halt, stehen bleiben!«

Amir hievt sich mit einem Satz hoch – und erstarrt. Er blickt sich um wie ein eingekesseltes Wild. Unser Mann hechtet los, die Arme ausgestreckt, die Pistole schon im Anschlag.

»Nicht schießen!«, brüllen Igor und ich mit einer Stimme.

Amir hängt in der Luft, den Zaun zwischen den Beinen, die Arme nach oben gereckt, wie eine gerupfte Vogelscheuche. Er balanciert verbissen, der Zaun unter ihm will wegknicken, nach links, nach rechts, nach links, nach rechts. Die Polizisten nähern sich ihm von beiden Seiten, mit vorgestreckten Pistolen. Wir stehen noch immer wie angewurzelt da. Amir hält sich aufrecht, er will oben bleiben, jede heftige Bewegung vermeiden, ich spüre den ungeheuren Gewaltakt hinter seiner Starre, seine stumme, panische Hilflosigkeit.

»Nicht schießen!«

Amir blickt zu uns herüber. Er sieht uns, und vielleicht ist das der Auslöser. Der Zaun knickt weg, Amir verliert das Gleichgewicht, greift nach unten, um sich festzuhalten, und ein Schuss fällt. Vögel flattern hoch, der Schuss hallt nach, lautlose Flügelschläge, und alles ist wieder still. Amir kippt zur Seite und fällt. Sein Fuß bleibt in den Maschen stecken, er hängt kopfüber nach unten, sein Körper scheint noch zu zucken, aber vielleicht zupft nur noch der Wind an ihm.

Wir rennen auf ihn zu.

4

Wir sitzen in einem tristen Verhörraum. Nackte Wände mit Fenstern direkt unter der Decke, in den Fenstern schmuddelige Wolken, die Welt draußen ist genauso trostlos wie die drinnen. Wir werden einzeln verhört, sinnlose Fragen und Antworten, an die ich mich nicht mehr erinnere, ich sehe immer nur Amir auf dem Zaun, seinen flehenden Blick, den Sturz, die Zaunabnahme, höre Igor schreien, warum er geschossen habe, warum nur, der Mann habe doch nichts getan, außer wegzulaufen, dagegen gebe es doch kein Gesetz, sehe Amir im Sand am Fuße des Zauns, eingerollt wie zuvor in der Muschel, heftig zitternd, sehe den roten Fleck im Sand, den Fleck der Schande, als er auf die Trage gehoben wird. Nicht einen Ton gibt er von sich, bis er in den Rettungswagen geschoben wird und in der Ferne verschwindet.

Irgendwann öffnet sich die Tür, wir dürfen gehen. Es liege nichts gegen uns vor. Der Verletzte sei nach W., in die Hanse-Klinik gefahren worden, von dort komme er direkt in die Abschiebehaft. Abschiebehaft? Ja, wenn sich herausstellte, dass Herr Azimi sich illegal im Land aufgehalten habe. Igor nickt, er hat Mühe, sich zu beherrschen. Wenn sie ihn abschieben wollten, müssten sie uns schon alle mit abschieben, wir gingen nur gemeinsam.

Der Mann lächelt. Es gebe kein Recht auf Abschiebung.

Die Fahrt nach W. dauert keine halbe Stunde. An der Klinikpforte erläutern wir, wen wir suchen, und eine Schwester schickt uns zur Notaufnahme. Wir warten. Es dauert eine Ewigkeit, bis uns jemand Auskunft geben kann. Herr Azimi habe einen harmlosen Streifschuss an der Hand erlitten, er sei sofort behandelt und entlassen worden.

Entlassen?

Abgeführt. Mehr wisse er nicht.

Wir hauen uns ins Gras vor dem Parkplatz, um nachzudenken. Amir ist nur leicht verletzt, aber weg. Das ist allemal besser als da, aber schwerverletzt. Auf den Wegen promenieren Kranke oder verabschieden sich von ihren Angehörigen. Manche tragen Hausschuhe und Morgenröcke, manche schleppen sich auf Krücken dahin, manche sind nur unsichtbar krank, die meisten sehen gesünder aus als ihre Besucher. Wenn die Sonne hervorschaut, ist es fast angenehm, dort zu liegen. Aber wir können es nicht genießen.

»Warum muss es für uns immer so enden? Im Knast, im Krankenhaus, auf einem Revier …«

Igor seufzt, seine Stimme ist blanke Resignation.

»Es ist … als wäre unser Leben ein Puzzle, bei dem ein Stück fehlt. Wenn ich nur wüsste, wer es geklaut hat …«

Ludovik bläst seinen Rauch in den Himmel.

»Was jammerst du? Sieh dich doch um. Und das ist noch gar nichts, anderswo sieht es noch viel schlimmer aus … Hört ihr das?«

Wir hören es, wieder ein Anruf für Albert. Und ich erinnere mich plötzlich, dass es dieser Schrei war, der Amir verraten hat. Ich schnelle hoch. An der Windschutzscheibe prangt ein Strafzettel, ich zerreiße ihn. Ich nehme das Mobiltelefon aus dem Handschuhfach und lege es unter den Reifen. Igor rennt auf mich zu.

»Warte, vielleicht ist es für uns!«

Er hebt es auf.

»Wo muss ich drücken?«

»Was fragst du mich?«

Ich drücke wahllos darauf herum. Plötzlich eine Stimme, die ich sofort erkenne.

»Fern, bist du das? Ach, endlich … Wo wart ihr bloß die ganze Zeit? Es ist etwas Schreckliches passiert. Ihr müsst sofort kommen …«

»Sie haben sich verwählt!«, rufe ich und suche nach dem Ausschaltknopf.

»Du Lügner!«, schreit Igor.

Er reißt mir das Telefon aus der Hand und presst es an sein Ohr. »Maria …?«

Im nächsten Moment fällt sein Gesichtsausdruck in sich zusammen. Er horcht, wir horchen alle. Irgendwann nimmt er das Telefon vom Ohr und starrt es entgeistert an.

»Albert ist tot … ein Unfall … vorgestern Nacht … Morgen ist die Beerdigung …«

Marias Schluchzen hallt in seiner Hand.

5

Nie hätte ich gedacht, dass wir das elende Tal noch einmal wiedersehen würden, aber wohin wir auch gingen, am Ende schien es uns doch wieder einzuholen. Wir stehen vor der Unfallstelle und starren auf den Bahndamm, als gäbe es dort etwas anderes zu sehen als das, was dort immer schon zu sehen war, Unkraut. Aber auf einem zehn Meter mal zehn Meter großen Streifen ist das Gestrüpp platt gedrückt. Dort muss es passiert sein, dort muss Alberts Wagen den Hang hinaufgerast, sich überschlagen haben und wieder hinabgeschlittert sein. Dort muss Albert verblutet sein, eingeklemmt unter seinem Wagen, bevor ihn der Straßenkehrer am frühen Morgen entdeckte.

Ein paar Quadratmeter plattgedrückte Wiese. Das war alles, was von Albert übrig geblieben war. Und morgen würde er darunterliegen.

Noch einmal, zum x-ten Mal, durchforste ich mit Ludovik die Lokalzeitung. Nichts, kein Wort von einem Unfall. Als gäbe es Shanghai gar nicht, diese schlechte Gegend.

Ich schleudere die Zeitung weg, die Blätter schlittern im Wind umher. Igor sitzt auf der Bordsteinkante, seine Stirn ruht auf den verschränkten Armen. Er hat die halbe Heimfahrt wie ein Schlosshund geheult. Seitdem er aufgehört hat, schweigt er. Wir warten. Worauf, wissen wir selbst nicht. Ludovik tritt Steinchen talabwärts, wartet auf die befreienden Einschläge. Wir haben alles zu Ende gedacht. Wäre der Wagen kein Cabriolet gewesen, wäre Albert vielleicht gar nicht verletzt worden. Hätte er nicht immer darauf bestanden, sich anzuschnallen, wie es sich gehörte, wäre er aus dem Wagen geschleudert und vermutlich gerettet worden. Hätte ihn jemand rechtzeitig gefunden, wäre er vielleicht nicht verblutet.

Igor schüttelt immerzu den Kopf.

»So viel Pech auf einmal …«

»Das nennt man Schicksal«, murmle ich. »Es sollte so sein, das ist alles. Einen Moment nicht aufgepasst, und *peng!*, schon ist es passiert.«

»Aber warum gerade Albert? Er hatte doch immer alles unter Kontrolle. Er machte nie einen Fehler, er trank nie einen über den Durst ...«

»Vielleicht war auch alles ganz anders.«

Igor hebt den Kopf und fixiert Ludovik mit gerunzelter Stirn.

»Worauf willst du hinaus?«

»Habt ihr schon vergessen, was Albert am Abend vor der Eröffnung gesagt hat? Manche würden vielleicht nicht die Kraft haben für die Mühen des Alltags. Wer behauptet, dass das ein Unfall war ...?«

Igor springt auf und packt Ludovik am Kragen.

»Albert hatte keinen Grund, sich etwas anzutun, wenn du darauf hinauswillst. Für ihn lief alles wie am Schnürchen.«

Ludovik schnauft verächtlich.

»Du bist ein Kindskopf. Kennst du wirklich nicht das Unbehagen, das einen befällt, wenn alles gut läuft? Das Gefühl, dass das eine Illusion ist? Weil du im Innersten weißt, dass das wirkliche Leben nicht so ist, sondern dass es Leid und Unglück ist. Und je länger es gut läuft, umso stärker wird der Druck deiner Gewissheit, dass es schiefgehen muss, und weil du davon überzeugt bist, geht es tatsächlich schief, und du atmest erleichtert auf und sagst dir, ja, das ist es, endlich, das ist das Leben ... Sofern du das Glück hast, es zu überleben.«

»So denkt nur einer wie du, ein Verlierer!«, zischt Igor. »Siegertypen wie Albert denken anders, sie lieben das Siegen, sie lieben das Leben, sie können davon gar nicht genug haben.«

»Du musst es ja wissen! Albert war kein Siegertyp, er war ein Idealist, und die lechzen geradezu nach Enttäuschungen. Damit sie die Welt beklagen können, dass sie nicht so ist, wie sie sein sollte ...«

Igor setzt sich wieder auf die Bordsteinkante.

»Er war nicht von der Welt enttäuscht, er war von uns enttäuscht. Weil wir abgehauen sind und ihn verraten haben.«

»Das konnte er doch gar nicht wissen.«

»Vielleicht hat er es gespürt! Auch ohne Judaskuss.«

Ein roter Blitz saust vorbei. Ein paar Tausend Meter darüber, in einem Spalt zwischen zwei Wolken, blinkt ein Flugzeug. Wieder darüber eine fahle Scheibe, der Mond. Auch in jener Nacht hing er dort, ich erinnere mich genau. Ludovik mustert den Asphalt unter seinen Füßen, als wollte er durch ihn hindurchschauen, auf die Erde, den Stein, das glühende Magma darunter.

»Albert wird schon gewusst haben, was für ihn das Beste ist«, sagt er leise. »Es gibt triftigere Gründe, jemanden zu bemitleiden, als, weil er tot ist.«

»Du musst es ja wissen!«

Wir schlurfen die Straße hinauf, langsam, als wollte keiner von uns als Erster ankommen. Ich schweige. Ich muss die ganze Zeit darüber nachdenken, warum Maria bei ihrem Verhör nicht geplaudert, von unserer Abfahrt an jenem Abend nichts erzählt hat. Geradeso, als wollte sie uns schützen.

6

Stumm stehen wir vor Alberts Cabrio wie vor dem schlafenden Zeugen einer Ungeheuerlichkeit, der lieber nicht geweckt werden sollte. Die Windschutzscheibe fehlt, die linke Seite ist in der ganzen Länge eingebeult, die Karosserie beschmutzt und verkratzt.

»Hey, der Zaun steht wieder!«

Tatsächlich. Ich drücke gegen den Zaun, er steht ganz fest in seiner Verankerung. Die Rosen hängen auch wieder dran, wenn auch nicht mehr viele. Wir treten durch den Torbogen, ich traue meinen Augen nicht. Der Garten erstrahlt fast wieder in alter Schönheit, der Schutt ist weggekehrt, die

Girlanden hängen. Die Beete haben sich gelichtet, auch fehlen die Oleander am Tor, aber wüsste man nicht, dass es sie gegeben hat, würde man sie nicht vermissen. Es ist, als wäre alles durch den Wink eines Zauberstabs wiederauferstanden. Oder als hätte ein Engel Hand angelegt. Oder Albert.

Aber es war nicht Albert, es kann nur Maria gewesen sein. Ich spucke aus. Ich kann mir vorstellen, wie sie sich abgerackert hat, um alles wiederherzustellen. Genau so, wie Albert es gewollt hätte. Nur um ihren geliebten Albert nicht zu enttäuschen, und wenn er auch in der Leichenhalle lag. Wir sind dermaßen in den Anblick versunken, dass wir gar nicht bemerken, wie zwei Leute hinter uns stehen bleiben.

Ob in der Pension noch etwas frei sei.

Es sind Fahrradtouristen, verständnislos starren wir sie an.

»Wie?«

»Ein Doppelzimmer, für eine Nacht.«

Sie seien schon am Nachmittag da gewesen. Sie sehen uns an, wir weichen zurück. Das fehlte gerade noch. Ludovik schüttelt den Kopf, die Pension sei überbelegt. Überreserviert. Zu. Die beiden sehen richtig bedröppelt aus, die wunder-, wunderbare Sonne an der Fassade habe es ihnen angetan, so was hätten sie noch nie gesehen. Ob wir eine Postkarte von dem Haus hätten, für das nächste Mal? Nein, Postkarten würden wir nicht führen, aber da unten in der Stadt wimmele es von guten, preiswerten Pensionen in schönen Vierteln, mit vielen Postkarten. Sie winken ab, hier oben sei die Lage am schönsten, sie hätten sich umgesehen.

Wir verziehen uns ins Haus, verriegeln die Tür hinter uns. Ich beobachte die beiden von hinter dem Vorhang im Frühstückszimmer. Der eine holt eine Videokamera aus seiner Satteltasche und filmt die Fassade ab. Dann höre ich die Pfiffe und erstaunten Rufe der anderen hinter mir. Wir laufen von Zimmer zu Zimmer, von einer Etage zur anderen, und es ist wirklich nicht zu fassen. Alles ist picobello. Das zerwühlte Bett, in dem Maria gelegen hat, ist wieder gemacht, die Stühle und Tische im Frühstückszimmer stehen in Reih und Glied, selbst das Regal hinter dem Ausschank ist wieder mit Flaschen und Gläsern bestückt. Albert hätte seine helle Freude daran gehabt. Auf dem Anrufbeantworter an der Rezeption sind die ersten Anfragen und Zimmerreservierungen eingegangen, die erste aus Berlin, eine aus Bremen, eine aus Linz, eine aus Wageningen, Holland, es ist überall Ferienzeit. Ein Zeitungsausschnitt liegt neben dem Anrufbeantworter:

UNFALL IN »SHANGHAI«

*In der Nacht zum Sonntag ereignete sich in der *straße ein folgenschwerer Unfall. Aus noch ungeklärter Ursache geriet ein stadtauswärts fahrendes Fahrzeug aus E. auf die Böschung des Bahndamms und überschlug sich. Der Unfall wurde erst am Morgen entdeckt, der eingeklemmte Fahrer starb noch am Unfallort. Nach ersten Erkenntnissen der Polizei stand er weder unter Alkohol- noch unter Drogeneinfluss, ein Fremdverschulden wird nach Stand der Ermittlungen ausgeschlossen. Hinweise erbittet die Polizei unter der Rufnummer …*

Wir sitzen in der allmählichen Verdunkelung, wortlos. Es gibt nichts zu sagen. Wir machen kein Licht, rühren uns nicht. Igor besinnt sich als Erster.

»Und was soll jetzt werden?«

»Erst Nacht, dann wieder Tag. Was hast du denn gedacht?«

Ludovik liegt der Länge nach auf dem Tresen.

»Irgendein Verwandter von Albert wird uns in den nächsten Tagen seine Aufwartung machen und uns höflich, aber bestimmt an die frische Luft setzen. Oder glaubst du, dass Albert vorher noch schnell ein Testament aufgesetzt und uns das Haus vermacht hat?«

»Das werden wir nicht abwarten«, sage ich. »Wenn die ... Sache vorbei ist, verduften wir nach Schweden. Das ist nicht mehr unser Laden hier ...«

Igor schüttelt den Kopf.

»Wir können doch nicht ewig weglaufen.«

»Wer hat denn was von weglaufen gesagt?«, fauche ich ihn an.

Er hört nicht auf, den Kopf zu schütteln.

»Ihr könnt gern abhauen, ich bleibe hier! Mir gefällt es hier!«

Er weicht unseren Blicken aus, er schämt sich.

»Ihr tut ja geradeso, als hätten wir hier früher das Paradies gehabt. Habt ihr die Winternächte vergessen, als wir vor Kälte fast krepiert sind? Wie wir uns Pullover um die Füße wickeln mussten, damit sie uns nicht abfroren? Wie wir die ganze Zeit Brot und Billigsalami fressen mussten? Wie wir mit der Schleuder Jagd auf Krähen gemacht haben? Wie wir wochenlang nicht lüften konnten, weil die Fenster zugefroren waren?«

»Wir waren eben keine Weicheier, wir hatten Nehmerqualitäten. Es war ja nur eine Übergangszeit, bis wir ...«

»Bis wir was? Bevor ich wieder so lebe, übernehme ich lieber die Pension ...«

»Du willst was?«

»Ich meine bloß ... dass ich es mir vorstellen könnte. Ihr braucht mich jetzt eh nicht mehr ... ich meine ... ohne Amir ... Ihr habt doch gesehen, Kundschaft ist da. Es wäre nicht nötig gewesen, die Leute vorhin wegzuschicken, wir hätten sie gut unterbringen können. Wir hätten das Geld brauchen können. Wovon wollt ihr das Benzin nach Schweden bezahlen?«

Ich blicke aus dem Fenster, irgendwie verbittert. Igor steigert sich immer mehr in seine Fantasien hinein.

»Ja, wirklich, ich glaube, ich könnte den Laden schmeißen, wenn ich eine tüchtige Hilfe hätte ... Jemanden wie Maria ...«

»Ach, so ist das! Das hast du dir ja hübsch zurechtgelegt! Du hast wohl Geschmack an ihren Himbeeren gefunden!«

»Ich will es für Albert tun.«

»Albert, Albert! Willst du dich noch aus dem Grab von ihm fernsteuern lassen?«

»Es soll nicht alles umsonst gewesen sein.«

»Nie ist was umsonst, du Idiot. Was auch geschieht, es ist dein Leben. Du hast kein anderes.«

»Und einen Namen für deine Absteige hast du wahrscheinlich auch schon. Vielleicht *Chez Igor*? Oder *Igors Stopf and Go*? Du musst Maria nur noch klarmachen, dass sie nach dem Essen nicht mit den Gästen aufs Zimmer gehen soll.«

»Soll er doch gleich ein Freudenhaus aufmachen. Ein bisschen Plüsch, ein paar Spiegel, ein Whirlpool, mehr braucht es nicht. Die Gegend ist ideal ...«

Igor wartet geduldig, bis wir ausgelästert haben.

»Spottet nur ... Es gibt da noch etwas. Ich wollte es euch nicht sagen, aber jetzt tu ich es. Ich muss schon die ganze Zeit darüber nachdenken ...«

»Nachdenken, nachdenken, jetzt fängst du auch schon damit an!«

»Ich habe es erst jetzt kapiert. Ihr zwei und ich, wir sind anders. Ihr seid echte Illegale, ihr könnt gar nicht anders, als Gesetze zu brechen, denn ihr habt auch in euch keine Gesetze. Ihr hattet niemanden, der Gesetze in euch eingepflanzt hätte. Ich aber hatte eine Mutter ... Sie hat mir beigebracht, was richtig und was falsch ist, ich ... setze es vielleicht noch nicht voll um, aber ich kann es wenigstens voneinander unterscheiden, ich habe es im Bauch, hier. Über die Nabelschnur bekommen. Ich kann das gar nicht mehr loswerden. Und mein Bauch sagt mir, dass ich ein Heim will, geordnete Verhältnisse, eine Frau, nicht keine Frau und auch nicht ein Dutzend Frauen, sondern eine einzige ...«

»Jetzt sag nur noch, du sehnst dich nach Arbeit, du Sack!«

»Ich sehne mich nach Anstand und Ansehen und ehrlicher Arbeit, ja …«

»Du bist eine Spießerseele!«

»Jedenfalls keine Mörderseele.«

»Was soll das heißen?«

Er starrt uns an, seine Brust bebt vor Erregung.

»Ihr wisst genau, was ich meine!«

»Wissen wir nicht!«

»Unfall, Selbstmord! Ihr dreckigen Heuchler! Ihr wisst genau, was passiert ist und wie man das nennt. Hätten wir wenigstens gehalten, nachdem es schon passiert war, wäre Albert jetzt noch am Leben!«

»Wenn du das meinst«, sagt Ludovik leise, »solltest du als Erster den Mund halten.«

»Du weißt ja, wer am Steuer saß …«

»Ja, einer von euch!«

»Hast du etwa vergessen, wer von uns? Aber dass du es nicht warst, das weißt du noch?«

Igor verstummt, zu seinem Glück beginnt das Telefon zu läuten. Er springt auf und tastet sich zur Rezeption vor. Vor lauter Eile stößt er einen Stuhl um.

Die grüne Lampe erglimmt.

»Hallo?«

Er lauscht.

»Ja, für wann bräuchten Sie eins? … Freitag … Ja, da hätten wir noch ein Zimmer frei …«

Sein ruhiger, geschäftlicher Ton gibt mir den Rest. Ich schnelle hoch und reiße ihm den Hörer aus der Hand.

»Wir haben nichts, bleib zu Hause, du dumme Sau!«

Ich knalle das Telefon in die Ecke. Igor tritt hinter dem Rezeptionspult hervor. Sein Blick ist verschleiert, sein Gesicht rot wie eine Schürfwunde, er ballt die Fäuste. Ich weiche zurück, mein Herz rast, das muss wohl die Angst sein. Ludovik kommt aus dem Frühstückszimmer geschossen, an seinen Fingern glänzen silberne Ringe, einer wie der andere.

»Fass ihn nicht an, Russki!«

Igor dreht sich blitzschnell um die eigene Achse.

»Also gut, du zuerst! Ich hätte es schon längst tun sollen. Viel zu lange habe ich mir euer krankes Gerede angehört ... euren Lebenshass ertragen. Jetzt habe ich genuuuuug!«

Er wirft sich auf Ludovik, und sie stürzen, Ludovik unten, Igor obenauf, dann nur noch ein unkenntliches Bündel. Eine Hand holt aus. Ich packe sie von hinten. Und plötzlich, genau in diesem Augenblick, diesem Bruchteil einer Sekunde, bevor wir einander wie die Schakale zerreißen, erklingt das *Bimbam* der Türglocke.

7

Ich richte mich auf und streiche mir das Haar aus der Stirn. Die Diele ist in grünes Licht getaucht, wir können nicht so tun, als wäre niemand zu Hause. Wir tun es dennoch. Es läutet wieder, diesmal lang und drängend. Ich helfe Igor auf die Beine. Er blutet an der Wange. Ich reiche ihm mein Taschentuch, eines von Albert. Wir halten still. Jetzt läutet und klopft es zugleich. Igor zieht Ludovik hoch.

»Pack den verdammten Schlagring weg«, flüstere ich.

Ich drehe den Schlüssel um und öffne die Tür einen Spalt. Im Licht der Außenbeleuchtung stehen ein Mann und eine Frau, beide in Polizeiuniform. Ich mache die Tür sofort sperrangelweit auf. Sie grüßen, ihre Blicke loten die Tiefe des Raumes aus, heften sich auf Ludovik und Igor.

»Wir suchen Herrn ...«, der Mann sieht auf einen Zettel in seiner Hand, »Amir Azimi. Er ist doch hier wohnhaft, oder?«

Wohnhaft, das klingt irgendwie nach Haft.

»Er ist nicht da.«

»Wissen Sie, wann er zurückkommt?«

»Er wohnt nicht mehr hier.«

»Wissen Sie, wo er sich momentan aufhält?«

»Das müssten Sie doch besser wissen.«

»Er ist seit heute Morgen flüchtig.«

»Ach … ist das wahr? Das ist ja fantastisch … Ich meine …«

»Sie haben sicher nichts dagegen, wenn wir uns kurz umsehen.«

Die Frage ist rhetorisch gemeint, sie warten die Antwort gar nicht erst ab. Er geht nach oben, sie direkt ins Frühstückszimmer. Als würden sie sich auskennen. Wir sind behilflich, wo es nur geht, beseelt von der guten Nachricht, wir machen die Lichter an, öffnen Türen und Schränke und führen sie schließlich durch die Hintertür hinaus. Aus dem Dunkel tritt uns ein dritter Polizist entgegen. Er schüttelt unmerklich den Kopf, ich merke es trotzdem.

»Wir haben doch gesagt, dass er nicht da ist.«

Zum Abschied überreichen sie uns ein Kärtchen. Für den Fall, dass Herr Azimi auftauche, sonst machten wir uns der Beihilfe zu irgendetwas schuldig. Die Polizistin mustert das blutdurchtränkte Taschentuch an Igors Wange.

»Gibt es ein Problem?«

»Nein, wieso?«

»Wir üben ein Theaterstück.«

»Welches denn?«

Wir verstummen.

»Ein selbstverfasstes«, sagt Ludovik.

»Passen Sie auf, dass Sie die Premiere noch erleben«, sagt sie.

»Sie auch«, sagt Ludovik.

Wir schließen die Tür hinter ihnen, warten reglos, bis das Motorengeräusch verhallt ist. Dann brechen wir in Jubel aus, ballen die Fäuste und klatschen uns ab. Nicht zu fassen, er hat es wieder einmal geschafft, der alte Entfesselungskünstler.

»Psst!«

Ludovik legt den Finger auf die Lippen.

»Sie sind noch da«, flüstert er.

Wir lauschen. Jetzt höre ich es auch, ein scharrendes, kratzendes Geräusch.

Igor knipst in der Küche das Licht an.

»Es kommt von hier. Muss eine Maus sein.«

Das Rascheln ist jetzt lauter zu hören, von irgendwo in Bodennähe.

»Wenn, dann eine Ratte ... Oder etwas noch Größeres.«

»Dort unten, im Küchenschrank ...«

Ich stupse mit der Fußspitze die Tür des Küchenschranks auf. Das Geräusch ist verstummt. Ich knie mich hin, ziehe die Töpfe heraus, vorsichtig, einen nach dem anderen.

Ludovik hält sein Feuerzeug hinein. Nichts.

»Das Versteck!«

Amirs Versteck, natürlich, wie konnten wir das vergessen! Ich klettere in den Schrank und versuche, die Rückwand zur Seite zu schieben. Sie rührt sich nicht. Ich stemme beide Schuhsohlen gegen die Platte und schiebe.

Im Dunkel des Verstecks ein Gesicht mit Brille, ein Arm in einer Schlinge. Wir starren uns an, die Brille und ich, ich verstehe. Ich krieche heraus, er rutscht mir hinterher, schwerfällig, auf dem Rücken liegend. Schwarzes, kurzgeschorenes Haar, schwarze Hose, schmutziges weißes Hemd, verbundene Hand, so steht er vor uns. Und wir klopfen ihm auf die Schulter, erst ungläubig, zögerlich, dann immer fester. Wir schütteln ihn, reden von allen Seiten gleichzeitig auf ihn ein. Amir, Mann, bist du es wirklich? Wie siehst du nur aus? Wie bist du in das Loch gekommen? Wir wiehern wie Kinder, strecken ihm die Hände zum Abklatschen entgegen, aber Amirs Hand steckt in der Schlinge.

Wir stupsen ihn an, damit er zu sich kommt. Er zeigt keine Regung. Seine Miene ist wie versteinert, er scheint uns nicht wiederzuerkennen, allerdings ist auch er kaum wiederzuerkennen. Wir wollen ihn ins Frühstückszimmer führen, aber er will sich nicht vom Fleck rühren.

»Hey, was ist los?«, flüstert Igor nervös. »Was hat er denn?«

»Er ist traumatisiert, siehst du doch.«
»Die arme Sau!«
»Haben sie dich gefoltert, Mann?«
»Bringt ihm einen Stuhl, ich mache einen Kaffee.«

Wir drücken Amir auf einen Stuhl, hocken uns im Kreis um ihn herum. Jede Tasse Kaffee, die wir ihm vorsetzen, trinkt er sofort aus, mechanisch wie ein Roboter. Der Kaffee beginnt zu wirken, Amirs Gesicht bekommt etwas Anwesendes, nur seine Trauer bleibt dieselbe.

»Mach noch einen Liter«, sagt Igor.

»Was hast du mit deinen Prachtlocken gemacht?«

»Weg.«

»Und die Brille?«

Ich stecke meinen Finger durch das Gestell, die Gläser fehlen.

»Ich will nur meine Bilder abholen, dann fahre ich wieder.«

»Wir fahren alle, morgen, nach der ... Beerdigung. Wir siedeln nach Schweden über. Wir wollen uns irgendwo am Meer niederlassen ...«

»Ich komme nicht mit«, flüstert Amir. »Was denn für eine Beerdigung?«

»Gehen wir an die frische Luft. Wir müssen dir etwas erzählen.«

»Ich komme nicht mit«, wiederholt er. »Ich werde nicht warten, bis man mich abschiebt. Ich gehe freiwillig.«

8

Wir hocken uns zu Amirs Füßen ins Gras, er soll ruhig die ganze Schaukel für sich allein haben. Die laue Brise, das Säuseln der Blätter, die mitfühlenden Gesichter ringsum tun ihm sichtlich gut, wir tun ihm gut. Er kommt allmählich zu sich, beginnt zu erzählen, wie er sich unter vorgetäuschten Schmerzen ein zweites Mal ins Krankenhaus bringen ließ, durch ein Klofenster hinausstieg, drei Meter in die Tiefe sprang und zu Fuß flüchtete, sich in einem Friseurladen unterwegs die Haare abschneiden ließ, ein Brillengestell klaute und unerkannt mit dem Zug heimfuhr.

Um seine Bilder abzuholen.

Er werde vielleicht nie wieder eins malen können.

Das alles erzählt er mit einer teilnahmslosen Stimme, als spräche er von einem abwesenden Dritten und nicht von sich selbst. Mit seiner linken Hand streichelt er fortwährend den Verband an seiner rechten.

»In der Dunkelheit des Verstecks fiel es mir plötzlich wie Schnupfen von den Augen. Da sitze ich also im Loch und das Loch in mir, mitten in meiner Hand. Ich habe auf einmal keine Angst mehr, meine Gedanken ordnen sich, mir wird klar, dass ich nicht länger hierbleiben will. Man kann nicht irgendwo bleiben, wo man ewig unerwünscht ist, es gibt auch so etwas wie Würde …«

»Nur gegen Bares, das weißt du doch.«

»Und außerdem, einmal abgeschoben ist nicht für immer abgeschoben.«

»Und was dann? Soll ich wieder wie eine Ratte in Löchern und Schränken hausen? Wieder Tag und Nacht vor Angst zittern, dass man mich erwischen könnte? Nie Aussicht auf ein normales Leben haben, eine legale Anstellung, eine Familie? Nie eine Reise, einen unbeschwerten Spaziergang machen können? Irgendwo auf dieser Welt muss es doch auch für mich einen Ort geben, wo ich legal bin, wo ich meinen Namen tragen und auf eine Türklingel kleben kann. Ist das zu viel verlangt? Ihr habt leicht reden, ihr kriegt immer ein ›vermindert schuldfähig‹. Ich bin illegal und somit vermehrt schuldfähig … Der Typ, der mich erschossen hat …«

»Angeschossen …«

»Ach, was weißt du schon! Er bringt mich also in diese Zelle. Ich habe keine Ahnung, wo ich bin. Anfangs scheint der Wächter freundlich, klärt mich über meine Rechte auf.

Dann bringt er mir ein Buch. Ich sage, ich bin Analphabet und will es auch bleiben, nur keine Buchstaben. Es ist der Koran, sagt er wichtigtuerisch. Ich brauche keinen Koran, sage ich, auch der besteht nur aus Buchstaben. Ich wäre ohne Religion. Ich will ihn wohl veräppeln, sagt er und legt das Buch auf den Tisch. Ich will es nicht, sage ich, ich glaube nicht an den Einen, an keinen Einen, ich bin Künstler, ich glaube an die unerrechenbare, unberechenbare Schönheit und an sonst nichts. Er hört mir ruhig zu, und was sagt er daraufhin? Einen Gebetsteppich könnte ich auch haben, wenn ich beten wollte, das stünde mir gesetzlich zu. ›Zu wem denn beten?!‹, schreie ich, er solle mir lieber eine trockene Hose bringen. Ich merke, dass er verärgert ist, dass ich nicht seinem Bild von mir entspreche. Er hatte nur Scheiße im Kopf, er war völlig gehirngewaschen. Wenn ich weiter Sperenzchen machen würde, käme ich in ein anderes Gefangenenlager, dorthin, wo meinesgleichen hingehöre. Ich wüsste schon, wohin. Und er flüstert das Wort ›Guantánamo‹. Und ich fange an zu heulen.«

Amir verstummt, Schweißperlen stehen ihm auf der Stirn. Wir tätscheln ihn, reden ihm Mut zu. Er seufzt.

»Und deshalb habe ich beschlossen, zur Fremdenlegion zu gehen.«

Wir starren ihn an.

»Was redest du da? Bist du von allen guten Geistern verlassen?! Das ist ein Haufen Mörder und Negerjäger.«

»Wenn es sein muss, will ich ein Mörder sein und Neger jagen, auch das. Ich will alles tun, nur nicht mehr der Gejagte sein, versteht ihr?! Ich halte das nicht mehr aus, ich habe nicht die Nerven dafür. Acht Jahre habe ich alles versucht, um ein guter Weißer zu sein, ich bin ja auch fast weiß. Und wohin hat es mich gebracht?«

Er beginnt, den Verband von seiner Hand herunterzuwickeln, in immer neuen Ringen fällt die weiße Binde zu Boden. Das blutige Pflaster reißt er sich mit einem Schrei herunter.

»Da!«

Er streckt seine Handfläche hoch. In der Mitte klafft eine hässliche schwarze Wunde. Blut läuft seinen Arm hinunter.

»Wisst ihr, was das bedeutet? Ich werde vielleicht nie wieder einen Pinsel halten können, nie wieder, versteht ihr? ... Ich hatte immer Angst, meine Hände zu verlieren, wenn man mich abschieben würde, nun bin ich sie schon hier losgeworden, die Hand und meine Würde dazu ...«

»Nimm das nicht so persönlich. Du bist zu sentimental.«

Wir beschwichtigen ihn nach Kräften, wir wüssten schon, was er meine. Er wischt sich den Schweiß von der Stirn.

»Und plötzlich, wie ich so im Zug sitze, fällt mir ein Artikel über die Fremdenlegion in die Hand. Wenn man dort eine Weile dient, wird man legalisiert, man bekommt eine neue Identität, einen französischen Pass, und meine Kinder werden gute Franzosen sein.«

»Schwarze, keine guten.«

»Es war ein Wink des Schicksals, dass ich auf den Artikel gestoßen bin ...«

»Du wirst nie Kinder haben, nie einen Pass bekommen, du wirst in einem Krieg verheizt werden«, sagt Ludovik traurig, als spräche er ein Todesurteil aus. »Die weiße Seele wird dich nie respektieren. Sie wird immer auf dich herabschauen. Sie kann nicht anders, zu tief haben sich die vielen Siege über euch, die Eroberungen und Völkermorde, ihr eingeprägt. Ihr müsst uns schon umbringen, um uns zu bekehren.«

Einen Augenblick herrscht betretene Stille, im nächsten sprinten wir wie von Sinnen durch den Garten. Ein Wagen fährt den Berg hinauf. Wir knallen die Haustür zu und löschen die Lichter. Amir rennt gegen etwas und jault auf, er ist hysterisch, jetzt seien sie da, um ihn nach Guantánamo zu bringen. Ich drücke ihm meine Hand auf den Mund.

Jenseits des Zauns hält ein Wagen. Eine Tür wird zugeschlagen, keine zweite. Wir kauern am Fenster und halten den Atem an. Endlich hören wir Schritte, leichte, befremdliche, und erblicken im milchigen Licht des Mondes eine Gestalt auf der Terrasse.

»Es ist nicht die Polente … Es ist eine Frau!«

9

Frau. Seltsam, wie beruhigend ein so schlichtes Wort mit vier Buchstaben wirken kann, mit einem Mal ist alles Böse aus der Welt gebannt. Wir drängeln uns am Fenster und gieren hinaus, um die Frau in Augenschein zu nehmen, auch Amir ist plötzlich wieder da. Sie steht keine zehn Meter von uns entfernt, eine unverkennbar weibliche Silhouette mit einem kleinen Koffer in der Hand. Sie steht da und betrachtet unseren Garten, obwohl es zu dunkel ist, um etwas zu erkennen. Sie scheint sich davon gar nicht losreißen zu können.

Wir pressen unsere Gesichter gegen die Scheibe.

»Sie wird sicher ein Zimmer für die Nacht haben wollen.«

»Sie soll das beste kriegen. Das Doppelzimmer …«

»Sie soll unser erster Gast sein«, flüstert Igor.

Er stupst Amir an. »So was bekommst du in der Fremdenlegion nicht …«

Ich weiß nicht, was uns reitet, vielleicht die Dankbarkeit für die Nähe einer alleinreisenden Frau, vielleicht die wiedererwachte Lust auf spontanes Handeln, aber dass wir sie hereinlassen, ist diesmal genauso sonnenklar, wie es vorhin sonnenklar war, dass wir den Fahrradtouristen den Laufpass geben. Wir schwärmen aus, Sekunden später brennt im Frühstückszimmer die Romantikbeleuchtung, die Stereoanlage läuft, pastellgelbe Stimmung und Klaviermusik im Salonstil, alles nach Alberts Geschmack. Ich schlüpfe hinter das Rezeptionspult und knipse die Lampe an, überschwemme die Diele mit herrlichem Smaragdgrün, Alberts Lieblingsfarbe.

Ich werfe einen Blick auf das Schlüsselbrett, alles komplett.

Igor wendet das Schild an der Tür, von draußen wäre jetzt *geöffnet* darauf zu lesen, wenn draußen das Licht brennen würde. Wir tauschen Blicke. Alles klar? Alles klar. Igor reißt die Tür auf.

»Wir haben noch Zimmer frei!«, ruft er in die Nacht hinaus.

Seine Stimme überschlägt sich vor lauter Eifer. Dann verstummt er.

Auf der Schwelle steht Sibylle, die linke Hand vorgestreckt, der Schlüssel, den sie soeben ins Schloss gesteckt hat, ist ihr von Igor samt Tür entrissen worden. Er weicht zurück, sie tritt ein, beugt ihre Knie und stellt ihren Handkoffer ab. Direkt in einen der getrockneten Blutspritzer, mit denen der Boden besprenkelt ist.

Wir stehen da wie vom Blitz getroffen. Es ist Sibylle, aber nicht die Sibylle, die wir einst kannten. Der knielange enge Rock, der Pullover, diesmal ein dünner, sicher aus feinster Wolle, das hochgesteckte blondbraune Haar, das man so gerne lösen möchte, alles ist da, und doch fehlt etwas. Sibylle. Die Sibylle, die an jenem verregneten Tag durch die Tür trat wie eine Vision, die uns durch ihre Schönheit, ihre Souveränität beschämte. Nie hatten wir Albert tiefer gehasst und mehr bewundert als an jenem Abend.

Ihr Blick streift uns flüchtig, ihre Stimme ist müde.

»Verzeiht mir, dass ich hier so einfalle. Ich wusste nicht, dass ihr da seid …«

»Ach wo … Es ist uns eine …«

»Ich wollte nur ein paar Minuten in Alberts Zimmer … Abschied nehmen … Ich bleibe nicht lange …«

Natürlich, solange sie wolle, sie könne gern die ganze Nacht …

Sie wartet unsere Antwort nicht ab. Den Koffer in der einen Hand, die andere am Geländer, steigt sie die Treppen hinauf. Ihre aufrechte Haltung hat etwas Starres, als koste sie ihre ganze Kraft. Der Rock spannt sich an ihrem Gesäß, ich schaue weg, ich will jetzt nicht an so was denken. Auf halber Höhe dreht sie sich um, ihre Stimme ist ein bloßer Hauch.

»Albert hat mir das Haus oft beschrieben ... Es ist wirklich genauso schön ... Ich gratuliere euch ...«

Wir lauschen ihren Schritten auf der Decke, dann auf der Stiege zum Dachboden, immer leiser werdend. Minuten verstreichen, vielleicht eine Stunde, wir sitzen am Fuß der Treppe und warten. Wir haben die Musik ausgemacht, das Blut aufgewischt, ich wünschte, es gäbe noch etwas zu tun.

»Sie wird sich doch nichts angetan haben?«, sagt plötzlich Igor.

Wir spurten hinauf. Die Tür zu Alberts Zimmer steht offen, aber es dauert eine Weile, bis wir in dem schummerigen Licht etwas erkennen können. Sibylle sitzt auf Alberts Bett, die Beine angewinkelt, die Arme um die Knie geschlungen, den Kopf auf die Arme gelegt, das Gesicht dem offenen Fenster zugewandt. Als lauschte sie dem Grillengezirpe, dem Rascheln der Birken.

Ich räuspere mich. Sibylle schreckt hoch.

»Müssen wir schon aufbrechen? Ist es so weit?«

Sie erhebt sich, sieht sich verwirrt um.

»Ach, ihr seid es ... Ich dachte ... es wäre schon morgen. Seit zwei Tagen versuche ich, aus diesem Alptraum zu erwachen ... Das ist das Allerschlimmste, diese absurde Hoffnung, dass alles nur ein Traum ist ... Oh, wie kalt es hier ist!«

Wir springen zum Fenster, Igor ist als Erster da. Er schließt es.

»Ich komme gleich«, flüstert sie.

Wir traben hinunter, wir haben die ganze Zeit kein Wort gesagt. Sie hätte es ohnehin nicht gehört. Sie ist weit, ganz weit weg.

10

Toast mit Butter, ein heißer Tee, mehr gibt die Küche nicht her.

Wir ziehen das weiße, unbenutzte Tischtuch ab und ersetzen es durch ein noch weißeres, noch unbenutzteres aus dem Schrank. Dann decken wir in aller Eile den Tisch. Ich schneide einen Armvoll Blumen im Garten, und Amir ordnet sie zu einem Strauß, stellt die Vase auf den Tisch. Während ich draußen bin, hat jemand zwei Gläschen auf den Tisch gezaubert, beide angebrochen, eines mit belgischer Trüffelpastete, das andere mit russischem Kaviar.

Ich spreche es nicht an, es ist nicht die Zeit für Beschuldigungen.

Sibylle erscheint in der Tür, den Handkoffer in der Hand. Sie möchte sich nur kurz verabschieden, aber wir stehen demonstrativ Spalier. Jetzt bemerkt sie auch den Tisch. Igor steht daneben, mit einer weißen Serviette über dem Arm.

»Für mich?«, fragt sie erstaunt.

Sie beugt die Knie, stellt ihren Koffer ab.

»Wie unhöflich ich bin, ich habe euch gar nicht begrüßt.«

»Das tun andere auch nicht.«

»Amir … der Künstler … Wir kennen uns ja schon.«

Amir senkt verlegen den Blick. Sibylle sieht mich an.

»Äh … Leopold?«

»Ludovik … ist der da«, sage ich leicht pikiert.

»Ach ja, natürlich … Dann also Igor?«

»Ich bin Igor«, sagt Igor und macht einen Schritt vor. Fehlt nur, dass er salutiert.

»Also Fern.«

Ich lächle.

»Albert hat mir sehr, sehr viel von euch erzählt … Ich kenne alle eure Geheimnisse«, sagt sie, und es huscht etwas wie ein Lächeln über ihre Lippen.

Es klickt. Die Toasts. Sibylle setzt sich zögernd. Sie beginnt, eine Scheibe mit Butter zu bestreichen, hält mittendrin inne, Toast in der Hand, als hätte sie plötzlich alles um sich herum vergessen. Sie legt den Toast auf den Teller und zieht ihre Halskette unter ihrem Pullover hervor. An der Kette hängt ein Ring.

»Mein Verlobungsring. Erst zwei Tage ist es her ... Albert kam an jenem Abend und machte mir aus heiterem Himmel einen Antrag. Er wollte mir den Verlobungsring gleich anstecken. Er passte nicht, das war mein Glück. Dachte ich jedenfalls. Er war zu klein, Albert ärgerte sich über seinen Fehlgriff ... und ich hatte meine Bedenkzeit. Obwohl ich gar keine brauchte ... Wie ängstlich man manchmal ist ... und plötzlich ist es zu spät.«

»Dein Toast wird kalt.«

»Albert hat mich nachts oft angerufen, wenn er nicht schlafen konnte. Es kam häufig vor, dass er nicht schlafen konnte. Dann erzählte er mir von euch, dass ihr ihm Glück gebracht hättet, dass er endlich echte Freunde gefunden hätte. Er geriet jedes Mal ins Schwärmen, er war stolz auf euch und auf das, was er mit euch geschafft hatte. Ihr ahnt nicht, wie froh er war, euch zu haben.«

Wir lauschen schweigend. Ich wünschte mir, ich wäre woanders, von mir aus auch in einer Quecksilbermine, um das nicht hören zu müssen.

»Wir waren auch stolz auf Albert«, murmle ich.

»Er war ein Tausendsassa. Es gab nichts, was er nicht konnte.«

»Ein famoser Freund. Der einzige, den wir je hatten.«

»Das stimmt, wir haben sofort gespürt, dass er einer von uns ...«

Ich verkneife mir den Rest des Satzes, vielleicht hörte Sibylle das ungern, wenn sie uns so ansah.

»Wir verdanken Albert alles«, sagt Igor. »Er hat uns Mut gemacht, er hat uns die Selbstachtung wiedergegeben. Es lag nicht an ihm, dass wir versagt haben, es liegt an uns. Wir haben einfach nicht das Zeug zu mehr als dem, was wir sind. Aber es muss auch solche wie uns geben, denn gäbe es keine Verlierer, hätten die Sieger niemanden zu besiegen. Albert war ein Sieger, aber einer, der den Sieg mit anderen teilen wollte, er war selbstlos. Er war eine Lichtgestalt, unser guter Geist, unser Buddha … Wie heißt er noch, Ludovik?«

»Bodhisattva.«

»Unser Bodhisattva.«

»Und so war es mit allen hier im Ort. Alle kannten ihn, und alle liebten ihn, er hatte nur Freunde. Die halbe Stadt wird morgen auf den Beinen sein …«

Sibylle schiebt den Teller langsam von sich. Igor verstummt erschrocken. Sie starrt vor sich hin, und plötzlich läuft eine Träne über ihre Wange. Eine und noch eine und noch eine, beschämt blicken wir zur Seite. Amir rennt und holt Servietten, einen ganzen Stoß Servietten, und Igor bringt eine Flasche Kognak zum Vorschein.

Auch das hatte er sich also beiseitegeschafft.

Die Flasche ist halbleer, der eingetrocknete Zucker knirscht unter dem Schraubverschluss. Igor schenkt Sibylle ein, mehr daneben als ins Glas. Und Sibylle trinkt, nippt an dem Kognak und stellt das Glas erst hin, als es leer ist. Nach dem zweiten Glas wird sie ruhiger, bittet Amir, ihr seine Verletzung zu zeigen. Sie hält seine Hand in ihrer und nimmt behutsam das Taschentuch weg.

Die Wunde scheint sie nicht zu erschrecken. Sie bittet um Verbandszeug. Ich bringe ihr den Verbandskasten, auch so eine Anschaffung von Albert, für alle Fälle, wie er damals gesagt hat. Amir betrachtet Sibylle mit andächtiger Miene, während sie seine Hand verarztet, sein Schmerz ist wie verflogen. Neidisch schielen wir zu ihnen hinüber. Sibylle scheint alles außer Amirs Wunde vergessen zu haben, der Hilfs- und Pflegeinstinkt der Frauen kennt wirklich keine Grenzen.

Amirs Hand ist verbunden, Sibylles Tränen sind versiegt, eine Wunde hat die andere geheilt. Sibylle wirkt erleichtert, sie isst ihren Toast und sogar noch einen zweiten, mit Kaviar, trinkt ihren Tee. Die Ablenkung hat ihr gutgetan. Wir bleiben im Hintergrund, um sie nicht zu stören, aber sprungbereit, für den Fall, dass sie etwas braucht. Wenn ihre Tasse leer ist, schenken wir sofort nach, immer der, der es als Erster bemerkt. Wir lesen ihr jeden Wunsch von den Lippen ab, und jedes Mal nickt sie stumm zum Dank.

Als sie aufsteht, taumelt sie, muss sich an der Tischkante festhalten.

»Ich bleibe hier … heute Nacht.«

Sie hebt ihren Koffer auf, ich nehme ihn ihr ab, sie lässt es geschehen. Der Koffer ist leicht, er ist leer, ein Koffer voll Erinnerungen. Sibylle möchte hinaus, sie könne jetzt nicht schlafen. Die Nacht ist geheimnisvoll, der Himmel voll Sterne, Wolken mit leuchtend weißen Umrissen ziehen am Mond vorbei. Der weite Bergrücken, der endlose Nachthimmel und wir dazwischen, immer einen Schritt hinter Sibylle, ein Trauerzug ohne Ziel, ein Flüchtlingstreck ohne Sinn und Zweck, aber feierlich. Ein Lüftchen weht, das Gras raschelt, so taumeln wir durch die Nacht, und niemand sagt ein Wort.

Welches hätte man denn auch sagen sollen.

An der Tür zu Alberts Zimmer nimmt mir Sibylle den Koffer ab, den ich die ganze Zeit mitgeschleppt habe. Neben Alberts Bett, in dem sie gleich schlafen wird, brennt das grüne Licht, an der hinteren Wand steht Alberts Surfbrett, es ist, als stünde er selbst dort. Sibylle lehnt sich gegen den Türpfosten und versucht, im Stehen ihre Schuhe abzustreifen. Plötzlich bückt sich Amir, geht auf ein Knie und hilft ihr mit seiner verbundenen Hand aus dem ersten Schuh. Dann wechselt sie das Bein, und er hilft ihr aus dem anderen.

Sibylles Schuhe bleiben auf der Türschwelle liegen, ein grüner Fleck vor grünem Hintergrund. Sie geht ins Zimmer und bleibt in der Mitte stehen.

Wir ziehen uns zurück. In dieser einen, letzten Nacht stünden uns alle sauberen Betten, alle bequemen Zimmer zur Verfügung, wir könnten die Früchte unserer Arbeit genießen. Wir tun es nicht, lieber bleiben wir unter dem Dachboden, mit den schmutzigen Matratzen und mit Sibylle, das genügt uns.

Sibylle verharrt noch immer in der Zimmermitte. Dann beginnt sie, sich auszuziehen. Und wir drehen ihr sofort den Rücken zu und sehen uns auch später nicht um, als wir das Surren eines Reißverschlusses, das Rascheln eines Rocks, eines Hemdes hören. Das Licht erlischt.

Sibylles Stimme in der Dunkelheit kommt wie aus einem Traum:

»Wisst ihr, dass Albert die grünen Lampenschirme eigens für mich ausgesucht hat? Er konnte Grün nicht ausstehen. Er wollte mir eine Freude machen, er dachte immer an andere … Gute Nacht.«

»Gute Nacht.«

11

Nie in meinem Leben habe ich tiefer geschlafen als in dieser Nacht. Amir muss mich eine ganze Weile schütteln, bis ich endlich die Augen öffne. Kurzes Haar und schräge Brille, erst als ich seine Stimme höre, erkenne ich ihn. Er wedelt mit einem Blatt Papier vor meiner Nase herum.

»Hört zu … Hört euch das an! Das kam heute mit der Post.«

Ludovik dreht ihm den Rücken zu.

»Hast endlich deinen Abschiebebescheid bekommen, was?«

»Keine Abschiebung, eine Einladung. Von einem Berliner Galeristen.«

»Er braucht wohl eine tüchtige Putzkraft.«

Wir wiehern. Amir betrachtet noch immer den Wisch in seiner Hand, seine Stimme zittert vor Erregung.

»›Sehr geehrter Herr Azimi‹ und so weiter … ›Ich hatte

kürzlich die Gelegenheit, einige Ihrer Arbeiten in Augenschein zu nehmen, und bin außerordentlich angetan‹ ... Und hier: ›Ich würde mich sehr freuen, Sie demnächst auch persönlich kennenzulernen und mehr von Ihnen zu sehen‹ ... Na, was sagt ihr jetzt?«

»Ist das wirklich an dich adressiert?«

»Gib zu, du hast es selbst geschrieben!«

In Amirs Augen glimmt wieder der Funke des Größenwahns. Ich schubse ihn weg.

»Wisst ihr, was das bedeutet? Ich glaube, es bedeutet eine Ausstellung! Nein, ganz sicher eine Ausstellung, was sollte ein Galerist sonst von mir wollen? ... Albert hat sein Versprechen gehalten, er hat Wort gehalten!«

»Heb es gut auf, das ist deine Rettung«, sagt Ludovik und gähnt. »Als Künstler bist du vor der Abschiebung sicher. Diese Schweine stehen alle unter Artenschutz. Ich würde sie als Erste in Ketten legen.«

»Es ist vermutlich eine Polizeifalle«, sage ich trocken und wende mich ab.

Ich liege noch eine Weile herum. Dass ich einschlafe, merke ich erst, als ich wieder zu mir komme. Es riecht nach spät, und ich springe sofort auf. Die Matratzen neben mir sind leer, Alberts Zimmer ebenfalls. Das Bett ist gemacht, von Sibylle keine Spur, auch Amirs Bilder fehlen an der Wand.

Amir und Igor knien am Boden im Frühstückszimmer, inmitten von Malblättern und Pappkartons und leeren Bilderrahmen.

»Wie viel Uhr ist es?«

»Mittag.«

»Wo ist Sibylle?«

»Weg.«

»Wie weg?«

Keine Antwort. Sie sind zu beschäftigt, sie schneiden die großen Kartons zurecht und verschnüren sie zu Mappen. Dann legt Amir langsam und andächtig seine Bilder hinein und auf jedes Bild ein Blatt Seidenpapier. Kaum zu glauben, dass dieselben Bilder vor kurzem noch hinter Schränken vor sich hin moderten. Zwei Mappen lehnen schon an dem Klavier, daneben sein Koffer.

»Willst du das zur Fremdenlegion mitnehmen?«

Keine Antwort, ich erwarte auch keine. Es herrscht Abschiedsstimmung. Ich gehe hinaus. Es ist warm, der Himmel tiefblau, kein Tag für eine Beerdigung. Ich will nicht daran denken. Zwischen den Beeten geht eine Frau umher und gießt, aber Sibylle ist es nicht, es ist, wie durch eine wundersame Verwandlung, Maria. Sie gießt jede Blume, jeden Stock einzeln, unbeirrbar, man sieht förmlich, wie der Garten sich unter ihrer Pflege erholt. Und auch sie scheint sich erholt zu haben. Ich zögere einen Moment, es ist merkwürdig, sie nach unserer letzten Begegnung so plötzlich wiederzusehen.

»Wo ist Sibylle?«

Sibylle sei schon am Morgen weggefahren, aber sie habe einen Zettel mit der Wegbeschreibung für uns dagelassen. Die Beerdigung finde um vier Uhr statt, in Alberts Heimatort, sie habe den Namen vergessen. Er stehe auf dem Papier. Sie sieht mich nicht an, aber ich bemerke, dass ihre Augen verquollen sind. Ihre auch, natürlich. Sie zieht mit ihrem Schlauch weiter.

»Für dich war Besuch da«, sagt sie. »Eine Frau mit einem Kind.«

Ich drehe mich um, als hätte ich mich verhört.

»Wie?«

»Sie kamen am Morgen nachdem ihr weggefahren seid.«

»Für mich? Hat sie meinen Namen genannt?«

»Wer?«

»Die Frau … Du sagtest doch, es sei eine Frau gekommen …«

»Ja, sie hat dich gesucht.«

Ich schlucke.

»Ja, und?«

»Ich habe sie weggeschickt. Ich sagte ihnen, du wärst nicht da und kämst nie mehr zurück.«

»Das hast du gesagt? Mein Gott!«

»Was hätte ich sonst sagen sollen? Ihr wart weg, ihr habt alles kaputt gemacht und wart weg. So wichtig wird es schon nicht gewesen sein … Was hast du, warum schaust du so?«

»Sagte sie, wer sie ist?«

»Ich habe sie nicht danach gefragt.«

»Wie hat sie ausgesehen?«

»Sie war nichts Besonderes, aber die Kleine war süß …«

»Ja, das war sie«, flüstere ich und blicke wie belämmert zur Straße.

12

Es ist so weit. Wir versammeln uns vor dem ramponierten Oldsmobile. Maria will nicht einsteigen, das sei ein Unglückswagen. Dann müsse sie eben dableiben. Igor setzt sich ans Lenkrad, wir nehmen hinten Platz, Ludovik links, ich in der Mitte, Amir rechts, er legt seinen bandagierten Arm auf den Kotflügel. Der Motor brummt auf, und Maria springt auf den Beifahrersitz des Unglückswagens.

Wir tragen unsere dunkle Kellneruniform, schwarze Hosen und schwarze Jacken, Igor zudem das schwarze Hemd, das er in der Discothek anhatte, als wir ihn zum ersten Mal sahen. Noch mehr Schwarz geht nicht. Ludovik hat seine Jacke wieder gegen die cyanblaue Briefträgerjacke eingetauscht. Maria hat sich herausgeputzt und rosafarbenen Lippenstift aufgetragen, ihr Haar sieht frisch frisiert aus, ihr Rock ist eher zu kurz als zu lang, als wollte sie noch einmal hübsch sein für den toten Freund.

Ein letzter Blick zurück, und wir rollen bergab. In der Kurve kommt uns ein Penner mit gebückter Haltung und müdem Schritt entgegen. Ich stupse Igor an.

»Warte, warte, halt an!«

Igor bremst, aber der Mann trottet an uns vorbei, als wären wir Luft.

»Das letzte Haus links!«, rufe ich ihm hinterher. »Das Zimmer unter dem Dach. Aber zieh die Schuhe aus, es ist frisch geputzt ... Der Schlüssel ist unter der Fußmatte, leg ihn wieder zurück, wenn du gehst.«

Er trottet unbeirrt weiter, als hätte er mich gar nicht gehört, ich kenne den kindischen Stolz dieser Leute.

Wir fahren nach Süden, von Hügel zu Hügel, zwischen grünen Hopfenwäldern, den Fahrtwind im Gesicht. Der Hopfen ist reif, der Ausblick von den Anhöhen reicht in die Ferne, am Horizont ziehen Regenwolken auf. Ich denke immerfort an den Besuch, der für mich war, den ich verpasst habe und nun nicht mehr bekommen werde, von dem ich nicht einmal weiß, ob er wirklich für mich war. Denn wie sollte mich jemand besuchen, der nicht weiß, wo ich bin oder ob es mich überhaupt noch gibt.

Und wenn sie es doch gewesen sind? Wenn sie doch durch irgendein Wunder von mir erfahren haben? Was wäre geschehen, wenn wir an jenem Abend nicht weggefahren wären? Was würde geschehen, wenn wir jetzt nicht zu Alberts Beerdigung fahren würden, sondern etwas anderes täten? Was würden wir dort erleben und anderswo verpassen? Was wäre gewesen, wenn mich Albert an der Bushaltestelle nicht aufgelesen hätte, was, wenn ich nicht ins Auto gestiegen wäre? Ich werde es nie wissen, denn ich bin ja eingestiegen. Man kennt immer nur das eine und malt sich das andere aus, nennt das eine Leben und das andere Traum. Da aber beide Möglichkeiten nur im Vergleich etwas besagen, ein Vergleich aber nicht möglich ist, besagen beide nichts. Ich will das nicht zu Ende denken, ich will gar nicht denken, ich würde nur alles darum geben, nicht weggefahren zu sein.

Wir sitzen eingepfercht nebeneinander. Ludovik hantiert wieder mit seinem Safe, ich dachte, er hätte es endlich aufgegeben. Amir hält den Brief in der Hand, er klammert sich förmlich daran. Ab und zu entfaltet er ihn ungeschickt mit seiner gesunden Hand und überfliegt ihn noch einmal. Aus den Fenstern der Autos, die uns überholen, mustern uns ausdruckslose Gesichter. Sind wir wirklich so kurios? Nur weil sie in der Überzahl sind und ihre Wagen intakt? An ihnen gibt es nichts zu bestaunen. Sie sind von der Stange. Wir nehmen es ihnen nicht übel.

Maria folgt Sibylles ausführlicher Wegbeschreibung, sie gibt das Zeichen, als wir die Autobahn verlassen müssen, sie lotst uns durch die Dörfer, über kurvige Landstraßen zwischen Feldern und Wäldern, immer nach Süden. Sie allein weiß, wohin die Reise geht. Uns genügt das, es ist ein Hauch von früher, als wir ins Blaue fuhren, uns willenlos der Straße überließen. Die Berge, luftig-leicht in der Ferne, werden größer, dunkler. Plötzlich eine Abbiegung, eine schattige Abfahrt durch einen Wald, ein See. Wir erkennen ihn sofort wieder, den See, auf dem Albert den Plan zu unserer Pension ausgeheckt hat. Und wenn er die Idee nie gehabt hätte? Säße er jetzt unter uns? Oder wäre vielleicht etwas anderes, weitaus Schlimmeres passiert oder gar das Allerschlimmste, nämlich nichts. Ja, was dann? Niemand weiß es, niemand wird es je wissen.

Von hier aus werde uns ein Freund von Albert vorausfahren, er erwarte uns auf der Terrasse des Lokals. Wir folgen Maria, wir haben keine Lust, in der brütenden Hitze im Wagen sitzen zu bleiben. Auf dem Parkplatz reihen sich die Autos von Hochzeitsgästen, mit weißen Schleifchen an den Antennen, Tanzmusik schallt uns aus dem Haus entgegen. Es ist Sommer, die Luft schwül, die Kleider dünn, was bleibt den Leuten auch anderes übrig, als sich zu paaren? Wir tun uns keinen Zwang an, marschieren schnurstracks durch das Haus, platzen mitten hinein in die Hochzeitsgesellschaft auf der Terrasse.

In der Mitte der Terrasse wird gerade ein kaltes Büfett angerichtet, Kellnerinnen flitzen umher, wir kommen gerade zur rechten Zeit. Links und rechts warten geschmückte Tafeln, aber noch traut sich niemand, Platz zu nehmen, man wartet in kleinen Trauben auf die Eröffnung des Büfetts. Auf einem gesonderten Tisch türmen sich Geschenke, Amir hat sie schon bemerkt und beäugt die Päckchen neugierig. Wir zwängen uns zwischen den Wartenden hindurch, immer hinter Maria her, sie scheint genau zu wissen, wohin sie geht. Gesichter wenden sich uns zu, Gespräche brechen ab, ich drehe mich um, ob die Verwunderung vielleicht jemandem hinter uns gilt, nein, hinter uns tut sich nichts.

Und plötzlich überkommt mich ein mulmiges Gefühl. Als ginge etwas Ungeheures vor sich, und wir merkten es nicht. Als wäre gerade eine kleine runde Bombe auf die Terrasse gerollt, und wir stünden seelenruhig umher, während die Lunte abbrennt. Am Terrassengeländer hinter dem Büfett wartet eine Gruppe mit dem Rücken zu uns, in der Mitte das Brautpaar, soweit ich erkennen kann. Sie blicken zum See hinaus, der Bräutigam deutet auf etwas in der Ferne, als sähe er dort etwas, das andere nicht sehen, wie schwachsinnige Politiker es tun, wenn sie auf Fotos visionär erscheinen wollen.

Auf einmal ist es mucksmäuschenstill ringsum. Ich weiß nicht, was los ist, mir ist, als sauste langsam, unendlich langsam eine gigantische Abrissbirne auf mich zu.

Maria bleibt hinter dem Hochzeitspaar stehen.

»Wir sind da, Albert.«

13

Das Paar am Geländer dreht sich um. Wir starren es an, dann einander, dann wieder die beiden. Es ist nicht möglich, und doch, vor uns steht Albert. Er fährt sich mit den Fingern durch die blonde Mähne und lächelt, hell schimmert sein Haar vor dem dunklen Tannengürtel, dem tintenschwarzen See. Neben ihm steht Sibylle, und auch sie strahlt über das ganze Gesicht, es ist die alte Sibylle, nicht die von gestern, die von unseren Postern. Albert sieht uns an, vielleicht aber auch die versammelte Menge hinter uns, ein übermütiges Funkeln in den Augen.

»Ich habe nur *zwei* Tage gebraucht, um wiederaufzuerstehen, ich glaube, das ist Rekord!«

Gelächter ringsum, die Gäste klatschen Beifall. Wissen sie Bescheid? Oder klatschen sie nur so? Weil es gerade angebracht erscheint? Die Stille ist geplatzt, die Geräuschkulisse wieder da, nur wir bringen noch immer kein Wort heraus. Albert hat sich seines Jacketts entledigt, aber auch so, in seiner legeren grauen Weste, sticht er alle Gäste aus, genauso wie Sibylle in ihrem kurzen nachtblauen Abendkleid ihn aussticht.

Albert öffnet die Arme mit einer Geste der Verlegenheit.

»Nichts für ungut, irgendwie musste ich euch ja heimholen. Ein Glück, dass Amir Handys sammelt! Amir, mein Freund, was hast du mit deiner Hand gemacht? Die soll in Zukunft noch große Taten vollbringen …«

Er fällt Amir um den Hals, vorsichtig, um seine lädierte Hand nicht zu berühren. Amir ist noch immer ganz verdattert.

»Wir haben vergessen, euch Geschenke mitzubringen«, flüstert er in einem Anfall von Wahnsinn.

Albert umarmt uns der Reihe nach, drückt mich, dann Ludovik, dann Igor, wir lassen es geschehen, Igor hat Tränen in den Augen.

»Was ist, was habt ihr alle? Etwas zu trinken für meine Freunde!«

Er winkt, und schon steht eine Kellnerin mit einem Tablett vor uns. Ich greife mir ein Glas Sekt, kippe es in einem Zug hinunter, greife nach dem nächsten. Albert hakt sich bei Maria und Sibylle unter, er ist sichtlich stolz.

»Haben die Mädchen ihre Rollen nicht fantastisch gespielt? Nicht umsonst möchte meine Frau Schauspielerin werden …«

Er strahlt Sibylle an, die genauso aussieht, wie wir sie uns am Tag ihrer Hochzeit vorgestellt haben. Und wenn sie nur eine der Kellnerinnen in einem altbackenen Kleid mit Schürze wäre, sie wäre die Königin des Festes. Ich kann mir schon vorstellen, wie groß sie als Schauspielerin rauskommen wird, wenn Albert sie einmal unter seine Fittiche genommen hat.

Sie schüttelt den Kopf, fast ein wenig traurig.

»Ich habe nicht geschauspielert, Albert«, sagt sie leise, aber bestimmt. »Mir kamen wirklich die Tränen, so liebevoll, wie deine Freunde sich um mich kümmerten, wie sie von dir sprachen. Alles war echt, alles ehrlich, ich habe gestern von deinen Freunden ein großes Geschenk bekommen, ich werde es niemals vergessen ... Als mir Amir half, die Schuhe auszuziehen, obwohl er seine Hand kaum gebrauchen konnte, hätte ich mich vor Rührung fast verraten ...«

Albert lauscht und nickt und betrachtet uns immerzu, wie einen liebgewonnenen Anblick. Er wendet sich an Maria.

»Und du, Maria, hast du unseren Freunden nicht auch etwas zu sagen?«

Maria errötet. Wie hübsch sie nach so vielen Männern noch erröten kann. Albert wartet, unerforschlich ruht sein Blick auf uns. Maria schweigt. Ich empfinde ein plötzliches Unbehagen.

»Auch Maria hat etwas, das sie euch nicht vergessen wird. Ihr ahnt, worauf ich hinauswill ...«

Wir machen überraschte Gesichter, wir haben keine Ahnung.

»Ich meine nicht, dass ihr ihren Garten kaputt gemacht habt, das hat sie schon vergessen, nicht wahr, Maria? Ich meine, dass ihr sie an jenem Abend nicht ... vergewaltigt habt. Nicht einer von euch. Denn das wäre es natürlich gewesen, eine Vergewaltigung. Das war wirklich fein von euch ... Ich beginne zu begreifen ... das mit dem Innen und dem Außen. Ich muss gestehen, ich habe euch unterschätzt.«

Er blickt in die Runde, lacht auf.

»Seht nur, wie sie sich voreinander schämen! Sie haben sicher alle damit geprahlt, wie toll es mit Maria gewesen sei, was sie alles mit ihr angestellt hätten. Stimmt's? Und jetzt werden sie gleich sagen, sie hätten es nicht getan, weil sie eben keine Lust gehabt hätten, oder uns irgendein anderes Märchen auftischen ...«

Er lacht süffisant.

»Aber ihr habt mich auch ein wenig unterschätzt, nicht wahr?«

Er senkt die Stimme, sie hat plötzlich etwas Dunkles.

»Dachtet ihr wirklich, ich wäre weg? Ihr habt mich schon einmal für tot gehalten, gleich am ersten Abend, schon vergessen? Aber so schnell geht das bei mir nicht.«

Er lehnt sich vor.

»Es war knapp, das gebe ich zu, ihr habt mir einen gehörigen Schrecken eingejagt. Zum Glück habe ich schnelle Reflexe ... Aber nichts für ungut. Ich will auch nicht wissen, wer von euch am Steuer saß, wer mich so gehasst hat, dass er mir den Tod wünschte. Das ist vergessen und vergeben, Schnee von gestern. Quitt sind wir zwar nicht, aber ihr habt ja noch ein ganzes Leben Zeit, es wiedergutzumachen!«

Er winkt jemandem hinter uns.

»Ein kurzer Flug, eine weiche Landung, der Wagen verfehlte mich nur um ein paar Zentimeter. Zum Glück war ich nicht angegurtet ... Der Bußgeldbescheid wird wohl in den nächsten Tagen ins Haus flattern, aber es gibt Momente im Leben, da nimmt man das gern in Kauf. Ich hätte euch vermisst im Jenseits.«

»Aber ... der Zeitungsartikel?«

»So was kann heutzutage jedes Kind drucken. Ich dachte, ihr wüsstet, dass man Zeitungen nicht glauben darf ... Ach, entschuldigt uns, meine Schwiegereltern. Da drüben ist euer Tisch, gleich neben unserem. Fühlt euch wohl, genießt den Abend, wir feiern heute einen ganz besonderen Anlass ...«

Er blickt stolz auf Sibylle.

»Meine Traumfrau hat heute Morgen ihren Traummann geheiratet!«

Sie tauchen in die Menge ein. Sprachlos sehen wir ihnen hinterher.

Igor wendet sich an mich, öffnet sperrangelweit seine Jacke.

»Hau mir eine rein, hier!«

»Es hätte keinen Sinn«, stöhne ich.

Gefoppt und gelackmeiert. Wie eh und je.

Ludovik hat sich ans Geländer gestellt, minutenlang steht er da und raucht vor sich hin und blickt immerzu ins schwarze Wasser. Endlich dreht er sich um.

»Das ist die beste Beerdigung meines Lebens!«, ruft er.

Er grinst breit. Er ist fast nicht wiederzuerkennen.

14

Igor hat der Kellnerin das Tablett abgenommen, sanft, aber bestimmt, so taumeln wir zu unseren Ehrenplätzen. Bis wir sie erreicht haben, sind sämtliche Gläser leer getrunken. Neben jedem Teller steht eine Platzkarte, die Karten tragen tatsächlich unsere Namen. Wir setzen uns auf unsere Plätze und starren einander über das prächtige, sich über die Tischmitte ergießende Blumengesteck hinweg an. Zwischen unseren Tellern Schalen voll Obst und Süßwaren, gelbe Ananas und rote Melone, grüne Trauben und violette Trauben, orangene Orangen und rotgelbe Pfirsiche, Feigen und Datteln, türkischer Honig und Baklava und süße Schnitten und Flaschen mit gelben und dunkelroten Weinen und buntem Likör. Alles glüht und glänzt im Licht der sinkenden Sonne, und wir fühlen uns wie im Schlaraffenland.

Der Platz rechts von mir ist leer geblieben.

Mein Blick wandert über die verschnörkelten Buchstaben auf dem Kärtchen. Ich stutze, spüre, wie mir das Blut in den Kopf schießt. Ich halte das Kärtchen hoch und lese den Namen noch einmal, Buchstabe für Buchstabe.

»Ist dir schlecht?«

Ich stehe auf und schiebe mich zwischen den Gästen hindurch, die plötzlich zu einem unkenntlichen Fluidum geworden sind. Ich suche mit den Augen jeden Winkel der Terrasse ab, gehe durch das Lokal, sie ist nirgends zu sehen. Ich stelle mich ans Geländer und lasse den Blick über die Spaziergänger auf dem Weg am See schweifen. Ach! Ich hüpfe die Stufen hinunter, unter meinen Sohlen knirschen die Kiesel, die Wellen plätschern, die Ruderboote am Steg reiben sich dumpf aneinander, aber ich habe für all das kein Ohr, kein Auge, ich sehe nur die Frau auf der Bank unter den Eichen, fünfzig Schritte von mir entfernt, sehe sie, sie ist es wirklich, aber sie sieht mich nicht, tut, als sähe sie mich nicht, und vielleicht bin ich auch gar nicht da, auch das wäre nicht unglaublicher, als, dass sie da ist. Sie ist allein, in sich versunken. Sie hat kurzes, krauses Haar, kürzer und krauser als früher, ihr Gesicht wirkt auch älter, drei, fast drei Jahre älter, wie ich, wie das Haus, die Boote, der See, die Bäume, alles andere auch. Nur hat manches noch dreißig, vierzig Jahre vor sich, manches dreißig, vierzig Millionen Jahre und manches vielleicht nur noch dreißig, vierzig Minuten.

Ich bleibe vor ihr stehen, kratze mich am Kopf. Sie betrachtet mich neugierig, nicht abweisend, eher so, wie eine Frau einen Fremden betrachtet, der sie gerade angemacht hat und der ihr zufälligerweise auch gefällt.

»Na?«

Ich suche nach einem Wort, einer Geste, jetzt muss es das richtige Wort, die richtige Geste sein, aber das ist schwer, der Hals wie zugeschnürt. Ihr scheint das Reden nicht schwerzufallen, sie tut es fast beiläufig, als hätten wir uns erst vor zehn Minuten getrennt.

»Dass wir uns ausgerechnet hier wiedersehen, wer hätte das gedacht?«

Sie sagt das mit ernster Miene, ohne zu lächeln. Ich nicke mechanisch, ja, wer.

»Wie kommst du … ich meine …«

Sie lächelt gleichmütig, ihr Gleichmut ist keine Sekunde älter geworden.

»Wie? Ich hatte eine Einladung …«

»Ich nicht«, murmle ich. »Eine Einladung, wirklich?«

»Sollen wir nicht zurück? Ich glaube, das Büfett ist eröffnet.«

Wir gehen zurück, Schritt für Schritt, Wort für Wort.

»Freunde, das ist Freya, Freya, das sind meine Freunde! Amir, Igor, Ludovik.«

Sie glotzen Freya an, als stünde der Elefantenmensch vor ihnen. Freya legt mir, ohne zu fragen, den größten Melonenschnitz auf den Teller. Sie kann sich also noch erinnern, dass ich Wassermelone liebe, das könnte ein Anfang sein. Ich beginne, die Melone in mich hineinzustopfen. Amir, Igor und Ludovik wollen sich etwas vom Büfett holen. Alle auf einmal.

»Deine Freunde sind nett«, bemerkt Freya.

»Sie sind in Ordnung, sie haben ihre Macken.«

»Sie sind ein bisschen schüchtern, oder?«

»Nicht wirklich …«

»Ich habe auch euer Haus gesehen, es sieht hübsch aus.«

»Das war nicht immer so.«

»Dieser Albert muss dich sehr mögen.«

»Das finde ich aber nicht!«

»Du hättest ihn hören sollen. Er hat dich über den grünen Klee gelobt, als er bei uns war …«

Meine Hand erstarrt auf halbem Weg zum Mund. Der Melonensaft rinnt mir in den Ärmel.

»Wie? Albert war bei uns … bei euch, meine ich?«

»Hat er dir das nicht erzählt? Vor zwei Wochen oder so … Wir essen gerade im Garten zu Abend, und plötzlich steht dieser merkwürdige Mensch vor uns. Spaziert durch das Tor und drückt mir einen riesigen Strauß Feldblumen in die Hand. Er habe sie unterwegs gepflückt, für mich, ich sei doch Freya Gutmann? Er habe schon so viel von mir gehört, er freue sich, mich endlich persönlich kennenzulernen.

Und er fängt sofort an, von dir zu erzählen. Während ich die Blumen in eine Vase stelle, zeigt er der Kleinen ein paar Zaubertricks, lässt ihr liebstes Spielzeugauto verschwinden und wieder zum Vorschein kommen, jongliert mit allen möglichen Gegenständen, sie beobachtet ihn mit weit aufgerissenen Augen.«

Freya sieht gedankenverloren vor sich hin.

»Und dann hat er sich verabschiedet, aber da war es schon Nacht.«

Ich schlucke.

»Und was hat er von mir erzählt?«

Freya schüttelt den Kopf.

»Das ist es ja gerade. Ich erinnere mich nicht mehr. Aber gesprochen hat er, die ganze Zeit, das weiß ich genau. Er sagte etwas von wegen, ich hätte dir unrecht getan ...«

»Nein, nein, sag das nicht, keine Sekunde hast du das! Ich war ein Schwein. Bin es noch ...«

»Das habe ich ihm auch gesagt.«

Ich sehe sie entsetzt an.

»Das hast du gesagt?«

»Ja, aber er sagte, die Rede sei jetzt nicht von dir, sondern von *mir*. Er war wirklich überzeugt, dass ich dich hinausgeworfen habe. Hast du das allen erzählt?«

Sie wischt sich die Hände an einer Serviette ab.

»Die Kleine war hellauf begeistert von ihm.«

»Natürlich ... Was sonst.«

»Sie wird dich sicher bitten, ihr etwas von Albert zu erzählen.«

Ich verdrehe die Augen.

»Wenn es unbedingt sein muss.«

»Sie nennt ihn nur den Zauberer. Schade, dass das nicht Papa war, hat sie gesagt, nachdem Albert gegangen war.«

»Das hat sie gesagt?«

»Nein, sie hat gefragt: ›Ist es nicht schade, dass das nicht Papa ist?‹ Und ich sagte: ›Ja!‹«

»Das hast du gesagt?«

Freya sieht mich von der Seite an.

»Natürlich.«

Und auch diesmal lächelt sie nicht.

15

Zimmer 17, im ersten Stock, am Ende des Gangs.

Ich stehe auf, mein Stuhl kippt um. Es sind leichte, grazile Stühle mit geschwungenen Beinen, sie fallen leicht um, wenn man sie zu hastig nach hinten schiebt. Meine Hand zittert, als ich die Klinke runterdrücke, der Alkohol. Anna schläft in einem Bett neben dem Fenster, mit dem Gesicht zur Wand. Ihre Wange ruht auf dem Handrücken, ihr verschwitztes Haar ringelt sich zu winzigen Locken. Das Bett ist zu klein, es ist freilich nur ein Kinderbett, und doch, wer hätte gedacht, dass ein Kinderbett schon zu klein für sie sein könnte. Ich schließe die Tür leise, ziehe einen Stuhl ans Kopfende des Bettes und setze mich. Es genügt mir, dort zu sitzen, ich will sie nicht wecken, sie wird in ihrem Leben noch lange genug wach sein.

Ich weiß nicht, wie lange ich so dasitze, in der tauben Stille, die inmitten des Lärms, der durch das offene Fenster dringt, zwischen ihr und mir herrscht. Auf der Terrasse schwirren die Gäste umher. Es ist schwer, sich vorzustellen, dass irgendeine dieser Frauen oder irgendeiner dieser Männer Alberts Mutter oder Vater sein könnte. Oder überhaupt irgendein gewöhnlicher Sterblicher, was das angeht. Es wird Abend, die Gäste legen die Jacken ab, rollen die Hemdsärmel hoch, trunkene Männerstimmen und schallendes Frauengelächter verschwimmen ineinander. In ein paar Stunden tummeln sie sich nackt im See oder treiben es im Dickicht miteinander, denke ich, und sind wieder ganz Mensch.

Auch Albert ist da, taucht mal hier, mal da, mal hier und da auf einmal auf, mit einem souveränen Lächeln auf den Lippen und einem jovialen Spruch für jeden, wieder einmal gibt er den perfekten Gastgeber, seine Paraderolle. Amir zeigt ihm gerade seinen Brief, und Albert hebt vor Begeisterung fast ab, er ruft Sibylle herbei, und auch sie liest den Brief, beide umarmen Amir, und Amir grinst schamlos glücklich und steckt den Fetzen Papier wieder ein. Anna wechselt die Seite, ihre Augen öffnen sich und schließen sich gleich wieder, ohne dass sie etwas gesehen haben. Ich halte still, niemals würde ich einen Schlafenden wecken, was wäre ein Verbrechen, wenn nicht das?

Die Sonne taucht hinter den Tannen unter, der See versinkt in Dunkelheit. Auf der Terrasse erglimmen die Laternen und knipsen das letzte Licht aus, alles hat seinen Preis. Die Kellnerinnen stellen kleine japanisch anmutende Lampions auf die Tische, die Kerzen flackern im Wind, alles ist ein einziges Flimmern. Der Musiker macht eine Mikrofonprobe, spielt ein paar Takte, um seine Elektroorgel zu testen, und stimmt ein Lied an.

Albert und Sibylle betreten die Tanzfläche, sie halten sich an der Hand, ein schönes Paar. Er legt den Arm um sie, die weiße Nelke am Revers seines Jacketts und die weiße Nelke an ihrem Kleid berühren sich kurz, und mit einer Leichtigkeit, die die Zuschauer sogleich verstummen lässt, setzen sie sich in Bewegung. Die Terrasse scheint zu erstarren, nur Albert und Sibylle drehen sich zum Takt des Liedes, langsam und elegant, immer im Kreis um die unsichtbare Achse zwischen ihnen, und die zwei Blumen drehen sich welkend mit. Ich schließe die Augen, höre nur die Stimme des Sängers, wie ein warmer Sommerhauch … *I had the last waltz with you, two lonely people togeher. I fell in love with you, the last waltz should last forever. Lalalalalalalalala.*

Applaus brandet auf, ich wische mir mit dem Ärmel über die Augen. Plötzlich flitzt eine rundliche Gestalt über die Tanzfläche, bleibt kurz vor dem Sänger stehen, summt und dirigiert etwas mit den Fingern, dann wendet sie sich Sibylle zu. Der Musiker zögert einen Moment, dann greift er in die

Tasten, ein Tango, den Igor zu Hause ständig lallt, etwas von schwarzen Augen, ich muss sofort mitsummen. Igor fasst Sibylle und reißt sie mit sich, schreitet mit ihr die ganze Länge der Tanzfläche ab, bleibt abrupt stehen, führt sie in einer kleinen Acht einmal links und einmal rechts an sich vorbei, dann geht es zurück, und je länger ich ihm zusehe, umso mehr verwandelt er sich, wird jünger und schlanker, ein Halbwüchsiger in einem schlichten, blumengeschmückten Saal, in seinen Armen ein Mädchen mit breitem Gesicht und Schleifen in den Zöpfen, aber er scheint es nicht zu sehen, nicht die Schleifen, nicht das Haar, nicht das Mädchen, nicht den Saal, es scheint für ihn nur den nächsten Schritt, die nächste Drehung, die nächste Figur zu geben.

Ein Rascheln. Ich sehe mich um. Anna hat die Augen wieder geöffnet, und diesmal blicken sie mich an. Habe ich ein Geräusch gemacht, das Bett berührt? Sie blinzelt, eine ganze Weile scheint sie nicht zu wissen, wo sie sich befindet, ihr geht es nicht anders als mir. Ich will etwas sagen, aber die Worte geraten mir im Kopf durcheinander, sie spricht als Erste.

»Du schon wieder!«

Ich ziehe die Schultern hoch, als Zeichen, dass ich nichts dafürkann.

»Hast du meinem Papa den Brief gegeben?«

»Den Brief … sicher … Ich hatte es dir ja versprochen.«

Sie sitzt sofort aufrecht.

»Hast du ihn denn wirklich gefunden?«

»Ja … und er hat dir auch etwas geschrieben.«

Ich krame in meinen Taschen.

»Wo habe ich ihn bloß … den Brief …«

Ich finde einen Zettel. Sie spitzt die Ohren. Ich lese die Buchstaben auf der Innenseite meiner geschlossenen Lider.

»Liebe Anna … ich freue mich … unbändig … wenn ich endlich wieder … an Land komme …«

»Und weiter? Lies weiter! Was hast du denn? Ach, ich wette, das ist gar kein Brief von ihm!«

Sie beugt sich über den Zettel in meiner Hand.
»Siehst du, es steht gar nichts drauf!«
Sie sieht mich beleidigt an.
»*Du* bist mein Papa, nicht wahr? Mama hat gesagt, das kann nicht sein, Papa ist auf hoher See, aber ich wusste gleich, dass du das bist. Sonst hättest du dich nicht auf einen Kinderspielplatz gesetzt.«
»Na ja, es gibt Männer … die so was tun …«
»Mama hat mir außerdem versprochen, dass du mir etwas vom lustigen Zauberer erzählst, wenn du zurückkommst.«
»Aber ich kenne doch keinen Zauberer.«
»Doch, den Zauberer Onkel Albert … Du weißt schon.«
»Ach, den.«
Ich schaue aus dem Fenster. Hole tief Luft.
»Also gut, hör zu. Es war einmal ein böser Zauberer …«

16

Nacht. Ich führe Anna über die Terrasse. Anna, ihre Hand in meiner, beobachtet das Treiben um uns herum mit großen Augen. Dann will sie plötzlich zu Freya, und ich bleibe allein am Geländer zurück. Das Fest wogt, die samtene Stimme des Musikers schwimmt auf den schwülen Wellen und hüllt die Gäste abwechselnd in Wehmut und Ausgelassenheit. Die Paare drehen sich, Gläser klirren, Wein gluckert, Messer fahren durch saftiges Fruchtfleisch, durch klebrigen Käse, Honig sickert lautlos durch Schichten von Teig. Igor schreitet schamlos die Tischreihen ab und holt sich seine Partnerinnen heraus, immer andere, aber alle sind sie von ihm angetan, er ist ganz der unwiderstehliche Eintänzer von einst.

Ich stehe am Geländer und sehe in die Dunkelheit hinaus, wo vorhin noch der See lag. Es blitzt hinter der Wolkendecke, schon seit Stunden braut sich ein Gewitter zusammen, aber der Ausbruch lässt auf sich warten, geradeso, als hätte Albert um Aufschub gebeten. Eine Hand senkt sich auf meine Schulter, auch das macht mir nichts mehr aus. Albert lehnt sich über das Geländer und sieht mit mir auf den unsichtbaren See hinaus.

»Na, alles klar?«

»Albert … ich muss dir etwas sagen.«

Er sieht mich von der Seite an.

»Nicht nötig, ich weiß schon. Du hast den Wagen nicht gefahren.«

Er blickt wieder hinaus, schüttelt den Kopf.

»Igor kam zu mir vor etwa zwei Stunden, Amir vor zwanzig Minuten … und es wird sicher nicht lange dauern, bis auch Ludovik schwört, er sei es nicht gewesen … Das ist doch längst abgehakt. Was geschehen ist, ist geschehen. Jeder macht Fehler, mehr war es nicht, eine Kurzschlusshandlung. Ich bin nicht nachtragend, nur schwache Menschen sind das. Es war dunkel, ihr konntet das Auto gar nicht erkennen, höchstens als ich unter der Laterne eingebogen bin. Aber ihr hattet ja getrunken …«

»Getrunken ist gut. Wir waren sturzbetrunken, Albert, total zu! Trotzdem solltest du wissen, dass nicht ich am Steuer gesessen habe.«

Er legt den Arm um meine Schulter.

»Aber Fern, ich weiß doch, wer am Steuer gesessen hat. Ich habe im letzten Augenblick, bevor ich das Lenkrad verriss, die Scheinwerfer angemacht, kannst du dich nicht erinnern? Und da saßt ihr, Seite an Seite, eure Gesichter vor Angst entstellt. Liebend gern hätte ich euch in diesem Moment abgelichtet, das wäre das Foto des Jahrhunderts geworden … Leider war die Zeit zu knapp, ich hatte gerade etwas anderes zu tun …«

Er verstummt. Ein Blitz erhellt den Himmel, der See ist plötzlich wieder da, immer noch da, das ist beruhigend. Die Stimme des Sängers klingt ab und gleitet ins nächste Lied über. Ich spüre die Berührung von Alberts Arm. Eigentlich hasse ich es, wie er einen ständig betatscht, einem auf die

Pelle rückt, aber mir fehlt die Kraft, ihn abzuschütteln, vielleicht auch der Wunsch.

»Ich kenne dein Geheimnis, Fern, ich weiß Bescheid … Ich meine dein Märchen, Freya hätte dich rausgeworfen. Damit hast du es dir schön bequem eingerichtet, vielleicht glaubst du es sogar selbst … Erinnerst du dich an den Sheriff in *High Noon*? Er hat gerade eine bildhübsche junge Frau geheiratet und den Sheriffstern abgelegt, da erfährt er, dass Banditen in seine Stadt unterwegs sind. Das Paar fährt bereits mit der Kutsche stadtauswärts, in eine verheißungsvolle Zukunft, auf einmal hält er an. Sie droht, sofort abzureisen, wenn er umkehrt, um den Kampf aufzunehmen, sie hat keine Lust auf ein Witwendasein. Er beruft sich auf seine Ehre, seine Pflicht, die Stadt zu beschützen, und so weiter. Er lügt. Die Wahrheit ist eine andere. Ihm ist an diesem Morgen, inmitten seines strahlenden Glücks, schlagartig klargeworden, dass er das häusliche Leben nicht aushalten wird, den Kampf, den Tod, die Freiheit nicht wird missen können. Und er flieht vor seiner Frau, vor der Häuslichkeit, die ihn von alledem trennen würde … Ich weiß, du verstehst mich, Fern.«

Er blickt über die Köpfe der Menge hinweg, irgendwohin.

»Es hat was für sich, ein Mann zu sein, Fern«, seufzt er, »aber es ist auch die größte anzunehmende Schande im ganzen Universum. Zu begreifen, dass man der Selbstzerstörungsmechanismus des Ganzen ist, das ist schon hart … Also leg deinen Sheriffstern ab und setz dich in deine Kutsche …«

Meine Ohren sausen. Er irrt sich, ich habe keine Ahnung, wovon er redet, was er von mir will, ich habe es nie verstanden. Ich höre das Gelächter eines Kindes hinter mir und nutze die Gelegenheit, mich von ihm abzuwenden, mein Gesicht zu verbergen. Igor hat Anna auf seinen Arm genommen und wirbelt sie herum, sie kreischt und johlt vor Vergnügen, sie ist ein Kind, sie kennt keine Angst. Nicht einmal, wenn der fremde Mann sie in den Armen wiegt.

»Siehst du, Fern?«, sagt Albert. »Nur das zählt, das Lachen deiner kleinen Anna, der Rest ist Wichtigtuerei. Ich wette, sie hat es faustdick hinter den Ohren ... Übrigens, ist sie auch sicher von dir?«

Ich starre ihn von der Seite an. Er bricht in schallendes Gelächter aus.

»War nur ein Scherz!«

»Ich weiß.«

Er fährt sich mit den Fingern durch das blonde Haar und zwinkert komplizenhaft.

»Anders wäre es, wenn sie in nächster Zeit ein Geschwisterchen bekäme, nicht wahr?«

Ich starre ihn an. Wir fixieren einander, und mir ist, als stürzte ich in den bodenlosen Brunnen seiner blauen Augen, tiefer und tiefer hinab.

»Freya ist eine fantastische Frau, Fern. Weißt du wirklich nicht, wie sehr sie dich liebt? Ich weiß, dass auch du sie liebst. Zeig ihr deine Liebe, Fern, sie sehnt sich danach, mehr, als du glaubst. Es gibt nichts Gutes, außer man tut es!«

Er stupst mich mit dem Ellbogen an, ein geheimnisvolles Lächeln spielt in seinem Gesicht.

»Sie ist eine großartige Frau, *mir* kannst du das glauben!«

Ich starre ihn an.

17

Wir versammeln uns ein letztes Mal an unserem Tisch, Albert und Sibylle wollen sich verabschieden. Drei Uhr ist vorbei, die Gäste sind gegangen, Albert und Sibylle haben sie zu ihren Wagen oder auf ihre Zimmer begleitet. In den Fenstern über der Terrasse gehen die Lichter kurz an und wieder aus, während die Kellnerinnen unten flink die Tische abräumen und der Traum der Wirklichkeit immer ähnlicher zu werden beginnt.

Die Tanzfläche ist leer. Ein letztes Paar dreht beim Schein der Laternen in hypnotisierender Langsamkeit seine Runden. Die Musik kommt vom Band, der Sänger entspannt sich mit einem Glas Bier in der Hand, aber Igor und Maria lassen sich davon nicht aus der Ruhe bringen. Igor führt, und Maria lässt sich führen, aber vielleicht ist sie auch schon in seinen Armen eingeschlafen, und vielleicht schläft auch er schon und kann sie nur deshalb stützen, weil sie ihn stützt. Igor und Maria, sie haben Würde, hat jemand mal gesagt, und plötzlich scheint es mir auch so.

Wir stehen am Tisch und nehmen Abschied, Igor und Maria stoßen als Letzte hinzu. Igor taumelt schlaftrunken ans Kopfende des Tisches und beginnt, mit einem Messer gegen sein Glas zu klopfen, bis das Glas aufhört, schön zu klingen, und die Tischdecke sich rot färbt.

»Einen Moment ... einen Moment ... Setzt euch, bitte, einen Moment ...«

Die Stehenden setzen sich, die Sitzenden bleiben sitzen. Das Flämmchen im Lampion tanzt wie toll, mühelos schiebt es unsere Riesenschatten über die Steinplatten der Terrasse. Igors Blick schweift über unsere Gesichter. Er öffnet den Mund, um zu einer Rede anzusetzen, aber ein plötzlicher Windstoß nimmt ihm den Atem. Die obere Tischdecke beginnt zu flattern, Servietten wirbeln durch die Luft, Gläser kippen um, alles gerät in Aufruhr. Wir greifen hektisch um uns, ringen mit den Dingen, wenigstens an unserem Tisch sollen Friede und Ordnung herrschen, hier am Rande der Finsternis, im Auge des Chaos. Der plötzliche Wind weckt Anna. Sie sitzt auf Freyas Schoß, drückt ein Kästchen an sich und sieht sich schläfrig um.

Schweigend warten wir, dass der Wind wieder abflaut. Im Kreis. Igor, Maria, Amir, Albert, Sibylle, Freya und Anna und ich.

Endlich ist Stille eingekehrt. Igor, der sich auf die Tischkante gestützt hat, richtet sich auf.

»Liebe Freunde ... ich hebe mein Glas ...«

Er starrt verwundert auf die Glasruine in seiner Hand. Ich reiche ihm mein Glas. Igor räuspert sich.

»Ich hebe mein Glas ... das heißt Ferns Glas ... auf den Mann, der ... dem wir alle ... alles verdanken. Ich meine nicht den da oben, nein ... ich meine ... halt. Vorher möchten wir ... ich und Maria, ich meine, Maria und ich ... euch eine freudige Nachricht mitteilen. Steh auf, Maria, dass man dich besser sieht ... Na los, steh auf! Wir ... also, Maria ... und ich ... und Maria ... Wir haben beschlossen ...«

Er legt eine Kunstpause ein und grinst dreist.

»Nein ... nicht das, was ihr denkt! Wir haben beschlossen, die *Sonne* zu übernehmen ... Psst, psst! Ich will auch sagen, warum ...«

Ein Donner grollt, Igor wartet geduldig, kippt sein Glas hinunter.

»Wir übernehmen die *Sonne*, damit ihr alle ... wenn ihr wieder auf der Flucht seid und Asyl sucht ... bei uns ein Bett für die Nacht findet. Für eine Nacht oder, wenn es sein muss, für alle Nächte. Und wenn wir dafür sämtliche zahlenden Gäste zum Teufel jagen müssen! Freundschaft sticht Kundschaft ...«

Der Wind kommt wieder auf, reflexartig greifen wir nach der Tischdecke. Von irgendwoher regnen Blätter auf uns herab. Er solle sich beeilen, ruft jemand, aber Igor lässt sich nicht drängen. Er räuspert sich.

»Wir versprechen also, dass ihr immer zurückkehren könnt ... Ihr alle, die ihr jetzt in die große, weite Welt hinausziehen wollt, die ihr aber bald wieder vor der Tür stehen werdet, wenn euch die Menschen wieder einmal angespuckt haben, weil ihr nicht ihren Erwartungen entsprecht, wenn euch die Welt wieder einmal ausgespuckt hat, weil ihr nicht für sie geschaffen seid, wenn ihr mit einem Wort wieder einmal alles kaputt gemacht habt. Wenn du, Amir, gefoltert und abgeschoben, wieder zu uns zurückkehrst ... Und du, Fern, wenn dich Freya wieder an die Luft setzt, weil du nichts taugst ... Und du, Ludovik ... Wo ist er denn? ... Und du,

Igor … also ich … wenn du wieder aus dem Knast kommst, wenn ihr … also wir … wieder mal nicht wissen, wohin wir uns wenden sollen, dass ihr euch … ich meine, wir uns daran erinnern, dass da ein Bett auf euch wartet … auf uns … also auf mich … Wo war ich stehengeblieben? … Ach ja …«

Igor hebt sein leeres Glas, das schon gehoben ist, noch höher.

»Auf dich, Albert! Mögest du … noch viele Geburtstage …«

Wir trinken, sprachlos vor Scham. Aber Igor hat noch immer nicht genug.

»Und jetzt lasst uns … bevor wir uns trennen, für eine Nacht oder ein Jahr oder für immer, eine Minute still beieinander sitzen … wie das bei uns in Russland Brauch ist.«

Er nimmt Platz. Wir sitzen schweigend, der Wind schwappt hin und her. Ich spüre einen Tropfen auf meiner Hand. Eine Minute, länger wird es nicht dauern, bis hier alles weggeschwemmt wird. Blicke begegnen sich flüchtig über der Tischmitte oder entlang der Tischkante, sie suchen sich nicht, eher fliehen sie voreinander, aber irgendein Gesicht ist doch immer im Weg, man kann nicht immer nur in sich hineinschauen. Mein Blick fällt auf Freya oder ihrer auf mich, dann auf das Kästchen in Annas Händen, dann auf die Blume in Alberts Knopfloch. Plötzlich platscht etwas, irgendwo da draußen auf dem Wasser, kurz und heftig, und dann beginnt ein wildes Geplansche, das mir einen Schauder über den Rücken jagt. Wir lauschen gebannt, das Gezappel hat etwas Schreckliches, jeder erkennt es wieder, den sinnlosen Todeskampf eines Lebewesens im Rachen eines größeren, stärkeren Lebewesens.

Und der See ist wieder still.

Anna stellt das Kästchen auf den Tisch, es ist ihr wohl zu schwer geworden. Ich lehne mich vor, ich glaube, ich sehe nicht richtig.

»Anna … woher hast du den Safe … das Kästchen da?«

Sie betrachtet mich schläfrig, ich muss die Frage wiederholen.

»Es gehört mir! Dein Freund mit den langen Haaren hat es mir geschenkt.«

Ich sehe mich um. Ludovik ist nicht am Tisch.

»Er hat gesagt, ich soll ... äh ...«

Anna gähnt, ihr Mund will sich gar nicht mehr schließen, ihre Lider umso mehr, ein paar Sekunden noch, und sie wird eingeschlafen sein. Ihre Stimme ist ein Wispern.

»... soll dir sagen ... dass es leer war. So wie das Sandwich.«

»Wer hat das gesagt, wo ...?«

»Dein Freund mit den langen Haaren.«

Sie scheint gereizt zu sein, dass ich so begriffsstutzig bin.

»Er hat gesagt ... er geht jetzt eine Blume pflücken ... für sein Knopfloch ...«

Ich springe auf, meine Stimme überschlägt sich.

»Ludovik! Wo ist Ludovik ...?«

18

Stille. Wer hat ihn zuletzt gesehen? Alle haben ihn gesehen, den ganzen Abend über und noch vor wenigen Minuten. Ohne sich dabei etwas zu denken, gesprochen hat ihn keiner. Wir schreien Ludoviks Namen in die Nacht hinaus, das Getöse des Windes verschluckt unsere Stimmen. Die Luft ist plötzlich kühl, der Wind braust auf und zerrt an den Baumkronen, die ersten Tropfen platzen. Der lang aufgestaute Regen ergießt sich über uns, und alles versinkt im Chaos.

Albert, vor Sekunden im Haus verschwunden, kommt wieder heraus. Ludovik ist nicht da. Amir packt mich mit seiner heilen Hand und schüttelt mich.

»Wir hätten besser aufpassen sollen ... wir haben nicht aufgepasst ... wir hätten ...«

Ich stoße ihn weg, aber er lässt mich nicht los.

»Verstehst du denn nicht? Das Geräusch im See … das war …«

Igor erhebt sich vom Tisch, erst jetzt scheint er zu begreifen, was passiert ist. Wieder schreien wir Ludoviks Namen hinaus, unsere Stimmen zickzacken über das Wasser, das Echo kommt zurück, aber eine Antwort bleibt aus. Undurchdringlich liegt die Finsternis vor uns. Dann taucht ein Blitz alles in Licht, nur für eine Sekunde, aber lange genug, um zu sehen, zu verstehen. Mitten auf dem See wölbt sich etwas an der Wasseroberfläche.

»Da!«

Albert hält einen Scheinwerfer in der Hand. Wir rennen die Stufen hinunter, schon durchnässt, die Kleider schlabbern an unseren Körpern. Albert macht ein Boot los, wir springen hinein und stoßen uns ab. Igor torkelt uns hinterher, am Steg macht er einen Satz, aber er verfehlt das Boot und versinkt im Wasser. Albert entreißt mir die Ruder, richtet das Boot aus, und wir gleiten in den Regenvorhang hinein. Ich sehe, wie Igor wieder auftaucht, prustend und gestikulierend hängt er am Steg zwischen dem wild um sich schlagenden Schilf, er will mit, aber es ist zu spät.

Fenster für Fenster erhellt sich die Fassade hinter uns, eine Fackel irrlichtert auf dem Weg am See, ein lächerlich kleiner Feuerball in der gähnenden Dunkelheit, aber hell genug, dass ich die Bank am Wegesrand erkennen kann, auf der eben noch Freya gesessen hat, oder habe ich mir das alles nur eingebildet? Albert rudert wie von Sinnen und redet vor sich hin, der See habe kaum Tiefe, es sei noch nicht zu spät … Die Lichter am Ufer, die Stimmen, die Schatten auf der Terrasse, alles verschwimmt im Dunst des Regens, es bleibt nur die Nacht, das vom Regen gepeitschte Wasser, das uns fortträgt.

Wir kauern im Bug, ich schwenke den Scheinwerfer langsam über das Wasser. Albert hält die eingeschlagene Richtung bei, als wüsste er genau, wohin er rudert. Und plötzlich schaukelt es vor uns, die geheimnisvolle Wölbung, das gekenterte Boot. Ein Ruder driftet uns entgegen, dahinter treibt ein Schuh mit der Sohle nach oben, einen Meter weiter der zweite. Ich lehne mich über die Bootswand, will den Schuh fangen. Er gibt nicht nach, ich ziehe die Hand erschrocken zurück. Im Schuh steckt etwas Festes, Unbewegliches. Albert zögert nicht, er springt ins Wasser. Ein Augenblick, und er ist wieder oben.

»Ein Messer! Habt ihr ein Messer?«, schreit er. »Er hängt an einem Stein!«

Wir starren ihn an. Wie denn, wie sollten wir jetzt ein Messer dabeihaben? Aber Amir hat doch eins dabei, sogar mehrere, einen ganzen Satz Silbermesser in den Innentaschen seiner Jacke. Albert taucht hinab, kommt wieder nach oben, schnappt nach Luft, taucht wieder unter. Und plötzlich schwappt ein Körper an die Oberfläche, bäuchlings auf dem Wasser. Seine blaue Briefträgerjacke, Ludovik. Wir zerren an ihm, versuchen, ihn ins Boot zu hieven, aber das Boot kippt, um ein Haar reißt Ludovik uns alle in die Fluten hinein.

Albert hängt sich mit seinem ganzen Gewicht an die andere Seite des Bootes, und wir ziehen Ludovik an Bord.

Amir schüttelt ihn verzweifelt.

»Komm schon, Kretin! Was hast du? Das Beste wartet noch … du kannst doch nicht …«

»Lehnt euch rüber!«, schreit Albert.

Wir gehorchen, die Macht der Gewohnheit.

Wie ein Aal flutscht Albert ins Boot.

Ludovik liegt zwischen uns, sein Kopf auf Amirs Schoß, das Gesicht voll See, eine Schlinge um den Hals. Ich streiche ihm das Haar aus der Stirn. Sein Mund ist offen, seine Augen sind offen, er atmet nicht. Ich blicke hilflos zum Himmel, geblendet vom herabströmenden Wasser. Amir legt sein Taschentuch auf Ludoviks Gesicht. Albert schiebt ihn zur Seite und reißt das Tuch weg. Wir sollen rudern, zurückrudern, los! Er beugt sich über Ludoviks Gesicht, holt tief Luft und presst seinen Mund auf dessen Mund. Es blitzt, über Alberts gebeugtem Rücken begegnet mir Amirs Blick, seine Miene ist plötzlich seltsam verklärt, voll Vertrauen.

»Er schafft das, du wirst sehen, er schafft das …«

Ich nicke. Ich weiß es. Er wird es schaffen.

Der Autor dankt dem Künstlerhaus Lauenburg, dem Künstlerdorf Schöppingen und dem Schleswig-Holsteinischen Künstlerhaus Eckernförde für die Unterstützung während der Arbeit an diesem Text.

Von Akos Doma liegt bei Rotbuch außerdem vor:
Der Müßiggänger (2001)

ISBN 978-3-86789-124-0

Umschlaggestaltung: Buchgut, Berlin
Umschlagabbildung: Marie-Niamh Dowling
Druck und Bindung: CPI Moravia Books GmbH

Ein Verlagsverzeichnis schicken wir Ihnen gern:
Rotbuch Verlag GmbH
Neue Grünstraße 18
10179 Berlin
Tel. 01805/30 99 99
(0,14 Euro/Min., Mobil max. 0,42 Euro/Min.)

www.rotbuch.de